毕淑敏 著

医生的淬炼

毕淑敏医学文学选编

U0803911

人民卫生出版社
·北 京·

图书在版编目（CIP）数据

医生的淬炼：毕淑敏医学文学选编 / 毕淑敏著. —
北京：人民卫生出版社，2023.1
ISBN 978-7-117-33513-3

Ⅰ. ①医…　Ⅱ. ①毕…　Ⅲ. ①小说集 – 中国 – 当代
Ⅳ. ①I247

中国版本图书馆 CIP 数据核字（2022）第 157546 号

医生的淬炼
毕淑敏医学文学选编
Yisheng de Cuilian
Bi Shumin Yixue Wenxue Xuanbian

策划编辑　周　宁　　责任编辑　周　宁　　书籍设计　尹　岩　笪　希
著　　者　毕淑敏
出版发行　人民卫生出版社（中继线 010-59780011）
地　　址　北京市朝阳区潘家园南里 19 号
邮　　编　100021
E - mail　pmph @ pmph.com
购书热线　010-59787592　010-59787584　010-65264830
印　　刷　北京顶佳世纪印刷有限公司
经　　销　新华书店
开　　本　880×1230　1/32　　印张：10
字　　数　190 千字
版　　次　2023 年 1 月第 1 版
印　　次　2023 年 1 月第 1 次印刷
标准书号　ISBN 978-7-117-33513-3
定　　价　68.00 元

打击盗版举报电话　010-59787491　E- mail　WQ @ pmph.com
质量问题联系电话　010-59787234　E- mail　zhiliang @ pmph.com
数字融合服务电话　4001118166　E- mail　zengzhi @ pmph.com

目录

短篇 001

白杨木鼻子 001

天衣无缝 015

紫色人形 032

生生不已 036

女人之约 098

教授的戒指 133

中篇 167

预约死亡 167

长篇节选 249

拯救乳房（节选） 249

后记 312

短篇

白杨木鼻子

我是一位外科医生，做过的手术不计其数。单是给病人切除的胃，就是俗称为“心口”的那个东西，足够装满一马车。给我印象最深刻的病例，是一个女人。正确地讲，是那个女人的鼻子。

那时候我刚从医学院毕业，潇洒而热情。眼睛除了观察教授的操作，还关照漂亮的女护士。

“小伙子，我想从教你怎样戴工作帽开始，指导你成为一名出色的医生。”教授的目光像双筒显微镜，无遮拦地瞄准我工作帽边探出的那缕黑发。

我的帽子戴得略微有点歪斜，像一个快

乐的水兵。教授残酷地剥夺了我潇洒的自由，让我从此不得不经典地把帽檐压得很低，以至于使人怀疑我还有没有眉毛。

一天深夜我值班，楼道里突然响起急骤的跑步声。

医院里是不可以随便跑的，尤其是深夜。

只有一个例外，那就是有了极危重的病人。

急诊室里坐着一对男女。女人戴着大口罩，面目表情不清，端然坐着，双手顺在夹紧的两膝之间，脚尖恭顺地并在一处。那男人干瘪瘦削，眉头紧锁，嘴角翕动，两眼通红，像条被刮掉鳞的金鱼。

我的临床经验尚不十分丰富，一时竟分辨不出谁是病人。

“你……怎么了？”我朝他俩发问。

女人石像似的不动，男人小心翼翼地去解女人的口罩，动作极轻柔。

我终于发觉了一点怪异：那口罩样式古怪，过于平坦……不……不是口罩的问题，口罩很正常，而是……

口罩终于解下来了。我却犯了一个医生的大忌，不由自主地惊叫了一声：“啊！”

口罩下是一个巨大的黑洞，向外冒着腾腾的白气，仿佛深不可测。

我竭力让自己保持镇静，才想起那被黑洞霸占了的地方，原来是长鼻子的部位。

没有鼻子的人面，是一种陌生的东西。平铺直叙到让人难以容忍。眼睛没有来由地同嘴靠得很近，两颊不可遏制地向黑洞滑去，只有失去血色的上唇，像破败的灰墙，被狙击在黑洞的边缘。

它甚至不如骷髅好看。骷髅骨质洁白，简练和谐。眼眶、鼻准、口颊均为结构对称的洞穴，通畅练达，自成风格。

“这是用什么东西……搞的？”

我急切地想搞清凶器的性质。本想用“剜”或是“削”那种字眼，怕太刺激病人和她的家属，才临时调换为词意模糊的“搞”（护士在一旁紧张地登记，我已知道女人叫小茶，男人是她的丈夫老姜）。

“用刨刃，剃的。推木头的那种。”老姜用目光抚摸着创口，那里边缘清秀，想象得出凶器一定薄利如风。他回答得很清楚，用词也准确。

“是谁干的？”我怒火中烧，义愤填膺。这罪行太野蛮太凶残了。

不知何时，教授到了。他毫不客气地打断了我的问话：“要记住我们是医生，而不是法官。医生最重要的职责是挽救生命，修补人体。至于其他的事，自有其他的人去管。”

是的。我应该首先处理病人，可我不知道该干什么。我是个优等学生，可没有任何一本教科书上写过：鼻子被刨刃剃掉的病人该如何处置。也许我应该去读法医系，现在只有机械地服从教授的安排。

常规冲洗消毒，就像处理一颗虫牙被拔掉后的窟窿。小茶的脸庞在冰冷的消毒液下凝然不动，波光粼粼带有樟脑气味的液体，轻柔地在凝脂般细腻的皮肤上漫过，使这张一马平川的人面，像收藏已久横遭破坏的蜡制品。

平心而论，只要躲开脸中部那个巨大的三角形洞穴，小茶的脸还是很美丽的。眼睛像黑杏仁一样，反射出无影灯众多的光斑，如没有月亮的晴朗的星空。嘴有一个极精美的轮廓，像一颗饱满的花生米。

我不禁升起好奇：原来属于这张美妙绝伦脸庞的鼻子，是什么样子的呢？

这种时候想这种问题，似乎有点不伦不类。病人家属在一旁长吁短叹，我动作幅度稍大，小茶尚未反应，老姜就开始吸凉气了。

“痛吗？”我问小茶。对这永远失去亲生鼻子的年轻女人，颇多恻隐，生恐自己弄痛了她。

“一点也不痛。那刨刃是新磨的，很利。嗖的一下，凉凉快快，像雨后的风。”

声音是从嘴和黑洞中一齐发出的，单调、刺耳、尖锐。没有鼻腔共鸣的声音，类似秋蝉或毒蛇的嘶鸣。

我感到无以名状的恐惧。不单因为这怪异的声音，更因为小茶脸上那似笑非笑的表情，她好像并不感到痛苦，甚或还有几分无所谓。

伤口处理完毕。只要鼻腔切割根部不感染，生命便无妨。作为外科医生的职责，已告一段落。至于以后的事，那是整容医生的范畴。

看来，可以结束了。我用眼睛请示教授，发现他正在观察老姜的手。老姜的手虎口处生着厚厚的茧子，简直像那里多长了一块骨头。只有长年握持某种工具的匠人，才会这样积重难返。

“看来，咱们俩是同行喽。”教授对老姜说。老姜正充满怜爱地看着小茶，被这突然的问话吓了一跳，几乎是本能地点点头，又立即摇头。

“我哪能跟您比呢？您是修理人的，我是修理木头的。”

“你是个木匠。这么说，这件事就是你干的了？”教授压得很低的白帽子下耸起一道粗重的棱。我知道，白布遮掩下的眉毛皱缩起来。

我想教授一定是被这张没有鼻子的女人脸唬得思维混乱。老姜一定得捶胸顿足，因为不仅不可思议，而且近乎诬陷。退一万步讲，即令真系他所为，也断乎不会承认。

不想，我错得一败涂地。老姜很痛快地回答：“是我。”

也许我惊愕之色过于外露，老姜受了委屈，指着小茶：“你叫她说！是不是我？”

“是哩是哩。你别看他这个样子，真是个好木匠。刨刃磨得最快。冬天若吃涮锅子，让他给刨羊肉片，薄得能透过书上的字。”

小茶的声音像急刹车时轮子与水泥路面摩擦的尖啸。

这一对男女！吃他们的涮羊肉，只怕自己的鼻子也会掉进火锅。

教授深长地叹了一口气：“你们之间发生过什么事，我没有兴趣。我只想问一下，用刨刃刨下的那个东西，还在吗？”他的眼内充满天真的渴望，像一个企盼压岁钱的孩子。

“在。在。”老姜忙不迭地回答，回头白了他年轻但已经不美丽的妻子一眼：“我说拿上，你说没用了。怎么样，还是我想得周到吧！”声音中流露出抑制不住的骄傲。

事情愈发变得令人瞠目结舌。老姜掏出一个很干净的手绢包，窝在手心，一层层打开。于是我看见一只鼻梁骨朝下的完整的人鼻子。

教授不动声色地翻看着，像在鉴别这只鼻子的真伪。我猜他也感到好奇。没有谁在这个角度观察过人人都有的鼻子。司空见惯的东西，仅仅换一个方位，就变得令人惊诧不已。它玲珑剔透，曲线优雅，就像一件小型乐器。

我们都围过来观看小茶的鼻子，包括她本人。

“我打算把它栽上去。”教授征询地望着我。

人有时候问询别人，并不是为了得到答案，只是要坚定信念。

这是一个玄妙而充满风险的主意。如果栽上去的鼻子感染，不但得像未成活的枯树一样拔出来，而且性命难保。

“没有鼻子，除了影响美观，妨碍并不太大。”我委婉地表达自己的意见。五官之中，除了耳廓，就数鼻子没用了。

“可人是一个整体，人应该是完美的……”教授注视着黑洞说。

“您老若是能给她把鼻子再接上去，我给您老打雕花的五斗柜……”老姜虔诚地央告，一眼瞥见我这个动摇派：“给您也打一个……”

只有小茶没说话，仿佛这事与她毫无关系。

“准备器械。”教授简洁地对我下达命令，口气不容置疑。

我们通宵达旦地手术，细节我已记不清。我非常想看看那块使我们耗费了如此巨大精力的刨刃，究竟是怎样狞厉而刻薄。一个愚蠢木匠举手之劳，害得我们付出百倍千倍的时间与汗水。教授的技术精巧娴熟，我想任何一个伟大的雕塑家都要甘拜下风。他面对的材料是模糊的血肉，他把所有的血管神经都接洽得天衣无缝。老姜在电光石火般一瞬中的破坏，终于被教授（当然也包括我）惨淡经营地修补起来。现在，只剩下最后一道工序了——将薄薄的表皮缝合到脸模上。我们碰到了几乎不可逾越的障碍，没有合宜的缝合线。小茶的皮肤极细腻洁白，所有的丝线都嫌太黑太粗。

“就这样吧。鼻子能长上去就很不错了，没有人挑剔黑和白。”我在白色手术服下扭动着僵硬如铁的腰颈，长时间俯身操作，即使在无影灯下，我看所有的线条也都成为重影。助手如此，担任主刀的教授，其疲累可想而知。

“如果是这样，她的鼻翼周围会遗有一圈密集的雀斑……不！只差这最后一层，我要完美……尽量完美……”教授喃喃自语。

他摘下自己压得很低的白帽子，露出光洁如月的秃顶，四周还残存着几根银丝般的白发。教授叉开五指，梳理他的白发，平均每个指缝不到一根。他很心痛地迟疑了一下，然后猛地一用劲，把白发拔下来，泡进消毒液。

现在，教授的头颅是大一统了，光可鉴人，显露出巨大的前额和高耸的枕部。在这两块隆起的头骨之下，是人类智慧最密集的脑叶。

泡在消毒液中的白发，蜿蜒伸展，像一条条闪光的小路。

小茶的鼻子被教授的白发，固定在她自己的脸上了。浑然一体，宛若天成。

任何天然的东西，终免不了瑕疵。小茶的鼻梁有一粒小痣，其状如一只小小的蚊虫。教授为她做了修正。小茶的鼻子，现在堪称人世间最杰出的鼻子了，造化之灵加鬼斧神工，精妙绝伦，无以复加。

我天天去看小茶的鼻子。它高贵优雅，像浮出海面的一段象牙，闪着晶莹的光润。经它共鸣过的小茶的声音，柔美动听。

小茶自然很高兴，时常把手掌挡在面前，无端地微笑。只有我知道，她手心里有一片小小的镜子。她有时也会把镜片胡乱扔到松软的床上，显出莫名的忧郁。

认识小茶的人，都说她比以前更漂亮了。老姜的态度却令人莫名其妙起来。他非但不再提起雕花的五斗柜（当然我和教授都不会接受这种馈赠，但收不收同给不给是两个范畴），而且双眼不时露出凶狠的敌意。对小茶倒是很好。因为鼻子做手术，嘴的活动大受影响，老姜就给小茶包极小的饺子，喂给她吃。饺子只有拇指盖大小，令人想到他做木匠的手艺也一定精良。

这真是一对古怪的男女，我开始打听他们的身世。如果教授知道，一定会斥责我。他是只认病不认人的。我还没有老练到他那种程度，对病和对人同样感兴趣，更不用说拥有这样一只美丽鼻子的漂亮女人了。

事情简单到令人遗憾。好汉没好妻，赖汉娶仙女。不知是出于什么原因，年轻貌美的小茶嫁给了丑陋的老姜。姜木匠夜以继日地为人打家具，为小茶添置许多衣物，小茶却不愿为老姜添一个孩子。终于有一天，当老姜手提斧锯外出而归的时候，看到一个高大俊俏的小伙子，正在吻小茶鼻梁上的那颗痣，于是……

这故事远没有书本上舞台上缠绵悱恻，但因为活生生发生在眼前，我还是很关切它的结尾。

“为什么单要剃鼻子？在脸上划几刀不是也可以么？”有

人问木匠。

我觉得这问话很卑鄙。小茶那张美妙绝伦的脸庞，若是被乱刀划破，纵是教授再巧夺天工，恐怕也难以完璧归赵，这不是唯恐天下不乱嘛！

“没有鼻子的女人，比老母猪还要丑。别人不要，我不嫌。家中就太平了。”姜木匠很憨厚地答道。

教授对这一切都不知晓，每天只是很认真地观察鼻子，好像那是他植下的一株珍稀植物。鼻子很争气，长得结实挺拔，欣欣向荣。我想把小茶的病历整理成资料，投往医学杂志发表。这是外科史上一例罕见的鼻子再植成功病例。

教授摆摆手：“不忙。再看一段时间。医学追求完美，更追求长久。不是急功近利的事情。”

鼻子也像家用电器，有保修期吗？我悻悻然，又不得不服从。

小茶出院了，用极清亮极柔美的声音同我们说：“再见。”想起她入院时那毒蛇般的嘶鸣，你会觉得鼻子对于音色比对于美观要重要百倍。

老姜什么也没有说，头也不回地走在前面，好像怕小茶找不到回家的路。

小茶没有再来。连例行的随访复查也没有来。有人说她的鼻子长得很好，同老姜也过得可以，只是还没有孩子。

我再次想把这病例报道出去，教授依旧不慌不忙：“要注意远期效果。我们一定要亲眼看一看病人的恢复情况，而不要匆忙下结论。”

随时留有充分的余地，也许是成熟医生和实习医生最大的区别。

看来只有哪天到小茶家去一趟了。我一定要看看刨刃，用手指试一下它的锋利程度。

这件事一直拖延着，教授很忙。

一天深夜我值班，楼道里又突然响起急骤的跑步声。

急诊室里坐着一对男女。女人戴着大口罩，面目表情不清，端然坐着，双手顺在夹紧的两膝之间，脚尖恭顺地并在一处。那男人干瘪瘦削，眉头紧皱，嘴角翕动，两眼通红，像条被刮掉鳞的金鱼。

是小茶和老姜。

老姜很熟练地解开口罩。

我已经是见过一些世面的医生了，终于没让什么声音从嘴里发出来。

口罩下又是一个巨大的黑洞！

一切的一切，像是故事重演。只是黑洞四周有线团样的白丝，随着呼出的气流，旗幡似的拂动。那是教授充作缝线的白发，依然晶莹雪亮，结实柔韧。

“还是用的那个东西吗？”我克制住心中的厌恶、恐惧和愤怒，不愿说出那凶器的名称，尽量平稳地问。

“是。还是上回用过的那种，我觉着挺好使。”老姜恭敬地回答我。知道医生需要了解详情，便努力周全。

小茶什么也没说，像凝固的蜡像。

我点点头，不再询问别的。现在的首要问题是救治病人。

教授到了。我明显地看出他踉跄了一下，然后倚靠在一旁，看我清洗伤口。

小茶的脸庞在冰冷的消毒液下凝然不动，波光粼粼带有樟脑气味的液体，轻柔地在凝脂般细腻的皮肤上漫过。老姜像自身受酷刑一般长吁短叹。每当我手势略重，他便不满地重重斜视我一眼。

伤口处理完毕，看来一切就这么结束了。教授突然按住我的手，犹豫不决地对老姜说：“那个……我说的是那个……还在吗？”

我从未见过学问精深德高望重的教授这般畏葸不前。他面色苍白，目光焦灼，双手微微发抖，急不可待又惊惶不安。

“带着哩，带着哩。”老姜显出先见之明的得意之色，从一块能看见油污的纸里，摸出一团东西，伸到教授面前。

于是我又一次看见了小茶那只光洁如玉的鼻子——只是它现在类似一个柿饼。也许叫肉饼更恰如其分。血肉模糊、狼藉一片。两个鼻孔蛮不讲理地重叠在一起，像火车失事后的钢轨。唯有教授白发的残根，依旧闪亮如银。头发是最不容易被吸收的物质，人体可以腐烂，头发却依然长存。

“这是什么？”教授茫然地扫视四周，希冀什么人能给他一个回答。他真的不认识这团椭圆形污浊的物体。

“鼻子呀。小茶的鼻子。不信，您问小茶。”老姜耐心地解释，并找出证人。

“那是我的鼻子。”

声音从嘴和黑洞中一齐发出，单调、刺耳、尖锐。却没有悲伤。

“它怎么成了这个样子？这个样子！”教授咆哮起来。全然不顾医学专家温文尔雅的风度和对面墙上斗大的“静”字。

这问题原是不必回答也不能回答的。可惜老姜是很实诚的人，原原本本答道：“是用脚踩的。我用脚后跟在地上碾着踩了一圈。”

这方法的确很地道。它使鼻子的所有微细结构消失在肉酱之中，任何高超的技艺都将望洋兴叹。

“很好！好极了！”教授的白眉毛从帽子里探针般地刺了出来，根根倒立：“那你还把这东西拿来给我看什么？你可以拿它去喂猪，当肥料，扔到坟堆里！可你偏要给我看！我不看！我不认识这东西……永远……不看……”教授的话，开始时气壮如牛，其后却迅速萎顿下去，像行将熄灭的蜡烛，尾声竟带出了呜咽。

老姜愣了片刻，嘴角像被绳扯着，慢慢裂了开来，不知是哭还是笑。

在救治小茶的同时，我不得不同时对教授实施急救。他的心脏在顷刻间衰老，微弱得几乎听不见跳动。

“看来，你的鼻子只能这样了。”面对小茶脸上那个简洁的黑洞，我爱莫能助，用残存的恻隐之心说。

“这样也好。早这样，早好了。”小茶的声音高细单调。

小茶第二次出院了，这一次没有说“再见”。她戴着上下都很平坦的大口罩，远看像是糊了一块白纸。

后来，听说她给姜木匠生了一个儿子。再后来，听说她依旧戴着口罩，口罩布很白，天天都换洗。口罩也不再那样扁平，丰满地膨隆起来，一如其下有个周正挺拔的端正鼻子。那是老姜给小茶做的，用最白最细的白杨木。春天叶子绿了的时候，走过小茶身边的人，会闻到白杨树的清香。

“可是那白杨木的鼻子，是怎样安到脸上去的呢？”有人问木匠。

“用胶。粘柜橱拉手的那种。”姜木匠并不保守，很和气地告诉别人。

我于是想到我们用过的缝合线，觉得不很聪明。教授绝口不提这件事了，好像它从未发生过。我却始终存有淡淡的遗憾。它是一次那样成功的手术，却永远无法报告了。

天衣无缝

邹安回娘家吃晚饭，一推房门，异香扑鼻而来。

“妈妈，是什么这么香啊？”邹安已为人妇，而且是见过世面的白领小姐，但一回到家里，就立即在感觉中将自己缩小，十分自然地幼稚起来。

“你尝尝看。”妈妈把汤钵的盖子掀开。虽说家里通常是聚餐，而且讲究的是让父亲动第一筷子，但妈妈常常提前从锅里拣出精华的部分，以饲她最疼爱的儿女。

满满一钵肉。邹安嚼了一块，好吃极了。她从小就爱吃肉，妈妈总说她不是猴子变的，是老虎变的。

“到底是什么肉呢？像是鸡，又不是。”邹安摆弄着那块精致的小骨头。

“是雪兔肉。别人送的。听说这种兔子是吃雪长大的，消灾祛病益寿延年。只是肉太少，我把它和鸡炖在一起了。”妈妈热心传布关于动物的神话。

吃饭的时候，邹安很仔细地避开鸡肉，专挑雪兔肉吃。雪兔比母鸡更容易吸收酱油，显出琥珀样的红光。

雪兔一定还有别的药用价值。邹安回到自家的小巢时，已经很晚了，还是推醒丈夫造爱。

以后的日子很平和。他们结婚的时间不长，没有特别地想要孩子，也没有特别地不想要孩子。虽然年轻，却很推崇古典的顺其自然。这年头，顺其自然是一种时髦。过去是境遇不好的人喜说这话，借以自勉自娱。现在却是混得光彩的人如此说。

邹安怀孕了，她一点儿都不惊奇，用医院的阳性化验单通知了丈夫。她历来鄙夷电影电视里的镜头：到了妻子缝制小孩衣服的时候，丈夫才恍然大悟。

她交化验单时的神情，镇定得如同递一张电影票。

丈大很仔细地看了单子，然后说：“好事啊。不过你要多受苦了。”

“没什么。对女人来讲，这是很正常很自然的事。”邹安平静地说。觉得自己是一只精美的空箱子，该装一些宝贵的东西在里面了。

“我们的孩子该集合我们俩的优点，比如我的眼睛、你的嘴唇……你的嘴唇最好看，像红沙漠上平缓起伏的沙丘……你知道吗？”夜里，丈夫这样说。

邹安笑了，说：“关于嘴唇的话，你说过1 000遍了。关于优点的话，所有的孕妇家里都进行过这种讨论。集合优点，要服从概率。咱们俩的基因，就像一副打乱了的扑克牌，怎么能保证抓到手的都是一色红桃呢？”

丈夫说：“就算不都是红桃，咱们俩这样能干，孩子也该集中了大小王和几个尖儿吧？”

邹安就把这话学给公司里的同事听。大家表面上不说什么，暗地憋着劲儿，等着看美丽的邹安生个什么样的宁馨儿出来。

日子渐渐沉重，邹安像注满了水的茶壶，臃肿不堪。在最后一次产前检查的时候，她听到一个膨着袋鼠样肚子的孕妇对另一个小肚子的孕妇说：“你吃了兔肉没有？”

“小肚子”说：“没有。谁敢吃那东西？吃了孩子三瓣嘴。”

“袋鼠”说：“这是迷信呢。不过，还是躲着点儿好。”

邹安突然想到了雪兔，心里打了一个寒战。但她很快对自己说，这都是没有文化的人的无稽之谈。她不断重复着：雪兔不是兔。

她知道孕妇在临产前都有一种对怪胎的恐惧。但自己这样青春健康，没有受过核辐射和病毒感染，整个孕期几乎连一片药都没吃过，孩子怎么会有毛病呢？

邹安躺在产床上的时候，非常宁静。她甚至为这种宁静感到羞涩。所有的病人都在鬼哭狼嚎，产房是一座放肆地演奏生命摇滚的大厅。邹安在这里显得格格不入，只有生过许多孩子的老妇才这样无动于衷，孩子顺产。婴儿头一接触到冰冷的空气，没有丝毫的停顿，就像猎豹一样凶猛地啼叫起来。邹安知道那不是哭，哭是人类悲痛的表示，一个刚降生的孩子，快乐还来不及呢，他是在以哭为乐。

助产士摆弄着孩子。邹安抑制着疲倦，仄歪着身子看了一眼。婴儿的头拢在助产士手掌中，长相没看清，只见到那是一个男孩。

助产士把孩子对着医生说："怎么办？"

医生说："她的丈夫在吗？"

助产士说："不在。"

医生说："其他的亲人呢？"

"也不在。"助产士回答。

医生说："那就只有同本人谈了。她的情况好吗？"

助产士说："还好。各方面都很正常。"

医生说："那好吧。我来谈这件事。"

邹安很清楚，听到了所有的对话，不知道这同自己有什么关系。她躺在产床上，像一条悠闲的白鲸，等着人们把她的产品呈上来，让她过目。

助产士小心地托着孩子走过来，好像那是一柄重剑。

医生接过来，因为新生儿柔若无骨，便用前臂垫着他的脊椎骨，让孩子的屁股坐落在自己的肘中。这样婴儿就站起来了，突兀地矗立在邹安眼前。

丈夫本来是要陪着邹安的，但她把他轰走了。“你忙你的。生孩子是我自己的事，不喜欢旁人参观或是多手多脚。”她这样说。也不让妈妈操心。

医生举着浮雕般的孩子说：“一个男孩。我们大致检查了一下，其他还好，但是个兔唇，抱给你看看……”

医生还没说完话，那小小的婴儿打了一个哈欠。他的小唇的确很像邹安，轮廓轻柔。但唇中央像峡谷一般地开裂了，暴露出粉红色的小膛和黑洞洞的咽部。

邹安立即被旋转的粉红色和黑色湮没……

当她醒来的时候，听见丈夫愤怒地对医生说：“你们怎么能这样残忍？她刚生完孩子，身体虚弱，你们却要把这么刺激的消息告诉她，还一定要她亲眼看……”

医生很温和地说：“按照保护性医疗制度，我们不应该给产妇这样的恶性刺激，但是医院常常为这种事吃官司，我们只好当场验明正身。不然出了产房，有人就不认账，说我们是狸猫换太子。我们有我们的苦衷，没想到她的反应这么强烈，其实兔唇是最轻微的畸形，可以修补得天衣无缝。”

邹安始终没有睁眼。不知道睁开眼之后说什么。她只记住了一句话：天衣无缝。

邹安带着孩子出院之后，没等同事们来看她，就立即迁往丈夫的家乡——一个小城坐月子。同事们谁也不知道兔唇的事，都说："你看，邹安的运气多好，有婆婆侍候。6 个月产假后，就带着白白胖胖的大儿子回来了。到那时，我们去给她贺喜，还要吃红皮鸡蛋。"其实很多人因为片面的认知，现在已经不吃鸡蛋了，嫌胆固醇高。但大家都愿意助兴。

邹安生完孩子 5 个月之后，悄悄地潜回娘家。妈妈看了吓一跳，说："你怎么这么瘦？哪里像个月婆子的样儿？是不是婆婆待你不好？让妈好好给你补一补。"

邹安苦笑着说："婆婆倒是挺好的。是我自己吃不下。"

妈妈说："她没有嫌你生了个兔子嘴的孩子吧？要是说了，你就说我们这边从来没有这个根的，一定是他们家遗传。"

邹安说："婆婆没说什么。还一个劲地劝我不要放在心上，说乡下这样的孩子多得很，只要脑子聪明，是一样的。还说，越是这样的孩子，越是要对他好一点儿。"

妈妈说："嗯，亲家母还挺明事理。"又说，"既然是这样好，那你还愁什么呢？"

邹安不由得哭了，说："愁孩子啊。在乡下当然是好养活的，可我们是在城里。这个孩子长大了，会多么自卑！现在宾馆里招一个看大门的，都要标致得像罗密欧。我生出的是一个……别人不说什么，我心里也永远不能原谅自己。”

妈妈说：“那可怎么办？又不能再生一个！”

邹安不说话了。在那些忧郁的夜晚，她不止一次想过，这个孩子要是没出生就好了。锋利的念头一闪，她就立即开始掐自己，拧自己，凶猛地惩罚自己。在常人看不到的隐秘处，她把自己虐待得瘀血斑斑，这样做了以后，她的心境就会有几天的平静。但那个残酷的念头也因受到了应有的处罚，变得堂而皇之，愈加频繁地冒出来。邹安恨透了自己的杀机，但没有办法。她是一个很理智而且要强的女孩，从小就事事争第一。没想到在这样一件最蠢的女人都能干好的事情上，自己失败得如此凄惨。这是一道做错了的题，没有橡皮，不许你修改。

她急急地赶回家，是想从这种疯狂的想象中解脱出来，市里有很好的整容医院，她要赶快把孩子修补得天衣无缝，让一切恢复正常。

邹安依旧保持着很好的身段，因为她不给孩子喂奶。在分娩以前，邹安是力主母乳喂养的。她对丈夫说：“哪怕我的体形变成了一个拿破仑酒桶，也要用自己的乳汁哺育我们的婴儿。我不能让他喝牛奶，要知道牛奶是喂牛的，而我们是人！”

丈夫吻着她说：“你真是一个英雄母亲。”

丈夫现在到国外去了，一切的担子都落到邹安一人身上。

邹安没能给孩子喂成奶的原因，不是邹安。兔唇的孩子根本就无法吮吸母亲的乳汁。他们的嘴像一个漏斗。面对粮仓，也只能饿得啼哭不止。

产后淤积的乳汁像两颗手雷，紧绷绷地坠在邹安的前胸，使她行走时有一种扑倒的感觉。她为儿子沏好了进口的奶粉，但这个畸形的孩子仍无法进食。牛奶在嘴里四溢，泡沫溢满了脸颊。偶尔流进咽喉的乳汁引起剧烈的呛咳，小小的孩子憋得像要爆炸的栗子。

邹安把孩子往床上一丢，好像小时扔一个破布娃娃。“这样的孩子有什么用呢？他的存在，不但是父母的难过，更是自身的苦难啊！”

猛烈的震荡救了豁嘴的孩子，呛进气管的乳汁弹了出来，呼吸欢畅了，饥饿的哭声十分嘹亮。

婆婆忍不住了，说：“你抱抱他。”媳妇是从大地方来的，自有一套养孩子的理论，乡下的老太太原不敢多嘴的。但孙儿的哭声使她勇敢起来。

邹安只好抱起孩子。婴儿的哭声由于身体位置的变换，暂停了一下。但根本问题没解决，他继续用所有的力量向世界表达不休的愤懑。

“你一个当娘的，不能老叫孩子这样哭啊！”奶奶实在听不下去了，顾不得城里媳妇的面子，摆出婆婆的威严。

“可是这能怪我吗？他的嘴像兔子嘴。我总不能喂他青草吧！”邹安也哭起来了。

婆婆这才明白，虽然世界上的人已经能把自己送到月亮里当嫦娥，可并没有发明出给豁嘴的孩子专用的吃食。还得用乡下的老法子，把面糊糊一勺勺地填进小婴儿的嗓子眼儿，才能既喂饱他，又呛不着他……

姥姥看邹安给孩子喂奶糊，笨手笨脚的，就说：“孩子挺胖的，要是不看脸，根本就不知道有毛病。你带得不错，怎么干起活来这么不在行？”

邹安手忙脚乱地说：“在那儿，都是他奶奶给喂的。我不能看见这张有残疾的脸。看着看着，只觉得自己的嘴唇也豁开了。毕竟他和我太像了。”

姥姥就叹了一口气，接过小勺说：“我来吧。”

面糊糊里掺了奶粉，挺香。

邹安抱着孩子进了整容医院。

“医生，求求您，请给我的孩子做手术吧！”她对外科医生说。

医生看了一眼，仅一眼，他就什么都明白了。有经验的医生就像种地的老农，张口就能说出一亩地打出多少粮食。

孩子包在名贵的襁褓之中，脸上覆着淡金色的绒毛，像一颗新鲜的芒果。感觉到有人在注视他，婴儿微笑了。这就把他的缺陷暴露在光天化日之下了。

“我们这里做这个手术是有把握的。只是，他多大了？”医生迅速登记着。

“5 个月零 3 天。”邹安说。她记得很清楚，这就是她在痛苦中煎熬的时间。

“哦，真对不起。我们现在没法收他住院手术。”医生遗憾地放下了蘸水钢笔。

“是不是……”邹安想起了有关医生红包的种种传闻。但是她不知道怎么说才合适。歇了 5 个月的产假，仿佛进了空难的黑匣子，外界的事一概隔膜了。

“我们还是比较宽裕的，为了这个孩子，只要能治好他的嘴，我们很愿意谢谢医生……”她笨拙地说着，脸上绷得像涂满了面膜，心中充溢怨恨。都是怀中的这个丑陋婴儿，使她从高贵的地位跌下来，低三下四地求人！

“不不。你想到哪里去了？我的意思是这个孩子太小了。按照我们的经验，要在孩子 18 个月以后，成功的把握才比较大……”医生解释。

“但是，我看了有关的书，上面说国外现在已经把这个界限提到了 6 个月。”邹安试探地说。她要了一个小小的花招，那书上说的是 1 岁，邹安把它萎缩了一半。她看了那本资料的出版时间，已经过时了。她想科学在日新月异地发展，这样一个小小的修补术，对于已经能嫁接基因的医学来说，该是易如反掌的事。

谢顶医生什么也没说。也许他识破了邹安的谎言，可是他还是点了点头。“从理论上说，手术是越早越好，有利于恢复得像正常孩子，但是，太早了，孩子太小，手术的麻醉风险太大。”过了一会儿，他补充道。

邹安误会了医生的话。假如他说的是“危险太大”，她就会慎重地考虑。但医生说的是“风险”，邹安就以为是指医务上的麻烦多。她就使劲说服医生，为她的小婴儿开一个绿灯。

“我相信您。我们会让孩子一辈子记着您，感谢您的。是您让他成为一个正常的孩子的。真的，我希望越早越好，现在邻居和别的人，都不知道他是一个兔唇，修好了，就永远不会有人知道这个秘密了。不然，就是补得天衣无缝，人们还会指着他的后背说，他以前是个豁嘴……”她把医生当成自家的亲人，充满祈望地说。

医生频频地点头。说：“既然你这样强烈地要求，我们可以一试。有许多很小的婴儿，做过比这更复杂的手术，国外甚至还有给胎儿做心脏手术的先例。不过，因为与常规不符，所以你得写一份书面的文字材料，说明这是你的要求。万一出了什么意外，与医院无关。当然，你要是不愿意，就此作罢。”

这其实是邹安挽回孩子生命的最后一次机会。但人们常为医生的坦诚所迷惑，以为他既预料到了事物的最坏环境，必是有了相应的准备。后果自然也就不会那样悲惨了。人们总以为医生在吓唬人，医生也乐意人们这样以为。我们就可以有恃无恐地干许多事了。

邹安签了手术委托书，她的签名很潇洒。医生说，你的字很漂亮。

多么微不足道的一句话！从小到大，有许多人夸过邹安的字，邹安已经对这方面的夸奖无动于衷，但是医生随口的话仍是叫她好欢喜，觉得这是一个好兆头。医生既然注意到了她的字，就证明注意到了她对医生的信任。医生会对她的儿子格外认真的。

“孩子除了先天性唇裂以外，其余非常正常。”医生满意地说。这是一块结实的石头，在上面是可以雕出好花样的。

“是啊。他是个非常健壮的男孩。”邹安骄傲地说。她从未能为自己的孩子骄傲过，这一次，在这个外科医生面前，她知道了做一个完美孩子的母亲是多么惬意！

“如果这是你最后的决定了，就把孩子留在我们这儿。”医生说。

“为什么？”邹安没想到她抱着孩子来，却要空手回去。做手术也像修电视机一样，需要放下东西回家静等吗？

“假如决定手术，就由我们的护士负责喂养，以建立感情。你想，在手术恢复的过程中，孩子是不能哭的。一哭，缝好的嘴唇就裂开了。假如直到手术前孩子才离开妈妈，手术后都是陌生人，孩子怎么能不哭呢？假如是大一点儿的孩子，还可以做思想工作，或者干脆吓唬他们。但对这么小的婴儿，只有让他暂且忘记你的脸，记住护士的面孔……”医生娓娓解释着。在医生的逻辑面前，你往往有一种被催眠的感觉，说不出反驳的话。

邹安就两手空空地回家了。

邹安原原本本向妈妈学了医生的话。妈沉吟了半天说：“孩子是你的，他那么小，自己又决定不了自己的事，可不就由你说了算。你可要慎重。”

邹安说：“妈，可我是您的。您说了算。”

妈说：“我没碰见这样的事。你们生下来的时候，零件都好好的。”

邹安说：“妈！连您都讥讽我。我更要让孩子早早把手术做了，成为一个完整的人。”

妈抚摸着邹安的头发说：“妈不是那个意思。妈只是想说，这么急着做手术，是为了孩子，还是为了你自己？”

邹安听出了妈的意思，就说：“是为了我，但更是为了孩子。我不断地想，如果我小时候是个豁嘴，一定希望在我还不懂事的时候，把它治好。等长大以后，疼也忘了，丑也忘了，完全和正常人一样。假如我的父母推卸了这份责任，非要等我长大了，自己做主，看似仁慈，实则残忍。”

妈还不死心，说：“你不和他的爸爸商量商量？”

邹安说：“这是我制造出的产品，我说了算。”

妈就有点生气了，说：“那你还是我造的呢，我说了怎么不算？”邹安就恼羞成怒，说：“要是你不给我吃兔子肉，这些事就都没有了！”

她明知兔子和这事没关系，还是要狠狠地说。

妈就再也不答话了。

在等待手术的日子里，邹安焦灼不安。好多次她想跑到医院，抱回自己的孩子。她想对医生说：“我们不做了。我们就这样也挺好，或者等他大些再说吧。”这句话像洪水中的圆木，不停地在思绪中翻滚，直到在睡梦中都流利地说了出来。

妈赶忙爬起来说：“我的儿！你终于想通了，这多好。我们天一亮就到医院去，把孩子抱回来。”

邹安揉着眼，面无表情地说：“刚才的话不算数。”

妈就噎在那里，觉得自己的脖子立时长出一个包。

终于到了手术的日子。邹安早上穿了自己最好的衣服，到医院里去。为什么要穿漂亮的衣服呢？儿子还认识妈妈吗？是不是要在孩子的眼里留下最好的模样？她想了半天，才模模糊糊地觉得自己是胆怯了。女人在胆怯的时候，要么借助食物，要么借助衣物，才觉得自己有所依傍。

妈妈说：“我跟你一块儿去吧？”

邹安顽强地说：“不用。这是一个很小的手术。”其实她的心里太渴望妈妈和自己一道去了。只要妈妈再坚持一下，她就答应妈妈同去。但是妈妈再没说什么。邹安等了一会儿，见妈妈不会有新的言语了，就毅然决然地出了门。在出门的一刹那，她突然明白了：其实妈妈的心里也害怕医院里漫长的等待。

当邹安真的站在医院的时候，心情反倒平静了。许多重病的人都生机勃勃地活着，她的小儿子一定会被修补得天衣无缝。到那时候，她一定全心全意地爱他。

她看到医生，真想对他说点儿什么。说什么呢？无非是拜托了，您多辛苦这类的话，她觉得很俗套。但是不说这些，又说什么呢？她还没来得及想出得体的措辞，医生就先开了口："看看你的儿子吧。看比你自己带的时候是胖了还是瘦了？"

邹安赶紧说："在您这儿，我很放心。"

医生面无表情地让护士把孩子抱过来。几天不见，孩子好像长大了，除了他的嘴，实在是个英俊的男孩。邹安突然对他充满了怜爱之情，紧抱在胸前。感觉到他小小的心脏，像一面小鼓，快速而匀称地跳动着……

那个孩子哭了，不安地挣扎着，向四处寻觅……邹安一下有些慌，虽然她以前不是常抱孩子，但小家伙跟她还是挺熟的。这是怎么了？

护士接过去，孩子就好了。

医生满意地说："这就好了。我们在手术前，都要做这样一次试验。要是孩子还舍不得妈妈，手术就得推迟，现在很好，我们可以开始了。”

邹安最后看到她的孩子，小家伙已经被冬眠了，宁静地躺在手术车上，就要进入手术室。他是那么的小，躺在漂白的手术单子下面，像一本折皱的书。护士轻快地推动着，好像那是一辆空车。

邹安目送着车，她看到那个小小的人儿，很香甜地咀嚼了一下。而且绽了那笑容像春天的一只小鸭子，调皮地浮动在婴儿的脸上。

邹安一会儿坐下一会儿站起。医院手术室外的座椅，被无数亲人的肌肤，磨出油亮的木纹。邹安想，这些椅子将来就是朽了，被人捡去当柴烧，火焰都得是黑色的。

她看过许多这方面手术的书，因此可以穿透墙壁看到里面的情景。

他们给他施行全身麻醉……他们切开皮肤……他们用羊肠做的丝线开始一层层细密地缝合豁口……他们……

真是无比痛苦的煎熬。邹安觉得自己的双肩像乘坐翻滚过山车一样，被坚硬的钢箍扣死。心脏想冲破皮肤，在光天化日下跳动。流动的血变成了渣滓，晦涩地贴在咽喉。眼球变大，身体温度不断地升高……

随着时间推移，邹安渐渐麻木下来。她知道手术就要结束了，可怕的过程已走到尽头。

邹安对自己说，等儿子长成翩翩美少年时，我一定要告诉他，今天心灵受到的折磨。

一个护士急匆匆地跑出来，说：“谁是邹安的母亲？”

邹安一时没听明白，愣了一下才反应过来。

当初孩子住院的时候，登记处问这孩子叫什么名字，邹安说：

“还没有给他起大名呢。等手术成功了，起个好名字。”

登记处说，那也得有个名字啊，不然怎么写病历？

于是邹安慌忙站起来，说：“我就是。”

护士说：“快进去看看你的孩子吧。”

邹安说：“手术成功了？”

护士说：“手术倒是成功了，只是孩子不行了。麻醉太深了，孩子醒不过来了。”

这一次，邹安没晕倒。她像梦幻一般地跟着护士进了洁白的手术室，轻盈得仿佛在太空中穿行。

她的小儿子宁静地躺在手术床上，无声无息，像一瓣已融化成水的雪花。

他的脸是出奇的完美，父母双方的优点全显现出来了。尤其是他的嘴唇，修补得天衣无缝，曲线柔和得如同沙漠上最优美的沙丘。

一座白沙丘。

紫色人形

那时我在乡下医院当化验员。一天到仓库去，想领一块新油布。

管库的老大妈，把犄角旮旯翻了个底朝天，然后对我说，你要的那种油布多年没人用了，库里已无存货。

我失望地往外走，突然在旧物品当中，发现了一块油布。它折叠得四四方方，从翘起的边缘处，可以看到一角豆青色的布面。

我惊喜地说："这块油布正合适，就给我吧。"

老大妈毫不迟疑地说："那可不行。"

我说："是不是有人在我之前就预订了它？"

她好像陷入了回忆，有些恍惚地说："那倒也不是……我没想到把它给翻出来了……当时我把它刷了，很难刷净……"

我打断她说："就是有人用过也不要紧，反正我是用它铺工作台，只要油布没有窟窿就行。"

她说："小姑娘你不要急。要是你听完了我给你讲的这块油布的故事，你还要用它去铺桌子，我就把它送给你。"

"我那时和你现在的年纪差不多，在病房当护士，人人都夸我态度好技术高。有一天，来了两个重度烧伤的病人，一男一女。后来才知道他们是一对恋人，正确地说是新婚夫妇。他们相好了许多年，吃了很多苦，好不容易才盼到大喜的日子。没想到婚礼的当夜，一个恶人点燃了他家的房檐。火光熊熊啊，把他们俩都烧得像焦炭一样，我被派去护理他们，一间病房，两张病床，这边躺着男人，那边躺着女人。他们浑身漆黑，大量地渗液，好像血都被火焰烤成水了。医生只好将他们全身赤裸，抹上厚厚的紫草油，这是当时我们这儿治烧伤最好的办法。可水珠还是不断地外渗，刚换上的布单几分钟就湿透。搬动他们焦黑的身子换床单，病人太痛苦了。医生不得不决定铺上油布。我不断地用棉花把油布上的紫色汁液吸走，尽量保持他们身下干燥。别的护士说：'你可真倒霉，护理这样的病人，吃苦受累还是小事，他们在深夜呻吟起来，像从烟囱中发出哭泣，多恐怖！'"

"我说：'他们紫黑色的身体，我已经看惯了。再说他们从不呻吟。’”

“别人惊讶地说：‘这么危重的病情不呻吟，一定是他们的声带被烧糊了。’”

“我气愤地反驳说：‘他们的声带仿佛被上帝吻过，一点儿都没有被灼伤。’”

“别人不服，说：‘既然不呻吟，你怎么知道他们的嗓子没伤？’”

“我说：‘他们唱歌啊！在夜深人静的时候，他们会给对方唱我们听不懂的歌。’”

“有一天半夜，男人的身体渗水特别多，都快漂浮起来了。我给他换了一块新的油布，喏，就是你刚才看到的这块。无论我多么轻柔，他还是发出了一声低沉的呻吟。换完油布后，男人不做声了。女人叹息着问：‘他是不是昏过去了？’我说：‘是的。’女人也呻吟了一声说：‘我们的脖子硬得像水泥管，转不了头。虽说床离得这么近，我也看不见他什么时候睡着什么时候醒。为了怕对方难过，我们从不呻吟。现在，他呻吟了，说明我们就要死了。我很感谢您。我没有别的要求，只请你把我抱到他的床上去，我要和他在一起。’”

女人的声音真是极其好听，好像在天上吹响的笛子。

“我说：‘不行。病床那么窄，哪能睡下两个人？’她微笑着说：‘我们都烧焦了，占不了那么大的地方。’我轻轻地托起紫色的女人，她轻得像一片灰烬……”

老大妈说："我的故事讲完了。你要看看这块油布吗？"

我小心翼翼地揭开油布，仿佛鉴赏一枚巨大的纪念邮票。由于年代久远，布面微微有点粘连，但我还是完整地摊开了它。

在那块洁净的豆青色油布中央，有两个紧紧偎依在一起的淡紫色人形。

生生不已

厄运就蕴藏在那块鸽血红的酱豆腐里。

在那块酱豆腐之前，乔先竹一直以为女儿姜小甜是个能吃能睡的好孩子。

悲哀是从中午 12 点 15 分降临的。乔先竹清晰地记得那个时刻，好像那是原子弹爆发的时间。

12 点钟下班，1 点钟上班，中午只有一个小时的午休时间。工人是没有资格睡午觉的，那是有身份的人的事。乔先竹要骑车赶回家去给上学的女儿做饭。

说是做饭，其实剔了路上的时间，所余的工夫就很有限了。手笨的女人做不出来，只够把早上的剩饭热热给孩子吃。不过乔先竹手巧。

12点整的时候，工厂的大铁门像个忧郁的老人，难得地咧开嘴一笑。女工们倚着铁栅栏冲了出来，好像越狱一般。从现在开始，每一分钟都是自己的。

当男工们滚动着粗砺的喉结咽下最后一颗米粒，准备打牌时，乔先竹正骑到了一家小杂货店的门前。

她该一股脑骑过去，那样一切都不会发生。可是她今天骑得格外的快，比平日到家的时间要早，就有足够的闲情逸致打量了周围的景色。

正是春天，小镇像一匹肮脏而又生意盎然的毛驴，到处都飘浮着令人想打喷嚏的气味。

千不该万不该，乔先竹不该瞄了一眼杂货店门前的小黑板。

小黑板实际是扯下来的一块多边形三合板，又抹了层墨汁。歪歪斜斜地写着：新到臭豆腐、酱豆腐。结尾是三个炸弹似的大惊叹号。

粉笔字的色彩很鲜艳，石灰石粉毛茸茸地粘在粗糙的木纹上。

乔先竹下了车，没上锁就进了小店。她的车很破烂，而且她马上就会出来。

小店里很黑，刚进来的人看不清，早潜进的人则洞若观火。“买什么呀？”有人问，声音喑哑得如同被人踩裂了的老竹子。卖货的本是一个爽脆的小姑娘。

一位老女人的轮廓从酱油瓶子的背景上凸了出来，是邻居司徒大妈。乔先竹不想碰上她，老太太的车轱辘话，会耽误了孩子的饭。

“给小甜买块酱豆腐，就疙瘩汤吃。”乔先竹说着，把破书包里的饭盒掏了出来。饭盒盖剐着了书包带上缠着的旧玻璃丝，翘起了一个角，一股白气像烟似的冒了出来，灼痛了她的手。

厂子里中午管蒸饭。工人们就蒸一大盒子，留着晚上回家再吃，给自家省点薪火。

乔先竹故意不看司徒大妈。一交换眼神，老太太的话就更没边没沿了。敢情她退休了，巴不得有人跟她聊天。乔先竹得让孩子一回到家就能看到香喷喷的一大锅疙瘩汤。

她对给司徒大妈包完了碱面的售货员说：“我先看看颜色红不红。不新鲜我可不要。”

“新鲜！像鸽子血那么红！姑娘，给我们捡两块卧在下头的。”司徒大妈一点都不计较乔先竹的怠慢，像吩咐自家闺女一般，指挥售货员。

小姑娘想不买账，又一想好歹也算个主顾，就先不忙着招呼刚进来的那位上了年纪的男人，把酱豆腐坛子揭了盖。

一股好闻的酱菜味涌进鼻子。乔先竹吹了吹手指，饭盒盖烫着了她。事情到了这会儿，不管酱豆腐是不是鸽血红，她都得买了。

“先买一块吧。现吃现买好。”乔先竹说，然后盘算着怎么用手托着饭盒盖骑车回家。

“多来点汤。”司徒大妈很权威地指示着。

“呦！就一块酱豆腐还想多要汤！都这么着，我这酱菜坛子还不得成了上甘岭。您就将就点吧。”小姑娘麻利地把一块酱豆腐夹到了乔先竹的饭盒盖上。

“那就再来两块吧。”乔先竹说。一是她看着酱豆腐不黑不燥，二是她不愿司徒大妈为了自己受这番抢白。

“别呀！吃多少买多少，要不，皴了。”司徒大妈设身处地地说。

“我家小甜可能吃了。要是敞开来吃，一顿能吃两块酱豆腐。”

“哟！那还不得变了鼹蝠。”司徒大妈吃惊得假牙差点没掉下来。

“老鼠吃多了盐，才变鼹蝠呢。”乔先竹不高兴了。

“嗨！我也是老糊涂了。可小甜一个女孩家，怎么就能吃那么咸的东西呢？不咳嗽哟？不上火哟？”司徒大妈把昏花的老眼睁得很大。她越老越爱表现惊奇。

“可她一顿还喝一大锅疙瘩汤呢。”乔先竹一面为小甜辩解着，一面也觉得这确实是个怪事。

“喝多少？一大锅？你们家的那口双耳大铁锅？”司徒大

妈在街道管点事，家家根底她像克格勃一样清楚。

“是啊。我们家就那么一口锅。”乔先竹不知为什么，心里有些发慌。

“你中午就那么屁大点的时间，哪做得出恁大一锅汤！”司徒大妈见多识广地不相信。

“两大暖瓶开水都是早上现烧的，到了晌午没有一百度也有九十度。下锅就开。舀一勺子猪油香香嘴，择两把菜叶子丢下水。这边就紧着攥一双筷子搅疙瘩，稀稠也顾不得调了，拨拉进锅就是了。八九岁的孩子不知道个好赖，啥也不挑。小甜刚到家我就得走，等晚上我回家来，锅像被小叭狗舔了一样净……”

时间已经不够耽误的了，可乔先竹还想说点什么。

“这么吃，小甜可得胖。”司徒大妈很严肃地说。

“不胖啊。还一个劲儿地掉秤呢！”

“多给吃点好的。正是长个儿的时候，光给喝疙瘩汤可怎么行呢？吃肉！吃鱼！吃……”司徒大妈瘪瘪嘴。

“小甜不吃。只是喝汤喝水……”

“那还不得水肿？”

“倒还不错，都尿出去了。上课的时候，老是举手说上厕所。说撒尿老师就不让去了，你课间休息的时间干什么去了？就得说是拉屎。她还为此得了一个外号叫做屎包子。前几天领着她上公园，公共汽车上就说要上厕所，她爸爸说这得忍着。马上就到了，就到了。小甜刚开始还听说，后来小脸憋得通红，绞着腿说，我就要尿裤子了。没法子，只有马上下车，后来重新上车，另买一回票。尿完了，就又要喝。见了卖茶水的就走不动步了。就是那种一毛钱一杯的摊。她说渴，我给她一块钱，说喝完了，再买根冰棍吃。她又蹦又跳地走了。一会儿回来了。我说冰棍这么快就吃完了，留神拉肚子。她说根本就没买冰棍，全喝了水了。我就去找卖水的老头，说你们可不能欺负小孩。那老头正往杯子里续水，说不定是谁欺负谁呢！从来就没有看见过这么能喝的孩子，把我这一溜杯子里的凉白开都喝完了，我没有找你们多要钱，就不错了……”

那个后来的男人在暗影里走动起来。

“哎！我说你们到底是还要几块酱豆腐啊？”小姑娘叫起来。她怕那个男顾客走了。

“还要……”

没等乔先竹说完，那个苍老的男人打断了她的话，“你说的可都是真的？”他目光如炬地问。

乔先竹吓了一跳，她一直背对着门，不知道这个人是什么时间进来的。

“实话。肯定是实话！他们两口子那可是老实人！”司徒大妈忙不迭地为乔先竹一家作证。

“这种情况有多长时间了？”男人问。

“哪种情况？”乔先竹莫名其妙。在弥漫着酱气的紫色的暗淡中，那男人的牙齿白得像一道闪电。

“就是你的女儿，好像是叫小天……”

“不是小天，是小甜。”乔先竹不能容忍把女儿的名字念错。

“这并不重要。就算是叫小甜吧。”男人不耐烦地挥挥手。

“这有什么呢？小孩子正长个儿，能吃能喝，将来保准是个傻大个儿。女孩子太高了也不好，不易找对象。男孩总得比女孩高吧？”乔先竹不喜欢这个严峻的男人，可她非得跟他说这些话。她觉得有一种危险正从那个男人的花白头发上飞翔过来。

“我问你的是时间。”那个男人严厉地重复。

“好像有两个月的工夫了吧？不对，有小半年了吧？”乔先竹求援地看了看司徒大妈，明知老太太什么也不明白。

她突然生起自己的气来了。他是什么人？凭什么拦住自己，在这里没完没了地盘问人？疙瘩汤快做不成了！为什么要跟他啰唆！乔先竹转身要走。

“我是医生。您的孩子得了病。很重。你可以到这儿来找我。”苍老的男人告诉乔先竹一家医院的地址，这在附近要算条件最好的了。

“尽快带她来。我姓袁。”男人说。

那块鸽血红的酱豆腐砸在地上。

“他瞎说！没事找事！吃饱了撑的！”老姜说。

乔先竹是在家属区以外的路上拦住丈夫的。小甜已经回家了，饿得不行，妈妈就让她先吃了。乔先竹隐忍了一个下午，迫不及待地把一切告诉老姜。不能在家里说，小甜什么都懂了。

“谁？”乔先竹一时没回过味来。

“就是那个姓袁的大夫。我最看不惯那些穿白大褂的，恨不得把所有的人都打成病号，这样就显出他们的能耐来了。他说你有病，你就真的开始喘了？没那个！甭信邪！”老姜刚下班，汗里都是机油味，肚子饿得像一个空牛皮纸口袋，吃不上饭，先被塞进一个坏消息，他本能地把它吐出来。

乔先竹安心了。开始恨那个搅得她一下午都不得安宁的袁老头。

夫妻俩高高兴兴携手回家。

这是工厂的宿舍区。解放以前是旧厂房，屋顶是斜坡的“人”字形。现如今住了人，怕一家一户的太宽敞了，就在“人”字的正中打了一堵墙，成了“个”字，能填进加倍的人。

姜家就住在最深处的半个“个”字里。

两人突然停了步，就像被人用铜锤贯了顶。

在幽深的“个”字前头，有一个公用的水龙头。一个孩子正仰头含着水管吞咽。口角溢出的水，灌满了耳朵眼，又无声无息地涌进脖领子，小褂子的前后襟都洇透了。

“为啥喝生水！”老姜大喝一声。

那像青葱一样细溜溜的孩子吓得一闭嘴，水流溅得满脸开花，几绺软稀的额发像京戏青衣的头饰，苦难地贴在眼角。

“我渴。”女孩说。她就是小甜。

“我给你晾得有开水呀。”乔先竹心疼地说。

“喝了。不够。”

“那咱家也有水管子，干吗非跑这么远，来喝这一口凉水呢！”乔先竹把孩子揽在怀里。

“我喝得多，给家里省点水费。”小甜伸出猫似的舌头，把嘴边汗毛上的水珠舔进嗓子眼。

老姜阴沉地看着她们，什么也没有说。

“妈妈，我饿！”小甜说。

“为什么不给她做饭？”老姜恶狠狠看着净光的双耳铁锅，咆哮道。

“妈做了，是我吃完了，把锅又涮净了。”小甜忙着为妈妈择清。

乔先竹知道袁大夫说的是真的了。

老姜走过去，粗暴地扯过女儿，一寸寸地在她的身上摁，好像女孩是一个瘪了的乒乓球。

“疼吗？疼吗？”他不停地问。

“不疼。”小甜说。她已经感觉到脑仁里有一团像蚯蚓似的难受，可是她不说。爸爸妈妈这会儿的脸色都不好，别给他们添乱了。

“都不疼，你没完没了地吃呀喝呀的。成心给老子添堵啊？”没想到爸爸更恼怒了。

也许她应该告诉他们说自己好累好累，那样爸爸就不会这样生气了。小甜想。

“以后不许你再说渴再说饿！听见了没有？”

“听见了！”小甜转身就跑。

“干什么去？”老姜愈发怒火冲天。

“上便所去。尿。”小甜急得直跺脚。

老姜死死地拽住女孩，颤颤抖抖地说：“好孩子，你告诉爸爸妈妈，说你没病，说你没病啊！”

他拼命地摇着女孩，好像她是一瓶混合不匀的饮料。

“我没病啊！”小甜非常肯定地说。

乔先竹掰开丈夫的手，说：“甭管出了什么事，先让孩子撒尿去吧。”

夫妻两个面面相觑。他们注视着女儿，觉得那是一个陌生人。一种奇怪的病嵌入了他们的孩子，从此他们要和一个不认识的东西相处了。

乔先竹机械地端起盆。

“干什么？”

“做饭。”

“也不看看都什么时候了，还做饭！”男人吼道。

“什么时候也得做饭呐！就是咱们俩不吃，孩子也还要吃。”乔先竹木木地说。

“不吃！不吃！还没有查出是什么病，这会儿把好东西吃进去，补不了身子，光补了病。饿着她！”老姜说。

“你那叫个什么理？兴许这个病不要紧呢？不要病倒没什么，人先给饿死了。”乔先竹强打起精神。她本想从丈夫那里得到点力量，没想到男人比她还先没了主张。

“吃点什么？”老姜突然觉得肚子极奇的饿，想大吃一顿山珍海味。有钱人为什么啥事都不怕呢？就是因为他们总是吃得好。勇气是蕴藏在食物里面的。

“吃疙瘩汤吧。孩子没吃够。”

乔先竹舀了面接水，毫无知觉地抖着面盆。要不买酱豆腐就好了……要不碰见那个姓袁的大夫就好了……这个孩子究竟是得了什么病呢……

她端着一盆糨糊，在想。

CT，人们都会念叨这个词。身边没有人知道它的全称，知道它的确切含义。人们只知道它是一项很昂贵很严重的检查。病情需要做 CT，大家就知道这是病得不轻了。假如做了 CT 还查不出是个什么病，那这病就更凶险了。

乔先竹记得袁大夫，可她专门不去找袁大夫。她想找一个别的大夫，好证明她的孩子没有病。

可是袁大夫还是看到了他们。

医院有高贵的花岗岩台阶，好像通往天堂的道路。袁大夫从医院的大门走出来，看到从台阶走过的人们都在绕一个弧形，中央仿佛是一座蛇岛。

一个男人和一个女人面对面地坐在冰冷的石阶上，手拉手，在忧郁的上午乘凉。袁大夫认出了那个买酱豆腐的女人。

“孩子呢？”他温和地问。

“上学去了。她的头疼得很厉害，我们说不要去了，她还是要去。她说她没有病，就是缺觉。我们来给她拿检查报告。”乔先竹说。她的眼泪像快要死灭了的蜡烛一样淌下来，黏结在脸上。

老姜把单子交给袁大夫。

“你们怎么坐在这儿呢？又凉又挡道。”袁大夫想把他们搬到一边，两个人像麻袋一样死沉。

“我们拿了报告单，就一边走一边看。走到这里，正好看完，我们就一屁股坐在这儿了，再也走不动了。医生，你既然能没见人就知道我家小甜有病，你一定能治得了她的病，你救救她，救救她吧！”乔先竹揪着袁大夫的衣服，不知内情的人，以为这女人要和医生打架。

袁大夫仔细地看了一眼报告单。第一个感觉是运筹帷幄的欣喜。果然不出他最初的判断，这女孩患有极险恶的脑瘤。

一个老人领着一个男孩小心地从他们身边走过，好像小船绕过江心的黑色礁石。乔先竹突然歇斯底里地狂叫起来："我恨你们！你们的孩子为什么一个个都好好的，我的孩子为什么要得这样的病？为什么！这不公平啊！老天！"

"起来！起来！"袁大夫厉声呵斥他们。"你们不能总在这里傻坐着！你们怎么说还是个大人，记住还有孩子呢！病在她身上，她才是最苦的呐！"

两个人乖乖地像木乃伊似的站起来，脸上仿佛大梦初醒的样子。

是啊，还有孩子。

"我们该怎么办呢？袁大夫？"

"把孩子送到医院来。陪着她。然后看看我们的运气吧。"

袁大夫走了，白大褂下摆像纸鹤似的飞舞着。

"妈妈没有腿，只有半截身子像被掰断了的萝卜，齐刷刷地浮在半空……妈妈还是有腿的，把自己的脑袋拼命往后仰，妈妈就像蒲公英似的飘起来，她的头就消失了，下半截身子树桩一样立在地上……这一切当然令人恐怖，但是也挺好玩的。这是哪个小朋友都没有见过的景象！等我病好了，一定好好地给大家说说这件怪事，就怕他们不相信……"

小姑娘静静地躺在惨白的床上。因为脑瘤的压迫，她的眼珠开始像夕阳似的下沉。世界便像鸡蛋被切成了两半。只要她的头痛不发作，景象非常奇异。

乔先竹和丈夫胆战心惊地陪伴着女儿。他们已经从最初的震惊中凝固下来。悲痛沉淀在他们的骨髓，不知道还有多少酷烈的苦难在等待着他们。

“爸爸妈妈，我就要死了。”小甜很清晰地说。她的声音依然纤细，好像金刚石刀锋在玻璃上画出笔直的纹路。

“小孩子，别瞎说！什么生呀死的！你知道什么？不过是有点小灾小病，用不了几天就会好的！”老姜狠狠地说。他要是不这么凶狠，就抑制不住嗓音的颤抖。他再也不敢对女儿发脾气，他想孩子以后万一有个三长两短，他得后悔一辈子。

“你要是真心疼孩子，就骗她吧。糊糊涂涂地死，比明明白白地死，胆子要大点。没准这病还能医好呢。”乔先竹说。

“这病是治不好的。一点希望都没有。不要有幻想，幻想只会使最后时刻真的到来时，你们更加痛苦。”袁大夫谆谆告诫他们。

“照你说的，我们就剩下等死一条路了？那还要你们干什么？要医院干什么？”乔先竹血红着眼，瞪着袁大夫。

袁大夫悲悯地看着他们。无论病人和他们的家属怎样恶语相向，他都不会计较。医学其实是一门十分苍白的学问，它绝不像人们想象的那样强健有力。世上有许多病，医学可以非常精确地描绘它们，犹如毫发毕现的肖像。但是医生们望洋兴叹束手无策，这些病就叫做不治之症。

“我们给孩子输血！输脑浆！输骨髓！为了孩子，我什么都愿意掏出来。就从我身上抽！”老姜露出两只旋起青筋的胳膊。

袁大夫轻轻地把他挡了回去：“这又不是二十四孝，可以割股疗亲。我们会尽力而为的。延长生命，减轻痛苦。”

乔先竹恨这个冷若冰霜的老大夫。可是又不敢得罪他。毕竟他是这所医院的外科权威。

“那我们走！转院！上北京！把家卖了也要给孩子治病！”老姜没有妻子那份心机，暴躁地跳起来。

“我不许你们走！”袁大夫冷峻地说，“孩子脑子里的那个瘤子，只有薄薄的一层膜，像凉粉一样软。任何一点颠簸，都会把里面裹的东西洒出来，事情就变得不可收拾了！脑袋是什么？脑瓜脑瓜，脑袋就是一个瓜！这个瓜能装多少东西是一定的。瘤子就是一个烂菜花。它有根，会不断地长大。脑瓜里就那么一大点地方，瘤子一大，别的器官就被压成了一摞纸片。等到瘤子长到了和脑子一般大……不和你们说了，说了你们也听不懂。总之，你们如果一定要走，孩子就会立时死在你们的怀里。”

袁大夫毫无抑扬顿挫地说完这一席话，匆匆走了。他有许多病人要看。有的医生是凭态度殷勤出名，袁大夫只凭医术。

走出很远，袁大夫又回来嘱咐道：“这孩子快抽风了。”

啊！！！

乔先竹和老姜先浑身痉挛了起来。还有多少罪在等待着这个孩子啊！

袁大夫深入浅出地向他们介绍了将要发生的癫痫大发作。深入浅出真是一件极残忍的事情。他把一个深奥的你不理解的可怕现实，描绘得那么简单明了。像一碗邪恶的清水，把你所有的希望都溶化掉了。

老姜和乔先竹真想把医生打一顿。可实际上他们却围着医生忙不迭地问："有什么办法吗？"

"赶快叫护士用镇静剂。确保环境安全，等待她抽搐自行终止。"

袁大夫说得非常平静，好像在传授一道菜肴的烹制方法。老姜双手扶着袁大夫，像滔天洪水中抱住了一棵老树。他作出垂危病人的家属在这种情形下能挤出的最好的笑容，说："我们信得过您，把孩子的脑子就托付给您了。您把它给打开，把那个瘤子给割出去。哪怕孩子就此傻了，瘫了，我们也一辈子念您的好。"

袁大夫不以为然地摆头："你以为你孩子的脑瓜真是一口箱子，想打开就打开想关上就关上了吗？脑子里的每一块都是非常重要的。除非是哑区……"

"哑区不就成了哑巴了吗？"老姜积极地插嘴。其实他是不该打岔的，但他想显出对大夫的讲解都心领神会，希望执掌孩子命运的医生能对自己说得再详细一点。

没想到袁大夫火了："谁说哑区不好？要是瘤子长在哑

区，切掉就是了，危险要小得多！为什么叫它哑区，就是有它没它一个样。你家孩子的瘤子长得不是地方。如果把瘤子切除，就像从湿地里把一个萝卜拔出来，要拖出一大坨泥。那都是人的生命中枢。肿瘤被切除了，人的生命也就在那一瞬同时停止了。”

迄今为止，袁大夫说的都是丧气话。但这并不妨碍他千方百计地寻找救治孩子的方法。他从不在病人那里停留太长的时间，一切都了如指掌。对于病的惨状，他比任何一个深受其苦的病人都更清楚。有出息的医生不是唉声叹气地在病人面前表示廉价的同情，而是苦苦探索，拿出拯救生命于水火的方子来。

小姑娘的头一天天地肿胀，渐渐像个榨菜似的见棱见角。夫妇俩日夜守候着女儿，像守候着一枚鱼雷，不知医生预言的可怕的抽搐何时到来。

袁大夫走进病房，手里拿着一瓶蓝墨水样的液体。

姜小甜睡着了。她的黑发遮住了头颅狰狞的凹凸，脸庞艰难地保持着娟秀。

“请你们到外面来一下。”袁大夫说。

“有什么您就在这里说吧。”两个人都不愿意离开孩子一步。最后相聚的时间像破盆里的水，越漏越少。“她睡了。”

“这是一种烈药。副作用很大。我不敢说它有多大的把握，但是如果我们不试一试的话，我们就一点希望也没有。”

“能有多烈呢？”夫妻俩问。

“我已经在自己身上试了一下。血管非常痛。我想敌人的辣椒水加老虎凳，大概和这差不多。”

“那受了这罪之后，她能好吗？”两人异口同声。

“好不了。只是暂缓死亡。”袁大夫永远不给人以不着边际的希望。

“让我们想想！让我们想想……”两个人抱着头，好像他们顷刻之间也得了脑瘤。

“你们好好想想吧。”他胳膊打过药的部位像烧红的铅丝在那里拧。他当然很想试一试这种新药的威力，积累经验。医生的技术是在无数尸骨与血泊中堆积起来的。但他不能欺骗。给人以渺茫的希望，是最大的欺骗。

一家一户的痛苦并不影响世界的幸福。夏天不可遏制地到来，合欢花像粉红色的粉扑，拂弄着寂寞苍凉的病房窗台。

女孩的头成了多边形，骨缝早已愈合的颅骨像龟裂的土地，在菲薄的皮肤下绷开黑洞，一个内在的妖魔向四面八方膨胀。眼睛被扯进头发，眼珠像壁灯似的迸出。嘴角搭上了耳轮，鼻孔一个朝天，一个朝地……那个美丽乖顺的小女孩已不复存在，代替她的是一个被病魔统治的怪物。

抽搐终于开始了。发作的时候很突然，好像女孩接受了一道从天而降的旨令，毫无先兆地骤然痉挛。软绵绵的女孩皱缩得像极坚硬的擀面棍，每一块筋肉都像铁一样放光。小小的身体像一柄射雕的弯弓，反弹在惨白如雪的病床上。无数的汗水从这怪诞的人体虹桥上，滴滴答答溅落，犹如春暖花开时积雪的屋檐。

看着自己的亲生骨血受此蹂躏，老姜猛烈地往墙上撞自己的头，整个楼层被他撼动，暖气管子发出强烈的共振。他完全不觉得疼，或者说身上的疼转移了心上的疼，倒略略舒适些。

看着丈夫青一块紫一块的脸，乔先竹反倒冷静了。谁是一家之主？平和的日子里，男人们发号施令。当厄运像洪水般袭来的时候，女人们就挺身而出了。笨重的东西都被淹没了，只有那些平日里轻飘飘的物体，顽强地在浑水之上浮动。

护士们开始紧张地救治。

“我要去找他！”

“找谁？”乔先竹抱着丈夫。

“找那个像巫师神汉一样的大夫。他什么都知道，病要变成什么样，他早就心里明镜似的。可他就是不给治呀！愣是他把我们孩子给拖成这样的啊！我要找他去！跟他算账！和他拼命！孩子不活了，我也不活了，他也甭想活！”

乔先竹抱着丈夫声嘶力竭地对护士喊：“你们给他也打一支镇静药吧！让他也睡过去吧！求求你们了！”

孩子睡了，丈夫也睡了。刚才狂躁一团的病房，现在宁馨静谧。

要是永远这样沉寂，多么好啊！乔先竹真想此刻火山爆发，他们一家人就永生永世不会分离了。

丈夫已经垮了。乔先竹觉得平日倚在背后的那棵大树，被雷劈得四分五裂。她真想昏过去啊！在小说里、电影里，女人是那么容易昏过去。身子一软眼一闭，就可以缩成一团倒在地上。等她醒来，事情多半就会好起来。

她真想无知无觉地躺在地上。就在这医院冰冷而又带着消毒水气味的水泥地上，永不醒来。她再也不用在孩子面前强装笑脸，再也不用提心吊胆地等着一天比一天恶化的报告单了……

她喃喃地说："孩子，你去了，妈也跟你一起去。在那个新的地方，妈还给你做妈，你还给妈做孩子。妈还天天给你做疙瘩汤喝，多放香油……"

她的思绪像锈链子，缓慢迟钝地向前扭动着。可是她清醒地知道自己没有一丝昏过去的迹象。她的眼珠干涩如沙，嘴里也没有一星水汽。

她没有昏过去的权利。

许多厂里的人来看孩子。

"下班后有事吗？"

"没有。"

"那咱们到医院去吧。"

“好好的到医院去干什么？”

“去看老姜师傅的闺女呀。”

“还真得去看看。听说是快死了。要是去晚了，就是想看也看不到了。”

“真可惜，我以前没看过那孩子。”

“听说脑袋肿得像脸盆。手脚都绑着……”

“赶紧去！干吗还等着下班？上班去，领导还敢不批？”

人们蜂拥着去看那濒死的孩子。看完之后，心里生出自豪感、幸福感和优越感。一无所有的人知道自己拥有健康，就是极大的富裕。为人父母的回到家里，骤雨似的亲吻自家的孩子。

司徒大妈不敢去看。她把假牙咬得嵌进了牙帮骨，才到了病房。

“司徒奶奶，您来了。这些天来了好多人，来看我。可是，您老也不来。我都想您了。”

司徒大妈做好了最充分的思想准备，床上就是躺了一个鬼，老太太也不害怕。可是老人家还是毛骨悚然了。她听到一个面目丑恶的小人发出那么动听的声音。

姜小甜的脑袋变成了一个不规则的多边多角体，司徒大妈老眼昏花看不太清就是了。

那简直就不能算是一个人。什么都变了，只有嗓音依旧。

“奶奶忙。从今以后，奶奶常来看你。”老人泪水涟涟。

“那我要是在病房活到一百岁，奶奶就得来几万次了。”

“来！奶奶来！几万次也来！”

“奶奶，我是逗您呢。您也不想想到那会儿，您多大岁数了！主要是我活不了多久了。”小姑娘的眼珠已经像踩进泥里的杏核，很难错动。

“小小的孩儿，怎么能说这话！”

“奶奶，我要是不在了，我爸我妈老了，谁来服侍他们啊？我以前喝了我妈那么多的疙瘩汤，我总想等我妈老了，我也给她做疙瘩汤喝，可惜我做不成了……”

“做的成！做好了，别忘了给你司徒奶奶一碗。”老人赶紧颠颠地走了，她再也受不了了。

小甜躺在床上，你分不清她什么时间睡着什么时间醒着。疾病使人极大地聪明起来。她的脑瘤一定使某些神经绷断了，断头又搭上了线。就像烧断了的灯丝又对接上，分外刺眼。

乔先竹的心被一只铁爪攥出血来。心里叫着：瘤子瘤子，你快长到这孩子脑子里管说话的地方去吧！让她傻了吧！

死亡是一位透明的老师。活得好好的人是看不到它的。只有那些衰竭到极度的人才被它收做学生。它诲人不倦地教导学生，濒死的人往往说出智慧无比的话。

“我死了以后，不要烧我，也不要埋我。烧我的时候头发会着火，太疼了！埋在土里那么黑，那么憋。蚯蚓会爬过我的脸，雨水会灌满我的耳朵……”小甜眼睛里的世界已经像砸碎的万花筒，是一堆彩色的碎片。这在好人想来自然是非常可怕，其实它是逐渐形成的，姜小甜习惯了，忘了完整的世界是什么样子的了。

“那你说，我们可该把你怎么办呢？”母亲钻进了孩子的圈套。现在不是讨论死不死的问题，而是在研究死后的处置方案了。

“我也不知道。我以前也没碰见过这种事，别的小朋友也没有说过。我累了，我要睡觉。我以后要穿一双红皮鞋，要草莓那种颜色……”女孩子立刻睡着了，你说昏过去了也行。

老姜已经是个废人。他不吃也不喝，只是愣愣地盯着女儿看，好像要在黑眼珠上雕刻出孩子的影像。他觉得这个脑袋畸大四肢枯干的小人，哪里还是他的孩子！一个魔鬼在暗中偷天换日，就像跳大头娃娃舞，这是一个假面具。

他要砸了那个可怕的怪脸，把他可爱的孩子从后面抠出来。

女人强迫自己吃饭，使劲吃。一家人总要有人主事。她吃的时候完全不知道饥饱，就迅速地肥胖，显出灰白的臃肿。

日子像蜕下的蛇皮，一动不动地挂在墙上。

那个时刻渐渐逼近。

袁大夫无动于衷，所有的同情心怜悯心在实习医生的时候就已用完，最初面对病人死亡时他也曾痛哭流涕。一次次直面死亡，他的泪腺被灼干了，只剩下坚如磐石的责任感。他承认，自己的恻隐之心绝不如那个抹着眼泪的司徒大妈，可是他会为拯救生命奋斗到最后一息。眼泪不是药。

袁大夫注视着一道道病魔运行的轨迹，想尽所有的办法。他嘲笑自己是明知不可为而为之的愚人。

人们都在盼望出现奇迹。但奇迹之所以被称为奇迹，就是因为在一般情况下绝不会发生。那个烂菜花蓬蓬勃勃地发育着，把小姑娘全身营养血脉的精华都攫取来，肥沃地滋润自身，快要成熟了。

癫痫发作得越来越频繁，小小身体成了病魔信马由缰的草场。抽搐的时候，像一只从高空坠下的猫。

“袁大夫，求求你。”乔先竹说。

“求我是没有用的。所有这些不是早就跟你们说过了吗？”袁大夫不耐烦。

“这回是求您把我的头割下来，给我的孩子缝上。”乔先竹很平静地说。

“那是不可能的。”在袁大夫多年的医学生涯里，还从没有人提出这种古怪请求。

乔先竹使劲揪住袁大夫，她的指甲长时间没剪，把袁大夫的白大褂袖子割开了。

“医学做不到那一步。即使做到了，那个人是你呢？还是你的孩子？人之所以存在，之所以你就是你，而不是其他的什么人，就因为头颅是不一样的。将来有一天，医学发展到了那一天，也不会做这种事的。”袁大夫想把袖子抽出来。

“你休想走！”

“你要怎么样？你！”袁大夫难得地吃惊了。

“既然你治不活她，你就把她治死吧！大夫，这是我最后一次求你了。她这么活着太受罪了。我看着她受罪，我又代替不了她，我又不能不看，要不你就把我的眼睛治瞎了吧。医生，你给她吃点药，你让她平平安安走了吧。可是你别告诉我！你就骗我一回吧！你让我在她前头死了吧！”

袁大夫推开披头散发的女人，对护士说：“安抚家属情绪！”

强烈的情绪使得乔先竹晕了过去，醒后，精神平稳多了。

“我们不能老这么垂头丧气的。我们得笑。”她说。

丈夫首先响应号召，他想把嘴角咧上去。可是长时间的愁苦皱纹，像锚链把筋肉固定在悲惨的模具里。他就用手指把嘴角像被子似的推向上方。

成就了一个很完美很标准的笑容。

女孩用她的半个眼球注视着这一幕，说：“我也要笑吗？”

“要笑。”妈妈说。

女孩吃力地笑起来，那是一个极恐惧的表情。又一次抽搐降临了。

现在每天都给孩子输镇静药，她只做一件事，就是昏睡。在如此安谧的条件下，肿瘤发育得更加圆满。孩子的头皮紧张得如同笛膜，血管像琴弦一样跳动，养料源源不断地供应那个赘物的消耗。

由于家长的强烈恳求，那种像墨水一样蓝的药物被滴进孩子的身体。袁大夫想对他们说，事至如今，除了徒增痛苦，没什么用了。可他终于什么也没有说。如果不用这味药，他们会后悔一辈子的。现在已经不是考虑病人的问题，而是要为活人着想了。

奇怪，那小女孩似乎并不觉得痛。

乔先竹呆呆地看着那蓝色的液体。这是一个有着皎洁月光的晚上。只有小小的床头灯亮着。

孩子的命就存在于这靛草一样蓝的药水当中吗？

突然，女孩醒来。

有什么东西能对抗那么强大的镇静剂呢？

“妈妈，我想喝水。”

“别给她喝。她这个病就是从喝水上得的。越喝越重。”爸爸说。

“不喝就会好吗？”女人说。

“喝吧。”爸爸就给女儿喂水。

她一口气灌了那么多水。好像脚下有个漏斗，把水又渗回到地里了。

“好舒服呀！”女孩说，“你们为什么老不让我喝水呢？要是让我喝水，我早就好了。”

“从现在开始，你爱喝多少水就喝多少水。”女人说。

“那我就变成一个水鬼了。”女孩微笑着说。

“别神呀鬼呀的。渴了就喝不渴就不喝。”

“其实我早就知道了，你们不给我水喝，就是想让我早死。我死了，你们就高兴了。”女孩安安静静地说。

“孩子，谁教你说的这个话？”这是女人自从孩子病了以后，听到的最恐怖的话。

“这是我自己想出来的。”女孩很骄傲地说，“你们以前就说过，想要一个男孩。有我在，就没法生一个小弟弟。所以，我根本就没有病，好好地上着学，是你们非把我送到医院里来的。送来以后，你们又不给我治。这么好看的药。”小姑娘的手绑着，怕的是她突然抽风时掉到地上骨折。她无法动手，只能用半个眼珠瞟瞟湛蓝的输液瓶。

“不是啊！孩子！大夫说这个药特别疼，怕你受不了啊！”乔先竹像母狼似的号叫着。

“你们骗人。它一点都不疼。”小女孩坚决否认。她极度衰竭，连剧痛都感觉不到了。

“你们说什么我都不会相信了。你们总是骗我。你们连水都舍不得给我喝……现在我就要死了，这会儿你们就满意了吧？我知道你们会偷偷地笑……你们可以去生小弟弟了……可是我都不在了，他又是谁的小弟弟呢……”

男人和女人死死地对视着。这肯定不是他们的孩子，而是一个刻毒的妖怪。不知道在哪一个漆黑的夜里，它把他们美丽聪明的女儿换走了。

“孩子，这是谁教你说的胡话啊？爸爸妈妈是多么地爱你啊！假如这罪过能够换到我们身上，哪怕就是增加一千倍，爸爸妈妈也愿意替你受啊……”乔先竹凄厉地叫着。

“我再也不信你们了……别忘了我的红皮鞋……要草莓色的……”姜小甜说。她仿佛看见了那双鞋，脸上出现了一个莫名其妙的笑容，缓缓地从嘴角升到了眉梢，像烛焰熄灭前的最后一跳，空空洞洞地停在变了形的鼻尖上面，之后就永远地栖息在那里。

夫妇俩拼命地按铃。护士像潜伏的士兵冲了进来，开始抢救。

“结局就是这样了。我早已同你们说过。抢救过来之后，无非是让她多受几个小时或是一天半天的苦，最后还是……”袁大夫说。

“不！不！我要抢救！我要你把她救过来，我还有话要对她说啊，她不能就这样走啊，我得给孩子说清楚啊，她太委屈了啊，我的孩子！”即使在这种时候，女人依然十分清楚，丝毫没有晕过去的迹象。

袁大夫第一次违背自己的判断，指挥抢救。

女人目光炯炯地看着。

袁大夫错了。女孩永远地笑下去了。

女人突然扑上去，狠命地捶打女孩的头。“她活着的时候我不敢碰你，现在她死了，可你还活着！我要把你剜出来，剁个稀巴烂！是你害死了我女儿，你赔我女儿！”她猛烈敲击女孩的后脑，不知为什么她认定那该死的瘤子长在脑壳靠近枕头的地方。

女人的精神在这一瞬完全崩溃，她把死人摔得“嘭嘭”作响。

轮到男人顶天立地了。他对医生说：“孩子是不行了。救大人吧。”

老姜操持去给孩子买最后的衣服。司徒大妈不让他买红皮鞋，说是这样小小年纪就夭折了的女孩，是不能穿红的。要不，对活着的人不吉利。他拿不准这件事怎么办。虽说回了家，女人还是疯疯癫癫，一天嚷着：“我不想要什么小弟弟，我就想要你，我的女儿啊……”

可是不问女人这事就定不下来。他终于对女人说了。

乔先竹坐在明晃晃的阳光下，凝然不动的眼睛仿佛透明。

“对活着的人不吉利？活着的人和她有关的还有谁？不就是咱们俩吗？”女人这一刻明白如水。“最大的不吉利不就是个死吗？她都死了，我活着还有什么意思？真有不吉利，那就是女儿要送我的东西，我都收着，搂着，抱着……她就要一双红皮鞋，你还不给她买！你还要来问我！难怪她恨我们。女儿，你恨得有理，你该恨……我们就是太可恨……”

草莓红的皮鞋给女儿穿上了。

烧骨灰的时候，推尸的老头盯着红皮鞋看。

老姜说：“你没见过这么穿的是不是？我们不怕不吉利。”

老头默默地点了点头。他是想，这双鞋给他的外孙女穿挺合适。

乔先竹没去火葬场。老姜怕她一定要去，正不知如何劝才好，乔先竹自己却先说了：“我不去。那不是烧我的孩子，那是烧那个瘤子。”

女儿被捅进焚尸炉。老姜就跑到院子里看烟囱里冒的烟。他想这是这孩子在世界上最后的模样了。砌成四方形的烟道冒了一缕极轻袅的白烟，之后就是浓黑的乌龙。

“孩子，爸爸知道只有刚开始那一小截是你，后来就都是那个瘤子了。你到天上去了，你顺着风回家看看你妈吧，她想你啊！”

女人不吃饭，瘦得像两张纸贴在一起。在亮光里，从她的后背，仿佛能看到前面的肋骨。

吃饭的时候，她就说：“去叫小甜。”

小甜自然是不会来的，她就说：“你先吃，我等她。”

闻到饭的气味，老姜觉得饿极了。从那遥远的疙瘩汤以来，他好像从未吃过饭。他把饭碗上的瓷都咬下来了。

男人在事情没有发生以前非常惊慌，把力量积攒起来。结局一旦出现，就冷静了。女人在每一步骤中都有板有眼，她们把血洒在途中，最后就全线崩溃。

夜里，乔先竹把丈夫撼醒："起来！起来！我们的女儿活了！"

老姜看到女人的眼睛绿莹莹的，好像表盘上的荧光。

"活了？怎么会？是我亲眼看见她烧成了灰！你醒醒！"

男人去摸女人，好像摸到一丛荆棘，到处扎手。

"你快去开门！她就穿着红皮鞋，在我们门前走呀走……"女人挣扎着要起来。

"我去！"男人开了门。门外是一地清辉。

"都怪你开晚了门。女儿又生我们的气了。她走了……走了……"

女人凄凉的嚎声，在"个"字工棚区每一家的窗玻璃上，画出尖锐的痕迹。

"这女人干脆死了吧！"睡梦中的人们赌咒。天亮以后，人们略微慈善了一点。"想个办法救救你老婆吧，要不就难说了。"大家劝老姜。

男人对女人完全无能为力。能说的话都说过了。他原本就不是一个能说的人，死亡和焦虑更剪去了他的半截舌头。

女人真的活不了多长时间了。

老姜没办法，又去找袁大夫。他不想见医生，可是除了医生谁还能救女人的命？找别的医生？袁大夫是最好的了。而且他什么都不用说，袁大夫都明白。

“医生，到我家去一趟吧。救救我女人。”

“我不去。”袁大夫刚做完一台大手术，正在洗手。洗完后，他并不是像常人把手在毛巾上擦干，而是甩着两手，等着风把它们吹干。

“要不我把她送到您这里来。”老姜哀求着说。

“那也不必。看不看都一样。”

“医生，您不能见死不救。”

“我只说不去见她，并没有说不去救她。她的病我不用看，就知道是怎么回事。现在只有一个办法可以试一试。”

“医生您快说。我拼了自己的性命也要救她。她们都死了，我活着还有什么意思？就是要我的心煎了给她吃，我都掏出来。”

“别说得那么鲜血淋淋。那都是神话故事里的事，根本没用。医生有的时候很无能，比如对付你女儿的病。有的时候也很有招数，比如你老婆的病。你的女儿我没能留得住她，但你的老婆我可以治。”袁大夫的手被风吹干了，插进雪白的白大褂兜里。

“快说啊！大夫！”老姜恨不能把办法从医生的喉结下抠

出来。

“这个办法主要就看你的了。”

“我？我没事。是她不行了。”

“妻病夫治，也是一条原则。”大夫平静地交代。

“我能行吗？我……可会什么呢？”老姜忐忑不安。他来求大夫，没想到医生又把这颗苦果子还给了他。

“你行。这事除了你还没有人能办得成。”

“这是个什么妙法呢？”

“让她怀孕。”

“再生一个孩子？”老姜的眼睛瞪得像两盏汽车大灯。

“是的。唯有这个方法才能挽救她的精神和生命。”袁大夫极肯定地说。

“可是您现在没看见过她。她瘦成了一把筋，摔一个跟头，能在地上打出火星来！她哪还能生孩子？孩子会把她的肚皮硌漏的！您快点给她开些参吧。山参红参太子参西洋参都行。你那个主意会要了她的命！”男人又开始恨大夫，觉得他像个兽医。

“世人只知道用参，其实人参被错用就可能成为罪大恶极的凶手。我出的主意，你可以不用。只是她现在的情形万万不可用参，你一定要记住。”袁大夫结束了他的谈话，就像合上了一本厚厚的字典，把所有的解释都藏在了里面，不再打开。

男人回到家。乔先竹说：“我知道你到哪里去了。你去找医生了。”

女人的身躯已经像一块洗过无数次的布，又软又薄，轻轻一吹，就会破一个大洞。

“医生说什么来着？”

“医生说让你好好吃饭。人死了不能复活，活着的人还得活下去。只要人活着，什么都好说。”男人从来没把话说得这么流畅。

女人听了说：“这不是那个医生的话。那个医生从来就不会说这么好听的话，这是你说的话，也够难为你的了。”

老姜觉得女人变得像那时的女儿，一身的妖气。

女人的世界已缩成一个冰冷的古井筒，里面只住着她的女儿。她不明白男人为什么撒谎，“医生还说什么了？快告诉我。”

“医生就再什么也没说。”老姜喃喃地回答。他不会编谎，只有缄口不言。编不圆的谎就像破竹篮，鸡蛋都漏下去了。

“那就是说我快要死了。”女人幽然地吐了一口气，“那个医生要是不说话，事情就没救了。”

“不！不！他可没说你快死了。他也没不说话。他说你只要按他的法子办，什么事都会好的。”老姜忙不迭地辩解。

“你又在骗人。你是骗不了人的，干吗做这吃力不讨好的事呢？也许骗骗别人还行，你哪能骗过我呢？”女人宽容地说。

“这回可是真的！医生真说事情好办。”男人想，彼此之间骗的太久，都不知道什么是真的了。

“倔大夫又说什么了？”乔先竹难得有兴趣。

“这个……还真不好说……是……”男人结巴得厉害。

“这有什么不好说的？咱们不是两口子吗？”

“对对！就是两口子的事！”男人如获至宝。他真没法说那个主意。

“你说呀。”

男人发起火来：“别提他！他的主意混账极了！是把人往死路上整！”

“我不怕死。快把他的主意讲给我听听。”男人的火气触发了女人的心气，穷追不舍地问。

“他说……让你再生一个孩子……”老姜等着女人撕肝裂肺地惊叫。

“他真这么说了？”女人没叫，但满脸惊愕。

“真的！这可不是我的意思。是该死的袁大夫的原话。”

“他怎么跟我想的那么一样！我早就琢磨过了，就是这么一回事。我们俩就像两棵树。我们结了一个果子，它被风打掉了。我们再哭，它也不会回到树上去了。可是我们还能结好多好多的果子啊！我早就想和你说了，可我怕你笑话我。都这样了，还想着这事。我不是个下贱的女人，可我想要个孩子。我是个女人，我不能没有孩子。你要可怜我，你就按医生的话救我。有了孩子就有了我……”女人一下子说了这么多的话，要是平日，早就上气不接下气的了，今天却神采奕奕。

“不！我不能干那事。你就是真的信他那个邪招，也得养好了再说。你现在这样，孩子会要了你的命！”男人坚持不干。除了心疼女人，他对自己毫无信心。自打女儿病，住进了病房，他就知道自己不行了。

女人不再说话。她没有力气说话了。她无声无息地贴在床上，像一枚叶脉分明的书签。

在以后的日子里，他们都不提那个话题。他们像两艘破烂的小船，谨慎地避开犬牙交错的礁岩。

那礁岩是有生命的。在黑暗与沉默中越来越大，横梗在他们之间。

女人执拗地什么话也不说，安静地等待死亡。

男人凄惨地说：“你这不是害我吗？孩子刚走，你又要走。留我一个人干什么？谁走在前面谁享福，有人照顾有人捧骨灰盒。你比我能干，你服侍了我一辈子，这会儿就再让我一回吧。让我先走一步，让我死在你前头。虽说我比你大几岁，权当你是我姐姐，我到阴曹地府里也谢你。”

女人说：“我不是你姐姐，我是你老婆。”

半夜里。女人突然起身，说，“做锅疙瘩汤。”

“没菜了。”他们什么也不操持，家里像是被日本鬼子

“三光”过。

做疙瘩汤需要根块状的菜肴做辅料，比如土豆倭瓜西葫芦，要禁得住熬煮。做得了软硬和面疙瘩差不多。假如放了菠菜，就烂成水草了。假如煮的是扁豆，硬得像地雷，垫得牙疼。

“不用那么讲究。就吃甜疙瘩汤。”女人说着爬起来，手脚麻利地生火做饭，全然不见了病恹恹的模样。

男人在医院里见得多了，他恐怖地想到回光返照。

他要抢女人手里的面盆，女人像铁钳似地抓住盆。他只得由她。

火光映着女人的脸，像刷了一层金漆。女人就显得神圣。

两个人把疙瘩汤喝得呼噜噜山响。喝的时候，他们都想起女儿，可是他们都不说了。喝着喝着，他们突然不喝了，觉得疙瘩汤里有一股血腥气。

喝完了，出了一身透汗。女人说：“这件事，你听我的。”

男人说：“什么事？”

女人把男人拉到身边：“睡觉。”

炉子上坐着水，火光从炉底泻出来，与高窗洒下的月光辉映一处，金银镶嵌。

男人拼命摇头，好像他刚从水里钻出来。“你说什么？”

“睡觉。”女人坚定不移地重复。

对于那件事，她不会用更文雅的话来说。她只会这一种说法。虽然粗鄙，但她的神情极严肃。

“不不！我不行……是我不能……”男人连连退缩，直到凸起的腰肢抵到絮着蛛网的墙角。

“你能！你怎么不能！你是个男人，你就应该能！你想想我们的孩子你就应该能！”女人斩钉截铁地说。

不提女儿还好，说了，男人更瘫软不堪。

男人说：“改日行吗？我明天就去买猪腰子。”

女人的牙齿闪闪发亮。人哪都能瘦，就是牙不会瘦。“不行！就今天！我等不到明天了。明天我就会死了！”

女人被一种奇异的火焰烧灼着，光着身子在屋里追逐着男人。男人哀求她说：“我答应睡觉。我答应睡觉还不成吗？只是你的肚子里还有一个环。就是我咬着牙行了那种事，你也是坐不了胎的。”

女人安静下来，说：“我倒忘了那个铁圈。我们先把地耙平了，再撒种。”

第二天他们去了医院妇产科。主意虽说是袁大夫出的，可医院也是铁路警察各管一段。在医院住过那么长时间，知道了医院内部的分工也是很细的，就像各种颜料绝不混淆。要是愣掺和在一块儿，就是黑的了。

“你才多大岁数啊？还没绝经呢，你摘什么环？可不是儿戏，摘了立马就能怀上。这样的事我们见的多了，昨天我才给一个已经当了奶奶的人做了流产。你有五十了吗？我劝你别着急。再坚持两年，等身上彻底干净了，再摘不急。”妇产科医生很健忘，她刚在病历上写下乔先竹的年龄，还不到四十岁。

“我就是想怀个孩子。”女人说。

“你？”胖胖的女医生像根膨化雪糕，吃惊地张着肥而圆的嘴：“你这么瘦，估计已经没有了受孕的可能。我们刚才说的只是万一。有的女人就是因为营养不良，而怀不上孩子。说了这么多，我还忘了问你，你的孩子呢？”也许见多识广，谈到这么敏感的话题，女医生依旧春风满面。

“她死了。”要是以往，乔先竹立刻痛哭流涕，今天她却很宁静。“这是她的死亡证明书。”她掏出叠得齐齐整整的一张纸。他们从未打开过它。

“我们还需要再核实一下。”女医生谨慎地说。

正巧袁大夫走进来。妇产科和外科在广义上属于一家。

“她的情况我知道。你就给她操作吧。”袁大夫说。他没有丝毫惊奇的神色，一切都在意料之中。

乔先竹向袁大夫羞涩地笑笑。这一笑表示什么意思呢？她也说不清楚。希望在远处鬼火似的跳跃着。

女人躺上手术台。女医生把闪闪发光的钳子楔进她的身体。仿佛一堆钢镚撞击的声音在她的洞穴里作响……一旁有个银亮的不锈钢器械桶，正好反射出医生们的动作。当然很不精确，好像被水洇过的画。由于圆弧凸起，又像哈哈镜似的变形。医生的脸像一粒长长的豆荚，套着乳胶手套的双手格外的宽阔，好像白色的章鱼。

这本是一个小手术。医生们把那个像戒指般的细钢丝环从女人体内掏出，犹如在茶杯里舀一粒黄豆。雪糕样的女医生已经用钢钳触到了它，敲响了它坚硬的表面。剩下的工作就是把它拽出来。萝卜缨已经揪住，拔出它还是问题吗?

没想到女医生遇到了顽强的抵抗。那个铁环好像长出了无数的根须，植入它栖居的子宫。

女医生试着加力。她把撬钉子的力量输入到悬空操作的手臂上。但那个铁环纹丝不动，好像已经在女人体内停留了一百年。

胖医生的白帽子被汗水胶在头上，勇气像雪糕一样融化了。她没有遇到过这种情况。这个女人以前绝不是这么瘦。她迅速萎缩的结果是把这个钢铁指环嵌进血肉。

“去叫袁大夫。”女医生小声吩咐护士。

老姜等在外面，焦虑不安。女人进去好长时间了，毫无音讯。他从护士急匆匆的脚步里觉得异样。他忍着没问，问了人家也不会告诉他。

他看到袁大夫走过来。他希望袁大夫能给他一个微笑，他就会安心好多。但是袁大夫看也不看他就走过去，好像他是一只痰盂。

女医生刚想交代病情，袁大夫说：“我明白。”

女人被悲哀蒸发了。残存的躯体坚硬如铁，包裹着避孕环，如同一口保险箱。

乔先竹从不锈钢筒的反光中，约略知道出了点麻烦。这意外到底是什么她不清楚。女医生的摆弄还没有给她造成太大的痛苦，只是觉得内里坠胀。

看到袁大夫，乔先竹不好意思。虽说打过许多次交道了，但她此刻姿势不雅。只是男医生的态度非常严谨，容不得你有丝毫忸怩。

袁大夫轻柔地操作了一下，说："是我劝你要个孩子的。现在我要劝你不要孩子了。"

"为什么？"女人觉得自己的脊髓被抽走了。插进她身体的形形色色的器械，随之剧烈抖动。

"因为那个环卡在里面了，很不好取。"袁大夫简略地说。他不屑给病人作更多的解释。病人知道的太多，只会给医生添乱。

"要是一直取不出来，它不会随着我的血流到骨头里吧？"女人有些惊慌。她不怕死，但是她讨厌这种死法。

"假如一直取不出来，它就老老实实地待在里面，同你相安无事，你什么感觉也不会有。比如有人打仗时子弹留在皮肉里，以后就变成了一个钢铁馅的饺子，同人和平共处。烧骨灰的时候取出来就行了。这个环比子弹可要温和得多，你尽可以放心。别动它是最好的方法。"袁大夫破例说得比较详细。

“可是孩子呢？孩子能和这个环一块儿长大吗？”女人问。她身上的铁器一阵乱晃。

“没有孩子。孩子是和这个铁环势不两立的，所以它叫避孕环。”袁大夫觉得这个女人真是愚不可教。

“那我要孩子，不要环。”女人把自己的姿势调整得更舒适一些，“你要是不给我取出这个环，我就不起来。”

“就是说你坚决要去掉这个环了？”女医生兴奋起来。这是一个练手的好机会。但是要分清责任，类似文责自负。

女人很清晰地说：“医生，您甭害怕。这事是我自己要求的，同别人没有关系。虽说主意最初是大夫出的，可我听了，就是我的主张了。现在大夫改变主意了，我可没变主意。你们想法把那个环给我取出来就是了。当医生的既然有办法把它送进去，就该能拿出来。受疼流血我都不怕，实在不行了还可以开刀，我一定要再生一个孩子。这是我自己的事，你们别跟我男人商量。生孩子是两个人的事，这环可在我身上，不是在他身上，跟他没关系。我现在也没打麻药，脑子清清楚楚，我说的话我负责。剩下的事你们就看着办吧。”女人说完，合上眼睛，好像再也不打算起来。

女医生用目光问袁大夫。袁大夫说：“既然这样，你就干吧。”

女医生说：“你别走。”

袁大夫说：“好。我看着。”

女医生把锐利的剪子探进去，找到那个环。那个环埋在肉里，只有一小段露在外面。就像缝在一床厚棉被里的线头，一不留神就缩跑了。

一切都在人体中的黑暗当中进行。精妙的感觉通过长长的金属手柄和隔膜的乳胶手套传达到手术者的神经。女医生吃力地辨析着微茫的差异，确认锋利的剪刀刃口下是一根钢丝，而不是一条血管或是一束筋肉，她就“当”的一声撂合了剪子。

接着她又细心地把铁环破成许多截，就像不嫌麻烦的家庭妇女在拆一条旧裤子。然后她用长长的镊子把铁蜈蚣一样的钢丝残片，一段段夹出。

每一段环都血肉模糊。护士把它们在水池里洗干净，贴在洁净的白纱布上。

钢弦的每一丝抽动，都给女人以狞厉的痛感。她觉得医生不是把钢丝取出来，而是把它们在她的肚子里烧红了。随着钳子的翻动，她感到自己的子宫变成破烂的蜂巢。

护士终于在白纱布上写完了那个鲜血淋淋的“O”。

袁大夫用钳子拨拉着钢丝，说：“唔。很完整。”

成功了。

女人的头发像黑色剪纸贴在脸上。

男人迎着女人，“出了什么事？把我吓坏了。”

“什么事也没有。”女人笑了，真切快活。她脸上的肌肉由于不习惯这种分布，突突地跳起来。

老姜相信女人一切顺利。那笑容是绝装不出来的。

“谢谢您。”夫妇俩对飘飘而去的袁大夫说。

“一个月以后。”袁大夫说。

走廊上的其他人都听不懂这句话。

女人安安静静地养了一个月。她已经能做一点轻微的工作了。男人给自己买猪腰子吃，那些叫做什么“鞭”的补品，太贵了，吃不起。老姜觉得自己不至于那么无能，主要是精神上的事。妻子活过来了，他也就恢复正常了。

那一天终于到了。

“行吗？”先是男人问女人。

“行。”女人很肯定地回答。

“行吗？”这一回是女人问男人。

“行。”男人很肯定地回答。

于是他们洗澡，把半个“个”字的小屋收拾得干干净净，好像有一位贵客就要到来。然后耐心地等待晚上。其实白天也是完全可以的，但他们总觉得那不地道。

晚饭他们吃的是疙瘩汤。为什么要吃疙瘩汤呢？不知道。女人把水管拧得小小的，水珠滴下来，就像是千年的钟乳石眼泪。她把疙瘩摇得匀细无比，好像一盆珍珠。

夜深了。他们一直等到周围所有的人家都睡着了。为什么一定要这么晚呢？不知道。也许是他们有些害羞。

清冷的月光从高高的小窗流淌进来，晒在赤裸的俩人身上。女人已经丰腴了一些，骨头与骨头相撞的时候，不会把男人硌痛了。

“睡觉。”女人说。她的脸上闪着新鲜带鱼的银色光泽。

她不会说做爱或是造爱那种很美妙的话，可是她庄严而神圣。

男人勇敢地动作起来。就在他的工具像一条被激怒的蛇，由柔软变为昂然挺立的时候，他突然在月亮的角落，看到了女儿最后的笑脸。

他像被抽了大筋，“啪”地耷拉下来。“你看那月亮！”他说。

“看什么月亮！我要你看我！”女人热烈地说着，“哗”地把窗帘拉上。月亮就无助地被关在外面，只能把窗帘的中央照得雪亮。

“睡觉！”女人命令着。

男人振作起精神，竭力想表现得出色。可这是不由人的事，无可遏制地疲软下来。

女人索性坐起身，像稻草秸扎的假人，只有上半截，下身隐没在黑暗中。

“你又想女儿了是不是？”她说。

男人不说话。

“她是什么？她就是咱俩做出来的。现在她没有了，我们重造一个就是了。她说我们想要一个男孩，其实我想要个和她一模一样的女孩。小甜在天上转了一圈，就要回到我们身边来了。”女人说着，用手去帮助男人。

这是一场完全没有情欲的结合。他们贴得那么紧，像是生了锈的钥匙和锁，干燥得没有一点汁液。

从此这成了他们的功课。每逢女人做疙瘩汤的晚上，她就追着男人说：“睡觉！”

老姜的功能渐渐苏醒。有规律的疯狂是一种运动，强身健体，活血化瘀。男人从悲痛的路灯下走远了，忧伤的阴影淡了。

脱离了轨道的生活，艰难地回归着。

突然，饭桌上消失了疙瘩汤。

初始，男人没理会。吃别的也很好嘛！

晚上，当老姜英姿勃发的时候，女人冷淡地拒绝了他。“从今后，咱们互不侵犯。”女人说。

“你哪儿不舒坦了？”老姜恨自己该早些想到女人是禁不起连连折腾的。

“没不舒服。我哪儿都舒服，好久没这么舒服了。”女人背对着他。

老姜又问：“那是生我气了？”

“别瞎猜。是我有了。你的事就算做完了。以后的活就是我的了。”女人说。

“真的？你没搞错？”男人欣喜万分。

“那还会有错？又不是第一胎，我有数的。”女人胸有成竹。

她很累。事情才刚刚开始，她就累了。可是她不会把这话告诉丈夫。

“那我们，我们该干点什么呢？”男人摩拳擦掌。

“等着呗。世上什么事都有速成的，唯有这件事不成。你也帮不了我的忙。让我安安静静自己待着比什么都好。”

男人摸着女人锅底一样凹陷的肚子说：“不知道她现在有多大了？”

“蚕豆大。”女人说。

此后女人格外娇气，格外珍惜自己。她怀第一胎的时候可不是这样。那时她年轻，根本不觉得自己身上有什么特殊变化，该上班该骑车该爬高下低一如既往。这回她灵敏得像支试电笔，每天都侦察出新感觉。有一天，她想吃香椿鱼。

香椿鱼就是香椿、鸡蛋做的疙瘩汤。别的都好说，可是寒冬腊月的，到哪里去找鲜香椿呢？

男人平日对女人是百依百顺，这回说：“难。天寒地冻的。”

女人说：“嗯！又不是我想吃。”

男人说“谁？”

女人说：“孩子。你可以亏待我，你不该亏待了孩子。要说吃，我是什么都不想吃，是那个孩子在我肚里叫，她要吃香椿鱼。”

男人再不说什么，满世界地去找。鲜香椿上市的日子每年只有几天。而且这简直就是一味野菜。男人实在找不到，就去酱菜园买了腌香椿，回来用水拔了好几天，给女人做了一碗黑黢黢的香椿鱼。

他紧张地等着女人的反响，女人越来越挑剔了。不过这一回她已经不想吃香椿鱼了。

女人每天的主要功课就是感受自己。她以前从不知道这是多么美妙的一件事啊！

受孕的那一刻，她看到卵子在自己的体内四处飘荡。它像一朵透明的葵花或者干脆就是凶猛的海蜇。男人的蜂群像千军万马杀将过来。圆圆的卵子像海洋里的救生圈，在汹涌波涛间起伏。唯有一只蜜蜂钻了进去，它用泥巴封了洞口，和那个眼睛似的卵子作成一个蛹，在里面慢慢地孵啊孵。一直要等十个月……

女人的感受掺杂了微薄的科学知识。当她像床单子一样铺在男人的身下时，她感到了一种创造。

女儿的脸会突然在最意想不到的地方出现。比如刷碗后碗底剩下的那一小洼水里，比如打碎了的暖壶内胆上……她就对她说：“你别急。我就要把你造出来了。我们就会有一个和你一模一样的孩子了。你就是我生的，造你的那套模具还在，现在把我的血肉填进去，就像把面按进月饼模子。等上十个月……

啊……现在用不了十个月了，你就可以重新回来了……”

一个有经验的老农看到庄稼被冰雹砸了，他会痛哭流涕。可是他一会儿就不哭了。他会看看节气，麦子种不成了种玉米，玉米来不及种了种小豆……总之，他不能让那块地闲置，否则他还算是什么老农！

女人有时候也会非常忧郁，她想这不是让小甜说中了吗？可是她马上又反驳自己：我不想要一个男孩，我想要一个女孩。而且这个女孩不是别人，就是小甜自己呀！

她就心安理得了。

女人马上就到四十岁了。四十的女人是不宜再生育的。危险像一只猫，在她的头顶上潜伏着。可女人不害怕。她说：“四十八，还结个瓜呢。谁说我不能生？我摘了环，刚两个月就有了，就是刚结了婚的小媳妇也没有这么快啊！”

老姜把所有的活都包揽了，把好东西都省给媳妇吃。

女人发面一样一天天膨胀起来。女人不对人说，其实这一次和上一次大不一样。上一回，她迷迷糊糊就当上了妈妈，这一回，要艰难得多。

大病初愈，或者说根本就没有愈，马上就进入制造生命的过程。她像一棵虬蚋的老树，还要挣扎着结果，就需竭尽全力。

孩子长脑子了。她知道。因为她觉得自己的脑袋变成了一个空椰子壳，浆水都流到孩子那边去了。

孩子开始长记性了。因为她的心什么也记不住，好像一块写满了字的青石板，连个简单的直道也画不进去了。

她的牙像被陈醋腌过。上下牙对撞的时候，就像两块酥皮饼磕碰，有渣子落下来。女人非常高兴，虽然从此她只能吃极软的东西。她的孩子开始长牙了。她知道牙并不是生了以后才长出来的，而是妈妈送给孩子的礼物。

女人觉得自己像一座老房子。骨头松了，头发一缕缕脱落，背也驼了，眼睛也花了，指甲凹陷得像汤匙，手脚一阵阵地抽筋……她就非常高兴——这是一个多么健壮的孩子啊！她觉得自己的身体也很懂事，知道把最好的养料毫不迟疑地供应给孩子。要是她感觉不到自身的虚弱，她就伤心了。那说明她的余力还没有贡献出来。

她的身体彻底背叛了她，她的血管和胃都只为那个发育中的孩子服务。她快活地想：这个孩子才这么小，就这么有本事，将来一定能做大事。

在有月亮的夜里，男人会打熬不住。女人坚决不许男人上身，像狮子一样凶猛地吼道："不行！不行！"

"就这一次。你的身子还不算很重，我一定特别地小心。"老姜和颜悦色地说："要不姿势随你选。"

"半次也不行！那些玩意儿淋到孩子头上，会得癞头疮的！"

"你瞎说！咱们以前不是也有过的吗？女儿不是好好的吗！怀胎十个月，难道男人要当八个月的和尚？"老姜急了。

“我要出个优质产品。什么都别说了，你就丢掉幻想吧。那事是一点指望都没有的。”

“那我怎么办呐？”老姜百般无奈。

“怎么办都成，就是别惹我。”女人懒懒地说。

“那我就去找别的女人了！”老姜赌气地说。

“行啊！随你的便。只是不要给钱。咱们家拉了不少账，孩子生下后，开销就更大了。”女人心平气和地盘算着。

“不给钱天下哪有那样的好事呢？什么都在涨，这事也不知是个什么价了。”男人长叹了一口气。

“不是说有不图钱的友谊第一的吗？你就不能找个心灵美的了？还不得传染病。”女人打趣。

“嗨！越说越没谱了。谁会看得上咱们穷工人。我不动你就是了。憋急了，我有法。”男人说着起了身。

“你干什么去？”女人问。

“用凉水冲冲。去去火。”

人们的眼光由怜悯渐渐变得平淡了。天地间有许多大事，谁还老注意一家小人物的琐事。偶尔议论，有人说：上回死的是个闺女，这会儿八成是个小子，因祸得福。也有人说，那么大的岁数了，谁知能生个什么？

不管人们怎么说，乔先竹的肚子像发面似的鼓起来。她的气色比先前好多了，显出蚕要吐丝时的亮光，好像有绸子在她的皮肤下抖动。

女人慵懒地躺着。不仅是因为娇气，也从骨髓里散发着疲惫。这种疲惫使她有一种神圣感。唯有殚精竭虑鞠躬尽瘁为某事耗过心血的人，才敢有这份神圣。

能尽的力量她都尽完了，剩下的就是听天由命。

事一到了听天由命的份上，反倒简单。

应该到医院去做检查了。女人不去。她说："医生有什么用呢？真有病他治不好。况且这不是病。"

老姜说："上回取环还不多亏了医生。"

女人说："那环原本就是他们放进去的，他们不取找谁！再说那也不叫病。"

男人还是不放心。他想说什么，又怕女人不爱听，就闭嘴。

乔先竹把男人的手放在自己肚子上，说："你摸她的头。"于是男人摸到一个水中泡着的篮球。女人的肚皮薄，是属于薄皮大馅的那一种。男人甚至摸到了一些凸起，他想那就是孩子的鼻子和嘴巴。他得意地告诉了女人，女人拍着他的脊梁说："你错了，那是屁股。屁股在上。"

"那么头呢？"男人吃了一惊。在这个家庭里，最怕头出什么事。

"头在下。"女人指点着叫他再摸。他摸到一个西瓜似的球体。他捅了它一下，它踊跃地跳起来响应，弹性十足。

"头总在下面，晕不晕？"男人设身处地地着急。

“等她长大了，你问问她。”女人难得地开玩笑。

“多躺着。无论头朝上还是头朝下，她都没事。”男人体贴地说。

“只要胎位正，没事。”女人胸有成竹。

女人像一块就要成熟的麦地，一天天由青转黄，沉甸甸地低着头。

生的征兆来得极为突然。

那一天正在下雨。雨大得像有一万个女人同时死了丈夫，放声痛哭。女人临睡下的时候，男人摸着孩子的头说：“你觉着怎么样了？”

“没动静。还没到时间。”女人很有经验地说。

世上没有两颗相同的黄豆。每一个孩子都是不一样的。可惜女人自以为比妇产科大夫还有经验。

半夜，女人觉着下身很湿，好像雨水已经从街上漫上了床。她忙亮了灯，看看身下，已是一片血泊。

她推一推丈夫。老姜像猫忽地窜起，“是不是生了？”他问。

“这会儿有那么一点意思了。”女人平静地说。

“啊！这么多的血！”男人大惊失色。上一胎是早早送进医院里生的，送去的时候干干净净，回来的时候也是干干净净。医院把男人女人间这么重要的一件事给隔离起来了。

“这有什么呢？女人生孩子，原本就要流好多的血。你真是少见多怪。而且女人为了供孩子，身上的血多得不得了，要借这个时候放出去，不然要憋得难受。”女人微笑着解释。

看着女人宁静的脸庞，男人安心了。一个流了这么多的血的人，还能快活地说话，可见这血和平日的血是不一样的。

女人的宫缩发动起来了，频率密如防止野狗钻进的栅栏。女人不能微笑了，疼痛不给她喘息的机会。但她的精神很好，就是在痛苦中也是生气勃勃的。疼痛像海浪有规律地涌动，每一次退却都蕴藏着更凶猛的反扑。

“到医院去吧。”男人问。

“可是……我们怎么……走……呢……”疼痛像一个个删节号，穿插在女人简短的话中。

城市的夜幕被雨枪射出无数的窟窿，“个”字工棚区水深没膝，女人是断然不能走的了。到厂里去叫车，是唯一的法子了。只是女人这里又离不开。

“你先把司徒大妈叫来吧。”女人沉着地指挥，“不行我就在自家生。”她做好了最后的打算。

男人冲出去。

“拿好伞。你可别冻着。”女人再三叮咛。

伞根本就张不开，男人顶了张塑料布，淹没在黑幕中。

女人突然觉出孤独。其实男人待在身边也没什么用，生孩子是女人的专利。但一个毫无用处的人待在身边也比没人强。

她觉得孩子从她的身体里奋力往外爬。她像一层薄脆的鸡蛋壳，绷住了那颗跃跃欲出的头颅。她真想帮她一把，就拼命往下鼓气。

那颗圆滚滚的头颅得了助力，像鲤鱼似的猛一跃，女人听到了响亮的撕裂声。

乔先竹挺奇怪：是什么东西扯开了？这么不结实？她吃力地撑起身子。看到铺的褥子红光灼灼，布毛由于黏稠血浆的滋润，一撮撮耸立着，好像那是一幅质量很好的红毡。

血的汹涌澎湃多于她的想象。但是她丝毫没有虚弱的感觉。她想这没什么可怕的，上回因为一直躺着，才没看到这么多的血。

在腿间血泊中，她看到一缕黑如柏油的物件。在这个像笔锋一样柔软的东西两侧，有火红的溪流无声地推着波浪。在这两条红蚯蚓之下，是像蒜瓣一样翻卷的筋肉。

这是怎么回事？

女人偏着头想了想。她突然觉得自己的脑袋很沉，需要架在肩膀上才能想明白。啊！她一阵狂喜，迫不及待的孩子用头颅把生命之门撞碎了，她急着要来看看这个世界。

孩子！你好有劲啊！你要再加把油，冲出来就能见到天日了。

孩子仿佛听到了她的呼唤，拼命往前拱。

女人非常抱歉自己的皮肉太坚韧，给孩子冲决罗网造成了极大的困难。她把双腿张得如同巨大剪刀，好给孩子前进的路减少阻碍。血奔涌得更畅通无阻。孩子的胎发像煎炸过火的糕团，变成焦灼的褐红色。

男人从雨里潜回来，“邻居去叫了，医生就来。来了就好了，你别怕。”

“已经看到头发了。”女人自豪地宣布。

“别说话。你好好躺着，千万别说话。”司徒大妈颤巍巍地说。她分明看到女人说的每一个字，都像按动开关，血一股股溅落。

那缕胎发像火焰，渐渐增大。女人顾不上说话了，呼呼像电扇吐着气。

孩子的逸出并不是像蛇似的一寸寸往外爬，而是蜷着身子，像被架在巨大的弹弓上，女人一憋气，就像拉动钢弦，孩子箭一般地弹射而出，前进一大段。

现在孩子最宽的两耳卡在产门的峡谷，犹如鸡蛋要通过蛇颈。这是生产中最险恶的关口。

女人突然觉得舒适。宫缩骤然停歇，好像风暴退去的海滩，平静得纤尘不染。宫缩是一种强制给你的——迫害你的力量，它把你身体里的一部分调动起来，凶狠地同你的整体对抗。子宫在这种非常时刻，是君临一切的威王。它不听命于任何人，只服从那个黑暗中的孩子。子宫是女人全身的叛徒，它独往独来，天马行空。

现在，不知是什么原因，宫缩停了。

女人立即合上眼，很安详的样子。在剧烈的重体力劳动之后，她累了，恬然入睡。

“哎呀！你不能睡！你可不能睡啊！孩子卡在那里，上不去下不来的，鼻子都压扁了！再夹下去，你这十个月的苦就白受了！你就是咬碎了牙，也要再使把劲！听我的话，使劲！”见多识广的司徒大妈也慌了，拼命做出憋气拉屎的样子，在她遥远的记忆里，孩子就是这样生出来的。

“我累了……”女人梦呓般地说，“让我睡一会儿……等我一觉醒来，就有劲了……”她的声音轻得像优质羽绒，脸因为失血，苍白如乳胶。

女人无可遏制地睡去。

“这可怎么办？怎么办呢？”男人六神无主。他的孩子——不知是男孩还是女孩，头皮已变成青紫。眼睛紧紧地闭着，使人怀疑里面是否包裹着眼珠。

门开了。袁大夫走进来。

“医生！我的老婆！我的孩子！”老姜搂着大夫。大夫浑身精湿。“个”字工棚道路太窄，车进不来。别说是救人，就是救火，也毫无办法。

袁大夫只看了一眼，就知道事情远比他预计的要严重得多。

所有的血液都不凝固，像深红的桃花一样鲜艳。男人和司徒大妈当然没发现危险，他们大叫着：“孩子快憋死了！”

大夫把男人拖到炉子边，这是小屋里距床最远的地方。

男人预感到了什么。他说：“您甭问我是想要大人还是想要孩子，我都要！都要！”

他的眼睛像两块红煤，好像这一切都是医生造成的。

袁大夫平缓地说：“不是。我不是要同你说这句话。我要告诉你的是：孩子不用保，也会在的。最多不过是得场感冒，这屋子太凉了。大人却是想保也保不住了。你心里要有个数。”

说完，他留下男人在屋角发呆，走到床边。

他开始帮助女人。“使劲！”他先给女人打针，然后开始帮助女人。

“你别烦我好不好？我没劲。”女人说。她对医生又敬佩又厌恶。真想一辈子不见他，可他们总要去求他。

“你不是一直都想要一个孩子吗？现在他来了。”医生温和地说。

“我知道她来了。”女人轻轻地笑了起来，“她早就来了，她逃不走的，这我比你有数。”

“但是如果你再不用劲，你就可能看不到他。”袁大夫严肃极了。

“医生！您别骗我，也别吓我。我知道我能看到自己的孩子。她多有劲！我怎么会看不到她？医生，虽说您挺高明，可这回您说的不对。”女人虚弱但是很顽强地说。

医生真是无计可施了。这个病人很清醒，清醒的病人最可恶。你难以欺骗他们，而欺骗是医生的常规武器之一。他把老姜叫到一旁，让他预备车把女人送到医院去。三轮车或是手推车都行，送到大路上，再上汽车，越快越好。医生离了医院，就是虎落平川。虽说病势已万难挽回，但医生并不死心。医生是一个充满幻想的职业，一面惨淡经营，一面浮想联翩。悲观丧气和异想天开总是扭缠在一起。

男人走了，女人竟没有发现。她现在除了感受自己，什么都不知道了。

“我已经看到你孩子的脸了。她同你死去的孩子是一模一样的。”百般无奈之中，医生冷峻地宣布。

女人怪叫一声，像闪电劈开咽喉。她暴凸双眼，颈子膨隆像插满了红蓝铅笔的笔筒。双手反撑着床板，胸部拱桥般耸起，好像她想用手臂代替脚掌，倒扣在地上走路。“哈……哈……”她像一个日本武士似的有节奏地吐着气，声音类似凶猛的咒语。

司徒大妈看着孩子显露出来的半张脸，暗自嘀咕：“我看着可不像。”

血雨腥风。灿烂的红色液体像出炉的铁水，红而烫地倾泻。红毡已经饱和，低洼处聚起血的湖泊，随着女人的用力，某处稍一倾斜，血就冒着泡，变形虫似的伸出触须，蜿蜒而下，用闷而黏的声音敲击着老姜家粗糙的砖地。

那个婴孩终于诞生了。他驾着血的波涛，乘一叶红色小舟，翩翩莅临这个潮湿冰冷的世界。他的最后一跃，是被滚滚热浪射出生命之门的，犹如洪水暴发时的泥沙俱下。

婴儿亢奋的哭声，像一只只玻璃杯对撞击碎。

女人拼尽全力喊："快抱来我看！快抱来！"

袁大夫看了婴儿一秒钟。他用干布把孩子紧紧裹起来，像擎着一把火炬，在女人面前晃呀晃，仿佛女人是一个原始山洞。

袁大夫判断的不错。女人的瞳孔已开始散大，像个模模糊糊的水桶。她用尽残存之力，把仅余的血脉逼到两目之间。就像把牙膏皮里最后的膏脂涂抹到牙刷上，非但不见少，反倒绰绰有余。

女人的双眼显出灼灼光辉。

"你骗我。她不像我那个孩子。她像另一个人。"女人苦笑了一下，笑容像死水潭里的波纹，荡漾得很慢，久久地悬挂在僵硬的嘴边。

"像！谁说不像！和你原来的孩子一模一样！"医生大声地强辩。他知道女人快死了，分娩时孩子的羊水进了母亲的血液，血液就永不凝固。女人的身体像沙漏，血就要渗光了。他不想再给女人增加丝毫的痛苦。

"你知道她像谁吗？"女人神秘地问。

"像谁呢？"医生没多大把握地说。他想把话题引开，但濒死的女人固执坚定，根本不服从调遣。

“像你的丈夫吧？”医生说。他仔细查看过婴儿，却没记住长相。一般普通人认为最重要的问题，医生们认为最不重要。

“告诉你，她像的那个人就是我。我不希望她像我。我这一辈子太苦了。”女人声若游丝，但很清晰。

“我好痛……痛……”女人突然把手指尖戳进褥子，血花迸散。医生急忙用听诊器去听，他听到擂鼓一样震耳的轰鸣。刹那之间，行医多年的他以为是惊雷响了。片刻之后，永久的沉寂才使他醒悟到：刚才的巨响，是那可怜女人心脏的最后一跳。

“好痛……”是好痛苦还是好痛快？没有人知道。女人的目光定定地凝结在双耳铁锅上，好像在问：我什么时候再用它做疙瘩汤？

别以为生命的衰竭拖着长长的尾音，袅袅不绝。它时常戛然而止，斩钉截铁。在惨痛的最后断裂之前，生命会负隅顽抗，破釜沉舟。

一切都无以挽救。

男人和一伙帮忙的人涌进来。“快去医院啊！”他疯狂地号叫。

“不必了。”医生摆摆手，“这是一种很少见的病，一旦发生，现代的医学是没有办法的。医院是治活人的地方，不会收她了。”

“她最后说了什么？她留了什么话给我？你们说！你们告诉我！”男人一会儿窜到司徒大妈面前，一会又虎视眈眈地瞄着袁大夫。

“她没说什么……”司徒大妈不知该怎样回答这个红了眼的汉子。

“她去世的时候我在她近前。就我一个人。”袁大夫先解脱了司徒大妈，他知道在以后漫长的岁月里，老姜会一次次逼问不止。还老人一个安宁吧。

“她最后一句话是什么？”老姜困兽样狰狞。

袁大夫静如止水地说：“乔先竹的最后一句话是要你带好孩子，保重身体。好好过日子……”

老姜悲号起来：“我的妻啊……”

袁大夫忙把他们的孩子递过去。这个极小的婴孩用好奇的明亮的眼睛，严肃地注视着人们，仿佛在深思熟虑。所有在场的人都打了一个寒战：那目光太熟悉了！这就是血铺上的那个女人刚刚合上的眼睛里的光辉。

袁大夫不由得赞叹那个女人弥留时的聪慧。

在呼啸的风雨中，在辉煌的血光中，那个小小的婴儿——一个强健完美的男孩，肆无忌惮地哭叫着，呼唤着一个新的黎明。

女人之约

郁容秋的病危通知，快下班的时候送到工厂医务室。

医务室负责人兰医生，把握不准把这悲痛的消息，是立即上报还是等到明儿早上再说。

按说该早点报上去。毕竟是辛苦了一生一世的职工，到老了死了，领导要去看看，叫去的安心，活着的心里也温暖。但这个时机很难把握，报得早了，死或不死还不一定。医院里怕负责任，常常未雨绸缪，领导兴师动众地去过了，最后病人又全须全尾地复了原。出院后在厂门里碰上了，两下里都不大自然。病人觉得自己没死，劳驾了那么多领导，挺对不起人。领导嘴上不说什么，心里怪医务室谎报军情。若是信送晚了，领导三脚两步赶到，病人已进入弥留状态，瞳孔散大得连人影也辨不清了，拉着领导的手直叫自己小儿子的名，自然也是医务室的失职。最好的时机是病人回光返照的时刻，头脑清晰，思维敏捷，面色和善，双目炯炯有神，放射出智慧的光芒。而且格外健谈，充满了对世事的深刻洞见。古人曰：人之将死，其言也善。指的就是这种时刻。

只是这个火候很难把握，跟战机似的，稍纵即逝。判断一个人什么时候死，比判断一个人什么时候生困难多了，没有任何公式可以遵循。

生死不由人。兰医生是一位负责的医务工作者，她决定下班后不回家，先上医院。一来是要当好领导的参谋，二来她很想看看厂里这位最美丽的女人，如今病成了什么样子。

已经过了探视时间，传染病医院里充溢着古墓般的荒凉。裹着棉大衣的老人从幽暗的拐角处发出不许探视的警告。兰医生出示了病危通知书，这是最好的通行证，她所向披靡。

郁容秋住高干病房。入院时医院床位极紧张，厂长指示：一定要不惜一切代价挽救病人，要血有血，要钱有钱。

护士小姐敲着病历说："只有高干病房还有空床。高干们吃的是国宴，卫生条件好，自然很少得传染病了。只要你们付得出房钱，普通人不是传染病也能住。"

陪同郁容秋住院的兰医生，想起了厂长的指示，毫不犹豫地接过了入院登记表。姓名年龄籍贯这些都好填，唯有是何种干部级别这一栏犯了难。无论多少房钱厂里可以不在乎，但任命一个高级干部的事，兰医生想：别说是自己，就是叱咤风云的厂长，也得顿挫一下。

“你现在是多少级？”她问蜷在一旁的郁容秋。

“四……四级。”郁容秋的脸上像涂着没有搽开的增白粉蜜，寒霜一片，眼圈黑得像盖了两枚墨色图章。头发像京剧里的青衣，一缕缕被冷汗粘在额角，惨白的嘴唇嘶嘶吐着气：“四级。”

“填四级可不行，这也太高了。‘文革’以前，一个华东局中南局的书记还不够四级呢！虽说瞎填呗，也得差不多。”小护士瓦片形的白帽子，因为晃动，像蝴蝶花似的颤抖着。

兰医生知道郁容秋的四级是确有其事——她是厂里的普通四级车工。

“能住你们这儿的最低级别是多少？”兰医生问。因为下垂得过久，蘸水笔尖聚起一滴椭圆形的墨水，根蒂部正在瓶颈般地变细，墨水滴渐渐变成饱满的鸭梨形，颤颤巍巍地闪动着柏油似的微光。

“怎么也得十级以内。”护士小姐毋容置疑地说。

兰医生给郁容秋填了一个九级，相当于“文革”前的厅局地师级。

这是一间很大的病房，有吊灯、冰柜、遥控彩电……洋红色的地毯冲淡了医院里惯常的萧瑟之感，带来轻微的暖意。甚至气味都不是刺鼻的消毒水味，而是像栀子花一样淡淡的幽香，像大宾馆豪华的客房。

郁容秋侧卧在半摇起的特制病床上，床旁的地灯像一支金笔，勾勒出她尖峭的身影。肩胛骨像倒竖的铁锨一样锋利，颈子像用灰白的铁丝编织而成，看得见一根根粗细不等的脉络。唯有裹在蓝条纹病号服里的双腿，仍旧是笔直的。由于宽大服装的遮掩，看不出瘦弱，仿佛一段美丽的桦木。

兰医生准备了满腔的怜悯，她预备看到一个被疾病折磨到濒死的妇人。劝慰和同情，像瀑布一样壅塞在她的齿间。

听得门响，卧床的女人吃力地转过身来，兰医生惊骇住了。

郁容秋像年画一般艳丽，面颊白里透红，双唇晶莹闪亮，翘起的睫毛像蝴蝶的触须一般轻盈颤动着……

哪里有这样美丽的垂危病人？！这尤物般的女人难道会死吗？兰医生立即想到这是郁容秋同医生做了手脚。这个女人，什么事情办不成呢？

她家住在兰医生楼下。也就是说，她的天花板就是兰医生家的地板，是近邻了。但兰医生从不跟郁容秋打招呼。一是大家搬到这楼里不久，并不熟悉。二是这女人的名声很坏，外号“大篷车”。

“大篷车”很妖媚，是那种眼睛能抛出绊马索的女人。兰医生上楼的时候，亲眼见过她领着陌生的男人在开门。楼道不宽，“大篷车”正从精致的乞丐包里往外掏钥匙，男人脸朝墙壁，身子侧向一旁，友好地给兰医生让路，也许是怕兰医生筐里支棱着的芹菜蹭脏了他笔挺的西服。

兰医生回到家，放下芹菜，洗净手上的泥，去收凉台上的衣服。她听到楼下窗帘环在窗帘轨上小心翼翼滚动的声音，才确信人们关于郁容秋放荡的传闻，绝非虚构。

郁容秋就是这么个女人，她丈夫似乎知道这一切。兰医生也在楼梯口遇到过她丈夫领回陌生的女人。但实在讲，那些女人都没有郁容秋漂亮。逢到这种事情，人们总要问清是谁开的头，以便多少能排出个道理来。但郁容秋家的这种局面，已经好多年了，没有人知道谁打的第一枪。因为她男人是外单位的，跟大家没关系，厂里的人就把仇恨集中在“大篷车”身上，不让自己家的孩子同郁容秋的女儿玩。这种防范绝对是有道理的。郁容秋的女儿不过十六七岁，打扮得像个少妇，也常有男孩子来找她了。

有人敲门。兰医生打开一看，几乎不敢认这位楼下的邻居。她卸去往日时髦的服装，穿一套土豆皮色工作服，蓬头散发，简直像是上门推销被套的外地灾民。但细细观看，裹在粗糙衣服内的胴体，依旧是光洁而明亮的。

“跟您借样东西。”她笑眯眯地说，一改平日的风骚模样。兰医生不合时宜地想到了一个词：从良。

“我能有什么东西值得你来借？”兰医生惊讶地问。眼前的这个女人虽不敢说有多少财富，但男人们供给她的日常用品，都是奢华而昂贵的。

“借鞋。”郁容秋跺跺小巧玲珑的脚，一双雪白的半高跟皮鞋，把地板跺得像一面铁皮鼓，“脚上没鞋穷半截，您不知道这句古话呀！”

“咱们俩的脚倒是差不多大。但我绝没有比你这双更好的鞋。”兰医生斩钉截铁地说。

“您有。肯定有。我想了半天，最后判定这东西只有您有。您先别把话说死。我要这东西也不是为了自己，全是为了厂里。”郁容秋很诚恳地说，生怕兰医生一下关了房门，便把白鹿蹄似的脚，横在门轴处。

兰医生糊涂了，不知自己朴朴素素的家里有双什么鞋被这女人看了去，并且如此铭刻在心。

“到底是什么鞋呢？”连她也好奇了。

“‘军臭’。我想借您的‘军臭’穿穿。”郁容秋回答。

“‘军臭’是个什么东西？”兰医生真糊涂了。郁容秋赶紧解释：“‘军臭’就是解放鞋。要不是兰医生当过兵，还真没处找这种古老的装备。”

“大篷车”装上解放鞋的轮子，那副尊容，叫人啼笑皆非。

“你为什么要这副打扮呢？”兰医生虽说对郁容秋平日的

张扬不以为然，但看到一个漂亮女人钻到这样一套不伦不类的行头里面，好像红玫瑰一下变成了狗尾巴草，还不如当初妖娆着顺眼。

“我当了黄世仁了！”她兴奋地在兰医生家洁净的地板砖上走来走去，崭新的解放鞋底留下一行“人”字形的橡胶花纹。

三角债是一个巨大的漩涡，把庞大的国营企业淹得两眼翻白。这件事细说起来复杂透顶，简而言之就是赖账。你欠我的，我欠你的，像瞎驴走在一圈没有尽头的磨道上。兰医生所在厂的厂长是一位干练的女强人，她最初不愿意该人家的账，结果受害最深。账面上她有一大笔钱，但保险柜里空得能给耗子做窝。眼看连工资都发不出来，厂长组织了浩浩荡荡的讨债大军。机关干部全体出动，厂长财神爷似地供着他们。买来飞机票，带上土特产，最后厂长再亲笔签上一封言辞恳切情意浓浓的信笺，恳求对方把拖欠的钱还了。

没想到杨白劳如今比黄世仁横多了！欠账不还，成了天经地义的事。各路兵马落荒归来，只带回极少的现钱。全厂几千人的嘴巴要喂，机器不能停产啊！女厂长心急火燎，恨不能用钢钎把太阳穴打个洞，让脑浆凉快凉快，想出一个好办法。

人一到没主意的时候，就想起老祖宗的招数来了。“贴黄榜！”厂长说，“我就不信，我偌大一个厂子，就没个讨债的人才！咱们的干部，一个个养尊处优惯了，高贵得不行，哪里像是讨账的，像新女婿上门，羞羞答答，客客气气，还能要得回钱来哇？债主就得像个债主的样！卑贱者最聪明，我要不拘一格选人才。甭管你是谁，讨得回钱来就是好样的！”

黄榜贴出来了。底下的工人觉得这是个出头露脸的好机会，不必一天八小时站在机车旁边苦熬苦挣。当干部，出差给补助，还能山南海北地逛逛。就算是讨不回来钱，谅也不能怎么着，大不了还回来当工人呗！真有胆大妄为的撕了黄榜。女厂长的榜同旧时代的不同，不是揭走了就算完，而是随揭随贴，能人多多益善嘛！

过了几天，新贴出的黄榜就没人揭了。听说对每个敢揭榜的人，厂长都在百忙之中亲自面试。没有人能过得了这一关，厂长一挥手，你该回哪儿回哪儿，你该干什么就干什么去。有人问女厂长是如何面试的，这些落第之人都守口如瓶。

一时间，谁能加入讨债帮，成了一件大荣耀的事。

一个阳光明媚的早晨，“大篷车”郁容秋走到布告栏前，把黄榜扯了下来，团在手里，却又并不马上离开，用涂着蔻丹的指甲，细细地剔残留的黄纸屑。相当一段时间内路过大门口的人，都看见她站在那里抠纸屑，不明底细的人还以为她又犯了作风问题被人抓住，罚在那里打扫卫生呢！

郁容秋从来没有这么近地观察过女厂长，她觉得自己在靠近一块冰，有一股端庄的威严，从这个女人身上逼射而出。

这是厂里的外宾接待室，最豪华的房子，女厂长把它当做了考场。郁容秋从来没进过这间屋子，满屋的金属光泽晃得她睁不开眼睛。虽是自己的厂子，却有到了外地的感觉。主要是因为空调使屋里像秋天一样凉爽。还有厂长没有穿惯常的工作服，而是一套质地高档的西装。

陌生的环境，陌生的人。女厂长正是刻意营造出这种气氛。店大欺客，你要是连我都不能说服，还想赤手空拳讨回钱来吗？

两个女人互相注视着。一个是这个厂的最高领导，一个是最普通的女工。

女厂长打量着郁容秋。她有许多工人，她不可能都记住他们。这个女人很漂亮。女厂长不喜欢漂亮的女人，她最优秀的女工程师和女车间主任，都不漂亮。她自己也不漂亮。漂亮几乎是女人事业上的大敌。但厂长很快纠正了自己的思维状态，这次要不拘一格选人才。价值观念要整个颠倒过来，因为索债这件事本身就是颠倒了的乾坤。平日里选拔干部要重学历，这回厂长完全不计较这点，而且私下里认为学历越低越好。学校在教授人们知识的同时，也教授人们矜持与自尊，而这两条，恰是于索债极不相宜的。还有平日里要注重表现，这回厂长豁出去了，无论是谁，无论用何种办法，只要将钱讨回来就是英雄好汉。

女厂长讨论过郁容秋的处分问题，那是几年前的事情了。女厂长记住了这个名字，但她不认识这个人。她尽量使自己公正平和地说："现在，假设我为某大厂的厂长，而你是我们厂派出的清欠人员。金额为一百万。开始吧。"女厂长双手抱着肘，缩在巨大的皮圈椅内，好像一只肥硕而警觉的老猫。

郁容秋面对这个威风凛凛的女人，感觉自己像灰尘般的委琐。美貌、机智、令男人神魂颠倒的手段，这些赖以支撑自己全部自尊的基石，都在顷刻间摇摇欲坠。她从前只在很远的地方看到过厂长，觉得她盛气凌人，不可一世。一大群男人簇拥着她，她颐指气使地吩咐他们，每一句话都是圣旨。在这样近的位置上观察厂长，她觉得厂长实在是一个姿色平庸的女人，斑白的头发，沉重的脑袋，皱纹像一把精致的折扇，铺满脸庞……

门无声无息地开了，像一股轻柔的夜风溜了进来，一位潇洒的小伙子挟着卷宗走到厂长面前，毕恭毕敬地放下，殷勤地打开到某一页……

郁容秋看惯了男人们的讨好的嘴脸，她不佩服男人，她觉得自己能征服他们。她佩服女人，尤其佩服不用她这种手段征服男人的女人。她呆呆地望着厂长，这是在她有限的生活圈子里，活得最高贵的女人。

郁容秋的椅子与女厂长的皮圈椅等高，若论身材，郁容秋还更挺拔些，这样她双眼的位置与厂长是在同一水平，严格追究起来，郁容秋的眼珠还要比厂长的眼珠位置高上几毫米。但郁容秋额头低垂，眼睑半旗似地降着。眼光透过密集的睫毛，仿佛夕阳穿过笔直的白桦树林。眼波飘带似的荡过单人床一般宽大的写字台，从青瓷笔筒的边缘溅落下来，绕过包绕着厂长的那团威严空气，像只小蜜蜂盯在厂长胸前第二颗纽扣上面。那是一粒像纪念章一样沉重而古老的铜纽扣。

“这个扣子不好。要是我，会选一种黑色有大理石花纹的扣子。”

郁容秋很奇怪，这个屋子里难道还有第三个女人吗？她能看到自己大脑屏幕上闪现的字吗？要不怎么把自己心里想的话给说了出来？她可真够胆大的了！竟敢批评厂长！厂长是谁？厂长是郁容秋在这个世界上看到的最至高无上的女人。也许有许多女总统女总理比厂长更荣耀更辉煌，但郁容秋没见到她们。电视里见过的那不算。郁容秋在电视里还见过龙卷风和火山爆发呢，同她毫无关系。郁容秋知道全厂的人都崇拜厂长，出身于高级知识分子家庭，受过高等教育，如今是这样一家重工业工厂的掌门人。做女人做到这个份上，多么气派呀！

那个不知天高地厚的女人，藏在何处？她就不怕女厂长恼羞成怒吗？

女厂长挺满意这个开头。她面试招聘催款员，完全是即席发挥。她被三角债搅得五内俱焚，急等着谁能把钱收回来。她是全厂几千人的当家人，像无米下锅的小媳妇，等着用这钱去还账、买原料、给大伙开工资、买过节发的肉鸡和活鲤鱼。

很多人见了咄咄逼人的女厂长就嗫嚅不语，女厂长挥手就把他们赶出了这间华丽的办公室。这个样子还想索账吗？催款员要先有一种从气势上压倒对方的勇气，而绝不能被对方所屈服。

这个女人居然从指责她的衣服开始，这挺好。从来没有人指责过厂长的穿着，这套西服还是她出国考察时定做的。

郁容秋静等了半天，没听到那个胆大妄为的女人再说第二句话，才猛然醒悟到自己在下意识中把心里话说了出来。她看一个女人，首先是挑剔她的衣服。作为拥有出众姿色的女人，她对别人的长相很宽容。长相是父母给的，就像出身一样，但衣服可是随自己选择。她挑剔过全厂所有女人的服饰，觉得她们都不会穿衣服，她因此充满了自信，觉得自己很有眼光。但她没敢挑剔过厂长，厂长不是平常意义上的女人。没想到，面试竟这样开始了。

“穷啊！厂里没钱。发不出工资。扣子是随便买的？你说的那种扣子很贵。”厂长随随便便地说。

“那种扣子并不贵……”郁容秋只说了半句，就噤了声。女厂长已经开始扮演一个赖账的角色了。

“我临到进贵厂大门之前，先跟厂里的工人聊了聊，知道您厂子里虽说困难，可并没有到揭不开锅的地步。您看，我这儿有您厂工人的工资条，计算机打的，正经不少呢！不瞒您说，我们厂可真到了山穷水尽的地步。发工资那天，没给大伙发钱，发了一个纸条，说没钱，请大家勒紧皮带坚持几天，等借回钱来就发，先发工人，后发干部。大伙一看，也不好再说什么了。最苦的是那些退休工人，腿脚不利落，顶风冒雨地跑到厂里来领钱，年岁大了儿女们嫌弃，全靠这两个钱给自己撑腰呢！我说的就是上个月的事，天气预报不知您还记得不，我们那儿下大雪。发不下钱，老头、老太太这个骂哟，说厂里蒙骗他们，肯定是把工资存银行里赚利息了，又哭又闹。不怕您笑话，我家还真等着您厂里还了账，我厂里拿这钱发了工资，我拿这工资去买粮呢！我对孩子说，上回你过生日，你舅给你的那十块零花钱还在不？孩子说在，我没乱花。我说你真是妈的好孩子，这钱先借妈用吧。妈说话算话，一定还。只要厂里有了钱，妈就还你的，妈不会赖你的账。大天白日的，妈哪能是那种人呢？”

郁容秋慢条斯理地娓娓道来，一副良家妇女的忠厚相，话语中却机锋四伏。

好！哀兵必胜。女厂长不禁心口夸赞。不过她也更为焦虑：这女人谈到厂内的情况，不是事实，起码目前还没到这种地步。但只要局势继续恶化下去，谁又能保证那种举债食粥的情形一定不会出现？

“今天你就是说出大天来，我也没钱。告诉你，要钱没有要命有一条！”女厂长恶狠狠地说。要她说出这些话来不容易。她是端庄而矜持的知识女性，纵是被逼急了，也不会这样发泄。但从那些灰溜溜回来的催款员嘴里，她听熟了这句泼皮语言。

郁容秋可不怵这个。女厂长咬牙切齿吐出来的话，在她听来那么亲切那么熟稔。她从小就是被这种语言腌出来的，明知厂长是在模仿别人，也顿觉亲热。

“我要您的命有什么用呢？自古以来，杀人偿命，欠债还钱，天经地义的事。真要赖着不还，咱就去打官司。您这个厂宣布破产，到时候来戴大盖帽的查封您的厂子和固定资产，拍卖产品，以资抵债。人死账不烂，这笔钱说到哪，您也是要还的！您这厂长当得挺滋润，为了这九牛一毛的事，何必咱们公堂上见！再说，我这回来，是立了军令状的。您的命金贵，我的命可是不值钱。您要是真敢赖账不还，我就敢写了帖子到处散，然后一根草绳吊死在你工厂大门框上！”

“别……别……”不论是作为现实中的还是假设中的厂长，女厂长都急忙摆动双手。

郁容秋轻快地笑了，厂长平日的威严都被这个动作抹去了，原来是个不禁吓唬的女人！看来，她没有跟泼人吵过架！

厂长毕竟是厂长，她迅速调整了思路，正襟危坐说：“我纵是有还钱之心，也没有还钱之力。真是没钱。人人欠我，我欠人人。要不然我把欠我厂钱的厂家名单抄给你，你能要回多少，全带回去抵账。这下总行了吧？”这又是一把讨债员们无法对付的杀手锏，女厂长转赠给郁容秋。

“您甭跟我说这个，我是一客不烦二主。是您欠我的钱，不是别人欠我的钱，我跟旁人说不着。冤有头，债有主，讲的就是这个理。您可以广开门路，清仓挖掘，俗话说船破了有底，底破了有帮，快沉了还有三百大钉呢！瘦死的骆驼比马大！再不然，我给您出个主意，前两年不是各厂都买了许多国库券吗？您就把它折给我们算了。反正您留也留不住，还谁不是还呢？给了我，我们全厂念您的好，我个人更是感激不尽。利率该多少算多少，保证不让您吃了亏。您要是同意，咱们这就去取国库券吧！”郁容秋说着站起身，做出要走的样子。她虽平日里常同各色人等对垒，像今天这样滴水不漏地叫板，也着实费了精神。幸好临来之前多少看了会子报纸，说起来才有板有眼。

“国库券没有了。您来晚了，昨天有人在你前头要账，已经给搜刮走了。”女厂长已开始佩服这个卑微的女工机敏的思维和伶俐的唇舌，但她还要逼她一下。外出索债，什么情况都可能遇到。

“一点都没剩？不能吧？犄角旮旯里总还能再找出点。”郁容秋也觉得自己这话根底不足，可她没想出应对之词，只好借反问以争取一点考虑时间。

“我堂堂一厂之长，怎么能骗你呢？”女厂长扮演的厂长果然愠怒了。

“我哪敢怀疑您呢！”郁容秋已经思谋出了对策，反正事情已无理可讲，拿出女人斗法的手段就是了：“那厂长就请您多原谅了。打今天起，我每日到您这办公室外候着拿钱。钱一天不到手，我是一天不会走的！”说完，脸上配合语气布出严霜一般的神色。

“这么着吧！你大老远地跑一趟也不容易，我们厂现有一万台照相机，就抵给你们吧！”并不是女厂长突发奇想，真有一个厂要拿这笔货物抵债，她一时还没想好怎么处置。

“一万台照相机？”郁容秋喃喃重复，望着厂长阴晴莫测的脸色，她真不知该如何对答。她突然想自己来遭这份洋罪干什么？厂里有钱发工资，自然有她一份。若是都开不出钱来，天塌下来有高个子顶，且轮不到她一个妇道人家头上呢！况且有那么多男人同她好，他们绝不会看着她挨饿受穷的！饿死谁，也饿不死老娘！

她想站起身来扬长而去，走出这间洋溢着冷气令人汗毛孔闭锁的陌生房间，回到她的车床前。她轻车熟路，手艺不错，车出来的活计像她的衣服一样清洁合体。

可她不能这么就走了，得给女厂长一个面子。女人都爱面子，她之所以想当讨债员，不就是想给自己挣一份面子吗！她把厂长这个问题回答了就走。

怎么答呢？去他的讨债员吧！郁容秋顾不得这些了，她只从一个持家的女人来琢磨这件事：“一万台照相机，合我们厂每人分四台？我们要那么多这玩意儿干什么使呢？能熬能煮还是能穿能盖？况且您保修吗？零配件全吗？您不能这么打发我！再退一万步讲，就是我不跟您为难，我一个小小的办事员哪里就拍得了这么大的板！您看这样好不好，您把照相机就地拍卖了，便宜点会有人买的。再把现钱给我。我呢，也同时给厂子里发报请示，能有现钱实在是最好不过。万一卖不出钱来，厂里再定要不要相机的事……”

女厂长被折服了。不卑不亢、不温不火，真是滴水不漏、铁嘴钢牙啊！她站起身，两手撑着桌沿，用对一百个人讲话的声调说：“郁容秋同志，从现在起，我正式聘任你为我厂清欠业务员！”说着伸出手来。

郁容秋吃惊地半张着嘴，任湿润的牙齿在清冷的空气中渐渐干燥……许久才伸出手去，仿佛试摸炉子烫不烫，小心翼翼地把半截手指送进厂长的掌心。

厂长很高大，她的手却是纤巧而绵软的。她吃惊这个身材窈窕的女人，手指却像手表发条一样坚韧而有弹性。她用力摇了摇。

郁容秋受宠若惊，她讨好地问：“您扮的这个厂长是个男的还是女的？”

“男的或是女的，这有什么关系呢？是厂长，这一点就足够了。”女厂长不悦地说，她经常碰到这种性别上的歧视。对于来自男人的，她多少已习以为常；对于来自同性的，她更敏感而愤怒。

“当然很重要！”郁容秋对堂堂一厂之长对这个问题的忽视感到吃惊，她愿意为厂长弥补缺陷，“假如对方是女的，话谈到这里，就没有什么指望了，我只有等您的指示，是空手而归还是押回一万台照相机。假如是个男的，当然还有办法……”

“什么办法？”女厂长已约略猜到了，她眉毛下面的筋肉聚在了一起。但她毕竟是厂长，眉毛本身还停留在原来的位置，整个面容静如止水。厂长受过的高等教育和她良好的家教，使她不愿意以恶意去揣测别人，尽管那谜底已昭然若揭。于是就显出一种恶毒，彼此心领神会不行，她非要当事人把自己的心思明白无误地昭示在太阳底下。

郁容秋脸上有了悲壮的神色：“现在不是都时兴用兵法吗？三十六计里，可有美人计这一说。我既然敢揭了您的黄榜，就做了这个准备。为了厂子，为了大伙的利益，我也豁出去了。只是我有一个要求，倘若我把钱讨回来了……”

女厂长被这种卑贱和高尚混淆在一起的坦白打动了，她截断郁容秋的话：“我将给你以重奖，你还可以按比例提取数目可观的钱……”

“不！厂长！我不是指的这个。”郁容秋觉得自己也够胆大的，竟敢打断厂长的话，可她到这里来，不就是为了要说出这句话吗？！“厂长，我只是想与您有个约定……”

女厂长静静地注视着面前这个女人，她的要求和她的坦率，都令女厂长深深不解。女厂长懂几国外语，有高超的管理经验，可她不懂这个与她生理构造相同的女人。不懂就不懂吧，这个纷杂的世界上有多少令我们眩惑的事件！只要能维持工厂的正常运转，其他的又算得了什么！

“好！我答应你！”女厂长郑重地说。

“我天南海北地走，一定能为您买到那种有黑色大理石花纹的扣子。”郁容秋说这句话的时候，像一个调皮的少女。

女厂长正换下西服换上工作服，要到车间里去巡视。

“就是上门讨债，也不必跟灾民似的呀！”兰医生对借到了解放鞋的郁容秋说。

“穿成这样才好要钱呢！人穷志短，马瘦毛长。我一钻到这套衣服里头，自个儿都开始可怜自个儿了。递个小话，装个傻要个赖的，都觉得那么自然，现在我可懂了，为什么演员一穿上服装就进入角色，道理是一样的。干什么吆喝什么呗！”郁容秋兴致勃勃。像兰医生这种地位的女人，在厂里平日要属第一世界，根本不屑理睬郁容秋，今天这么友好，自然是因为郁容秋位置不一样了。

“人凭衣服马凭鞍。有些大厂门禁森严，你这副打扮，恐怕连大门也进不去。”兰医生依旧忧心忡忡。当医生的本来不关心生产，可三角债空前地普及了大家的忧患意识。

“您等着！”郁容秋穿着解放鞋，“噔噔”跑下楼，像士兵紧急集合时一般迅捷。

数分钟后，郁容秋回来了。浑身珠光宝气，像一位雍容华贵的夫人。没容得兰医生看分明，“腾腾”又跑下楼。这一次装扮成一位端庄清秀的女干部……兰医生一时间眼花缭乱，她家成了服装模特演出的舞台，楼下郁容秋家则是后台化妆间。

因为频繁的穿穿脱脱，郁容秋白缎子似的皮肤，沁出淡蓝色的网纹。兰医生给她披上一件军大衣。对这种讨债方式她无以评说，但人可不要冻感冒了。

郁容秋很感动。从来没有哪个女人这样关切过她："这件军大衣也借给我好吗？我第一站是去东北。"

兰医生点点头。

从此她很难在楼道里再碰见郁容秋了。那女人来去匆匆，好像一股裹着巴黎香水的旋风。郁容秋转战南北，几乎每战告捷。为厂里索回了大量欠资。从此，她出去清债，都是坐飞机。何时回北京，一个电报或是电话打回来，就有小卧车到机场去接，俨然成了一个功臣。郁容秋偶尔出现在厂里的时候，总是穿着最豪华、最时髦的服装，连兰医生都觉得借给她军用品，简直是受骗上当。大家背后议论，这个女人，过去是"大篷车"，现在成了"国际列车"了。发奖金的时候，有的人作鬼脸说，这是"大篷车"卖相挣回来的钱。大家哄堂大笑，然后该拿钱买什么就高高兴兴地去买。骂归骂，表面上对郁容秋客气多了。头头脸脸的科长们，见了郁容秋也都点点头示意，毕竟她是厂长亲自发掘出来的能人，又给厂里索回可观的资金。经济滑轮抹了润滑油，别的都是小节了。

郁容秋从未有过这样的神采飞扬，走路的时候腰杆笔直，好像行进在硕大的席梦思床垫上，每一步都充满弹性。

兰医生以敏锐的职业眼光，觉察到郁容秋的苍老和消瘦。尽管施了很重的脂粉，仍旧像破旧门窗上的新漆，无法遮盖虫蛀剥脱的斑驳。

“最近怎么样？”兰医生问女邻居，她觉得她的气色越来越不佳了。

“账收得很有成效。”郁容秋忧郁地回答。她现在对所有以前伤害过她的人都趾高气扬，对一般人也爱答不理，但对兰医生，始终十分尊重。

“账催完了，你就可以好好休息几天了。”兰医生说。

“我不喜欢账催完了，也不想好好休息。现在这样多好！”郁容秋说。

真是一个怪女人！原来她的忧郁，不是因为身体不佳，而是担心账快清完了。兰医生本不想再说话，但医生的直觉告诉她，面前这个盛装的女人，患了深入膏肓的重症。

“要是觉得哪儿不舒服，早点看看。人不能太疲劳。当医生的，喜欢有点小病就大叫大嚷的病人，那样不耽误病情。”兰医生谆谆告诫。

“我就是头痛、恶心……全身没有力气。”郁容秋倚着楼梯栏杆说，全然不顾面粉似的尘土沾脏她华美的衣服。

“还有什么？当病人的没有什么不可以对医生说。”看到郁容秋欲言又止，兰医生循循善诱，“要是在这里说不方便，就到我家去吧！”兰医生以为郁容秋要说出什么怪症状来了。

“其实，我根本就没病！”郁容秋猛地把身子撤离栏杆，把披肩发抖得像大风中的床单。

这女人，讳疾忌医，根本值不得可怜！兰医生在心里冷笑，疾病是最科学的一个妖怪。

果然，郁容秋在外地索债现场突然晕倒，那边怕出人命官司，立即给她买了机票，连同欠款，专人护送她回来。兰医生奉命到机场去接郁容秋，把她直送医院。她几乎不认识这个风流的女人了，不但因为郁容秋容颜枯槁，更因为她的打扮：破烂不堪的衣服，脚下穿着解放鞋……

郁容秋被诊断为晚期肝硬化。

看到兰医生这么晚来看她，郁容秋说：“兰医生，您来了。”打着招呼，眼睛却还痴痴地往外张望，好像兰医生把什么人掩藏在门外。

“就我一个，先来看看你。怎么样，好些了吧？”兰医生看出郁容秋病势危笃，嘴上还是说着宽慰的话。

凑近了看，才发现红妆之下，郁容秋的肤色已十分黯淡，幽冷的死亡气息，像一种最持久的香精，盖过一切化妆品的气味，从这个鬼魅般的女人身上散发出来。

“病人是不应该化妆的。你描了眉，扑了粉，打了唇红，医生就不知你病得怎么样了。”兰医生温和地说。对一个就要永远离去的女人，什么事不可以原谅呢？

“医生知道不知道，其实已经没有用了。我自己知道就是了。”郁容秋平静地说。

兰医生想起她曾矢口否认自己有病，就说：“要是早点医，会好得更快些。”

“我没有病。”郁容秋微笑着，露出雪白的牙。她全身已充满病态，唯有牙，还是美丽而洁净的。

病到死已临头，还这样固执！兰医生就是再想宽容她，也有几分愠怒。

“真的。这不是病，都是酒害的。我这几年跑外，您知道我喝了多少酒？我想一担担挑起来，能浇几亩好地了！我的肝就是叫这些酒给腌坏了。世上不是有醉枣吗？我的肝是醉肝。赶明儿火化我的时候，八宝山的烟筒里冒出的气都得是酒味……”郁容秋调整了一下枕头的高度，使自己侧卧得更舒适，用手轻轻捶击着自己的右肋，“我觉得我挺对不起我的肝。它跟了我这么多年，我原来都不知道肝在哪儿。想起来不知道肝在哪儿的日子，已经那么遥远了。所有不知道肝在哪儿的人，但愿你们永远别知道。我不能喝酒。有人说会喝酒的女人血管里有一种酶，能把喝下去的酒变成水，这边进那边走，喝多少也不醉。我不知道那种酶是个什么东西，可我知道我没有。我只要喝酒，就觉得那些藏着火苗的水，把我的胃烧得一块一块脱皮，就像尿碱沤了的墙灰，大片往下掉。我鼻孔里喘出的气，只要划一根火柴，就能呼呼冒烟，好像我是沼气炉子似的。酒顺着肠子进了肝，我能感到它们像四脚蛇似的在我肚子里爬。我买过猪肝，软软的，像是一顶红丝绒的帽子。我知道我的肝硬得像一块生锈的钢板。肝中间的每一个小孔都浸满了酒精，像冻豆腐的蜂窝里都结满了冰一样。我想，我死了以后，谁要是有兴趣敲敲我的肝，一定像用高跟鞋敲木鱼一样，又脆又响……”

兰医生椎骨发凉。她不怕死人，也见过濒死之人的侃侃而谈。当一个人要永远告别的时候，他所有的聪明才智，都会像蜡烛临熄灭前的最后一跳，爆发出凄艳的火花。但这个女人太清醒、太冷静了！她不知该怎样同她讲话，居高临下的劝慰或是设身处地的怜悯，都显得那样苍白。她嗫嚅着：“既然不喜欢喝酒，就不要喝嘛……”

“谁说我不喜欢酒？谁说的？”郁容秋涂着黑色眼影的眼帘，像海鸥翅膀一样忽闪着，显出肝脏病人特有的暴躁，仿佛要把那个说她不喜欢酒的造谣生事者从黑暗中揪出来。片刻之后，她又开心地笑了：“我可喜欢酒了。要是没有酒，天知道我的活可怎么干！男人们喜欢酒，他们是酒做的骨肉。我跟他们对着喝，酒场上的男人都不愿输在一个女人手里，可他们没有我这种决一死战的气概。他们醉了，我不醉。或者说我连说的醉话也是向他们要账。酒可是个好东西，它能叫人的嘴巴特别快，根本不听大脑指挥。您是研究医学的，您可以查查是不是酒能在神经上钻成洞，让人的思维乱窜？我口袋里有台录音机，我把他们酒桌上说的话都录下来，等他们酒醒了放给他们听。他们比听世界名曲还专心致志。听完了，什么也不说，立马就地还钱然后就赶我走……”

兰医生真没想到自个儿每月发的奖金，竟散发着腥烈的酒气，像一篓子醉蟹。她搓着手说：“嗨……真没想到……”

几乎没有人来看郁容秋。她的丈夫不知和什么女人寻欢去了，女儿也早已有了自己的幸福。厂里的有关业务部门来看过郁容秋，进了门，屁股连椅子也不沾，好像病毒会透过厚厚的衣裤，像蚊子似的叮进他们肉里。郁容秋每天都用仅存的气力，把自己化妆得很美丽，端庄地等待着……今天总算来了一个人，她怎么能控制自己谈话的欲望呢！

“当然也有不近烟酒，花岗岩一块的。这样更好办了。我就打扮得花枝招展到他家去。他当然躲着不见。这正中我意，我对他夫人说，你丈夫欠了我的钱，从此后我天天来，什么时候还了什么时候算。这一招，简直灵验极了。当天晚上他们家里就不会安宁。我不知道枕头风在别的事情上有多大效力，这桩事上可是马到成功。其实，外地小市的土厂长，我哪能看到眼里去，不过是吓他们一跳，看着好玩就是了，谁跟他们当真……”郁容秋“咯咯”笑起来。声音可是无法化妆的，干瘪粗散，像是从啄木鸟凿空的树洞里发出来的。

戴着瓦片帽的护士小姐走进来，她不去谴责“呷呷”怪笑的郁容秋，反倒向兰医生竖起了手指：请安静！兰医生明白，这种对危重病人的迁就，也是死亡确已逼近的征兆。她顺势说：“你好好休养，我改天再来看你。”心里说，赶快要向厂长报告，郁容秋的日子不多了。

郁容秋恋恋不舍地欠了欠身，算是送行。突然她说：“等一等，我有样东西要给你。”吃力地从床头柜里拽出一双鞋。

是解放鞋。刷得很洁净，像一条背面是绿色、腹部是黑色的干鱼。“医院里找不到鞋刷，我是用手指头捅着刷的。可能不干净，请多包涵。”

兰医生接过鞋，黑色胶底的花纹已经基本磨平了，可见这女人在外地时是经常穿着它的。“我留着也没用，你以后穿吧。”兰医生又往回送。

郁容秋嶙峋的手腕拦住她：“我大概没有机会再穿这鞋了。”

“别说这话！你能好！能好！”兰医生诚心诚意地说。

“病在谁身上，谁自己知道。”郁容秋凄然一笑。也许是觉得气氛太伤感了，她转了话题：“其实，就是我的病真好了，这活我也干不长了。”

“为什么呢？这活全厂再没有比你干得更好的了。”兰医生谈的是真心话。无论对郁容秋怀有多少成见的人，也得承认这是一个事实。

“是啊！从前骂我是破鞋的人，现在乖乖地冲我笑。以前有不少男人跟我好过，可他们当着人从不理我，好像我身上刷了一层永远不干的油漆，谁沾上就像斑马似的，走到哪都会被人辨认出来。为了他们的这份怯懦，单独相处的时候我加倍惩罚他们。他们不愠不恼，我都搞不清谁是真正的能人了。有时候，看着昨天还在我胯下受辱的男人，今天变得冠冕堂皇，当着众人讲大道理，大家还挺服气他。我就想，我征服了这个男人，也就征服了所有佩服他的人。兰医生，您别笑我，我是个普通人家的女儿，偏巧又生得心比天高。我想做个出类拔萃的女人，可我没有这个机会。没想到清理三角债给了我一个扬眉吐气的好机遇。我从来没有这么舒心过，从来没有这么被人尊重过。别说喝的是酒，就说喝的是毒药，我也眼睛不眨地咽下去。甭管我在不认识的人那儿受了多大委屈，可一回到我认识的人堆里，我心里甭提有多快活。这回不是靠哪个男人抬举，这是我自个儿挣回来的面子。所以，我巴不得老这么乱，你欠我的，我欠你的，永远也理不出个头绪，我就可以一辈子在天上飞来飞去地清欠，病了住进这带空调铺地毯的高干病房……还是九级……九级啊！我们家祖祖辈辈连见都没见过这种州官府官级的干部……”郁容秋的声音低落下去，好像是梦呓般地模糊起来。兰医生知道垂危病人往往有这种情况，时而神采飞扬，时而萎顿如泥，情绪像潮汐陡升陡降。她打算蹑手蹑脚地退到门口，通知护士前来照看，然后自己赶快离开，后事还且要张罗呢。

“兰医生，托您给我带个话。”郁容秋突然扶着床沿睁开眼，声音清朗得如同婴儿的第一声啼哭。

“行。行。带给谁？”兰医生忙不迭地答应，心想这一定是同她相好的一个男人。兰医生是标准的贤妻良母，但听了郁容秋这一番披肝沥胆的剖白，她决定哪怕是违背常理，也一定把这可怜女人的口信带到。

“带给厂长。”郁容秋说。

“哪个厂的厂长？”兰医生掏出随身带的纸笔，预备记。这女人四处周游，定然认识很多厂长。

“就是咱们厂的厂长啊！”郁容秋反倒对兰医生的一本正经惊讶起来。

“什么话，你说吧。”兰医生松了一口气，她回去的第一件事，就是要向女厂长汇报郁容秋的病况。

“我同厂长有个约定。”郁容秋神秘地说。

“什么约定？”

“您回去同厂长说，我跟她有个约定，她就一定记起来了……”郁容秋又像雪人似的萎顿下去，充满不愿被人打扰的疲倦。她的头枕在蓬松的鸭绒枕垫上，只压出一个极浅的坑，好像头是一只空水罐。罐子将最后一滴水都倒了出来，就异乎寻常地安静下去，等着岁月的风沙将它掩埋。

“你放心，我一定带到。好好休息，会好起来的。”兰医生说。

“您说，我真的会好起来吗？”不知从哪来的力量，郁容秋突然用两手环住兰医生的手腕，兰医生有一种被铐住的感觉。

都病成这种样子了，怎么还存这种不合实际的幻想！刚才不是挺明白的吗，怎么眨眼间又糊涂了？不过，兰医生什么都见过，她小心翼翼地把手退出来，然后毫不踌躇地撒谎：“一定能好！”

“郁容秋真的没有康复的希望了？”女厂长问。在自己家里，厂长卸去了西服和工厂服，只穿一件华丽的精纺羊毛衫，像一位尊贵的夫人。

“是的。不但没有康复的希望，而且依我多年医务工作的经验，她的时间也只有这几天了。”兰医生拘谨地说。她虽然常给厂长看病，但这一刻是汇报工作，厂长不是病人。

“你是说她一定要死了？”厂长逼问了一句。

“是这样。”当医生的并不避讳死这个字眼，也许是刚从郁容秋那儿回来，谈到一个目前还活着的女人的死期，毕竟令人不安。

“如果她会活下去，我以后会看她。她给厂子立下了汗马功劳，她在厂子经济形势最恶劣的困境之中，给我们以莫大的帮助。假如没有郁容秋的努力，我们不会这么快地从困厄之中走出，我们会永远记住她的功绩的……”女厂长竖着茶杯盖，轻轻拨动茶面上浮动的梗叶，缓缓地像念一段讣告。

兰医生预感到了某种不祥的气息。

“现在，她要死了，我看，我就不必去了，叫有关部门安排一下后事即可。我很忙，我有许多事。全厂几千工人，我不可能每一个人离世的时候，都在他身边守着……”女厂长很响亮地把茶杯盖扣上了。

“可是，郁容秋不是一般的工人啊……”兰医生说。

“是啊，她不是一般的工人。她不如一般的工人，她受过处分，名声很坏……”女厂长平视着兰医生，她不明白这个平日很聪慧的知识分子怎么这样不开窍！

“可是郁容秋她说与您有个约定！”

“郁容秋说的？她告诉你了？她至死都不忘这件事吗？”女厂长显然紧张起来，她焦躁地站起身，在地毯上走出很急遽的步伐。

兰医生没想到厂长的反应如此剧烈。那究竟是怎样一个女人与女人的约定呢？

“厂长，我只是想与您有个约定。不是钱。我的丈夫对我不好。我的女儿没有钱已经这样轻浮，有了钱，更不知会怎样，我不要钱。我只是希望，假如我能出色地完成规定的清欠指标，我想让您给我鞠一个躬……您是不是觉得我太狂妄了？不，您是我最敬佩的女性。您不仰仗任何男人，凭着自己的本事，堂堂正正地立在这个世界上，所有的男人和女人都尊重您。我一辈子也做不到像您那样，可我渴望也光荣一次，也像模像样地立在人前头一次。厂长，别笑话我这个想法冒昧，我愿意一千次一万次地给您鞠躬，只求倘若我是个合格的催款员，您能代表全厂，给我鞠一个躬……”在那间充满冷气的房间里，郁容秋脸庞上淌过透明的汁液，仿佛粉脸上覆盖了一片水色的香叶。

这真是一个奇怪的先决条件。尽管突兀，女厂长还是感到惬意。“我的腰弯一弯就那么值钱吗？”她戏谑地说。

“我说过了不是为了钱。”漂亮女人低下头，口气却毫不退让。

“好，我答应你！”女厂长郑重地说。鞠个躬算什么呢？这在国际上是普通的礼仪。你可以故作清高地不谈钱，但一厂之长必须谈钱，钱已经像厂长自身的血脉一样宝贵。况且，这个女人能否搞到钱来，还是一个不明底细的神话。女厂长巴不得能早点给这个女人鞠躬，那证明严冬即将过去，春天就要到了。为了工厂，她已经付出了全部心血，再加上脊柱倾斜一下角度，算得了什么牺牲！

今天的厂长望着那天的厂长，觉得她很愚蠢。她没有想到启用这样的女人，在全厂掀起轩然大波，人们普遍认为厂长已经山穷水尽，穷途末路。女厂长坚决顶住了这一点，就像洪峰到来的时刻要不断加高堤防，她苦口婆心地开导大家：不论人怎样，钱总是干净的。厂里的种种传闻她都知道，她不止一次庆幸自己是女人。假如是男厂长，重用这样的女人，会被人们舌头编织而成的绳索，活活勒死。她以自己卓越女企业家的人格，在为一个下贱的女人做名誉上的担保。这种牺牲和这种代价，只有在其位的人才能体验到。

“郁容秋没有说她同您约了什么。只是说让我带话给您，说您一定记得的。”兰医生小心翼翼地说。

“是的，我记得。”女厂长决定对女医生敞开心扉。一个工厂就像一座海岛，厂长像个孤独的渔夫。

“她要我向她鞠个躬。”女厂长已经平静下来。

好个独出心裁的女人！兰医生在吃惊的同时，也佩服郁容秋的匪夷所思。

“我不鞠！”厂长斩钉截铁地宣布，“作为女人，我很可怜很同情这个女工，不管是什么原因造成她的命运，她的一生是不幸的。假如我是普通人，我完全可以鞠这个躬，作为生者对即将逝去的人的安慰，我还可以做得更周到一些。但是，我身不由己，因为我是厂长！厂长向这样一个卑贱的女人屈膝，会成为厂内经久不息的新闻。在可以预见的不久的将来，它甚至会演绎成骇人听闻的传说。”

兰医生点点头。厂长绝非多虑，工厂的休息室像远古时先民们居住的洞穴，可以诞生最神奇的想象。

“实在讲，像郁容秋这种人的崛起，是由于不正常的经济形势造成的，就好比饥不择食一样。现在，作为一个历史阶段，它已经从我们面前翻过去了。她就要死了，我却还活着，还要给几千人当家。好比一个家里的爷爷，给一个不肖子孙鞠躬，你说我以后还能否有权威？”

兰医生不语。

“所以，请对郁容秋讲，并非我一厂之长食言而肥，实在是官身不由人。假如她为了这个厂子，已经付出了重大的代价，那么，请求她再作最后一次牺牲，她想借我这一躬以提高自己做人的价值，我却不能鞠这一躬，要保持作为厂长的价值。作为一个女人，我失信于她，她可以在九泉之下怨恨我。作为一个厂长，我别无选择。”

夜，静寂得如同一张无边的桑叶，无数不知名的声音，蚕似的噬着它，留下大大小小朦胧的空洞。

兰医生的思绪像秋千一样徘徊在两个女人之间，她觉得环境太能左右人的意志了。在充满华贵和死亡气息的干部病房里，她义无反顾地同情郁容秋。在女厂长家，地面被女人焦灼脚步磨擦出战壕样的痕迹，她想：女人能够干的事业，除了从医之外，实在是很有限的……

“兰医生……您给我带话……带到了吗？”郁容秋终于没有气力化妆了，像一片剪纸，平展展地架在白色的被子下。各色抢救胶管，像一把怪异的伞，笼罩着她。

“带到了……带到了……”兰医生忙不迭地说。

“那她……怎么还……还不来啊？”郁容秋像一个等妈妈回家的小女孩，怯怯地问。

“她忙。她可忙了。咱们都不知道她有多忙，她可是真忙啊……”兰医生语无伦次但非常坚决地说。

郁容秋闭了一下眼睛，再睁开的时候，像拧去盖子的墨水瓶，漾着幽蓝的光。

“兰医生，您知道我这一辈子什么事干得最漂亮吗？”

“不……不知道。”兰医生夸张地摇头。只要郁容秋不谈厂长，什么话题她都乐于奉陪。

“就是讨账了。”

兰医生点点头。这一次，没有夸张。

郁容秋又闭起眼睛。兰医生以为她就此疲倦地昏睡，觉得很好，没想到她又像打开一本沉重的字典一样，翻开眼皮，刚才是在积蓄力量。

“所以，我一眼就能看出谁想赖账了。厂长觉着我没用了。她放不下面子。她想赖了同我的约定。对不对？兰医生，您甭骗我，我什么都知道。厂长赖了我这笔债，我就要死了，我没地儿去讨了……兰医生，您跟我说实话，我说得不错吧？”郁容秋的双眼，像极地生满了苔藓的荒原，在一片惨白的背景下，暗淡而执著。

“不不，绝对不是这样！你想到哪里去了！厂长说她一有空第一件事就是到医院里来看你，她说你给厂里立了大功。你不能这么不相信人！你要是这样，连我都信不着，我这就走！”兰医生佯装发怒。一般人都不敢对病人发火，但兰医生敢。只有这样，病人才能相信谎言，而谎言是对病人的最高仁慈。

郁容秋果然慌了。“我信。我信。兰医生，别生我的气。我纵是信不过厂长，也不能信不过您。只是我这一辈子，被人骗的次数太多了，我也骗过人……我知道您不会骗我，厂长也不会的，不过是我一天自个儿待着没事，瞎想得太多了……”郁容秋没有闭上眼帘，兰医生却看不到她的眼神。其中隔着水幕，像汽车大灯厚而瓷的玻璃罩，把郁容秋的瞳仁放大得如同古井……

兰医生再也不想多待一分钟，否则对自己对别人都是煎熬。刚想溜走，听到郁容秋对着空洞的天花板说：“我等着您……”

兰医生在其后的几天内，坚决不去医院。她怕自己抵不住那充满死亡智慧的诘问，反倒更添人痛苦。但她终于忍不住了，跑到医院。她想郁容秋是个聪明的女人，隔了这么长的空白，她该不会再追问什么了。

兰医生猜得真对，郁容秋真的不再追问那件事了。

“这是你们的高干女病人最后一直握在手里的东西。”戴瓦片帽的护士小姐平摊开手。

三枚像围棋子一样润泽的扣子，有着黑色大理石样的纹络。

教授的戒指

本文为科幻作品

一

“屈侠，你的陶教授挺怪。明明有一位如花似玉的少夫人，为什么还要把戒指戴到中指上？”朱提说。

“戴中指上怎么啦？又不是往卖身契上按手印，还非得用二拇哥。你不是也戴在中指上了？街上偶然碰上，我敢说你连教授脸上的老人斑都没看清，就注意到了戒指，还有如花似玉……女人啊，真是女人！”屈侠装作感慨地说。恋人吵架斗嘴，是感情最好的黏合剂。

“喂！屈侠，你是真傻还是跟着教授做学问做傻的？戴在中指是待字闺中的表示，已婚的人是要戴在无名指上的，你知道不知道？亏我晓得你们教授的底细，要不然还以为他在施放求偶信息呢！”

“朱提，不许你信口开河。”屈侠正色道，“教授是医界圣手，是我非常尊崇的导师。你若成为我的妻子，就要恭恭敬敬地对待我的老师。就连他那位美丽的夫人，你也要尊称她为师娘。不可造次。”

“屈侠，现在是什么时辰？”朱提问。

“二十一世纪的 ×× 年五月十日的下午五时十分。”

“噢。你还蛮清楚的。那为什么还要用一个世纪以前的老古董要求我？”

朱提撇嘴。

“不是老古董，是国粹，是传统美德。你知道陶教授那双手，挽救过多少人的生命！”

“我们不要每次约会都谈你的教授好不好？”朱提娇媚地说，“屈侠，说点富有诗意的话嘛！”

屈侠说：“别急，我已经安排了跟你说诗意的话的时间，马上就轮到了。现在我要向你讨教一个学术上的问题，请帮忙。”

“讨教？不敢当。你是医学泰斗的博士生，我不过是个女职员。就像轻量级和重量级的拳击比赛，不可同日而语。”

“你听我说完。当然你对医学是一窍不通，可你在别的事上伶俐得很。比如女人的服装发型？是不是？我的小姑娘？”

“那倒是。可我想不通这能帮你什么忙。”

“你能帮我一个大忙。”屈侠两眼熠熠生光。

“什么忙？”朱提也来了兴趣。

“帮我做一次私人侦探。”

“什么？我？私人侦探？侦什么？是不是你以前的女朋友的近况？”朱提闪着一只双眼皮一只单眼皮的大眼睛，觉得这是今晚上最美妙的一道菜了。

“我只有你一个女朋友，朱提，我跟你说过了。不要把浪漫的情调带到严肃的学术问题里来。”

“好吧。说吧。侦探对象是谁？”朱提竭力把美丽的脸庞绷起来，这使她的眼睛显出天真的诡谲。

“教授。”屈侠简短地吐出这两个字。

“哪位教授？”朱提问。

“还有哪位教授？就是我的导师陶若怯教授。我对其他的教授都称呼姓，比如张教授、李教授。唯有对我的老师，省略了姓，犹如我们称呼自己的爸爸妈妈不带姓一样。”屈侠很郑重地说。

“喔！屈侠！我更爱你了！”朱提说着，在屈侠的颊上吻了一下。

“我想你的正常反应不应该是这样的。”屈侠喟叹，“女人怎么从什么事上都可以飞快地联想到爱呢？”他用餐巾纸抹着腮帮子上的口红。

“侦察自己的老师，我当然大吃一惊了！这么惊险的主意谁能想得出来？只有你！我的屈侠。世界上的一切都和爱有关系。现在我们来谈正事。你每天跟他形影不离的，他的一举一动都在你的监视之下，我不是画蛇添足吗！”

“你可不是蛇足，是火眼金睛。我的设想是这样的……”

鸽血红的葡萄酒杯在空中碰响。

二

丹岚夫人端上陶若怯教授的早餐：夹黄油的窝头片，掺了奶粉的豆浆，还有几块没有辣椒的四川榨菜。没有辣椒当然不能算是四川榨菜了，只是不知道叫它什么名好，姑且称之。榨菜买来当然是有辣椒的，因教授体弱，辣椒易上火，就被丹岚夫人用纤纤素手洗去了。丹岚夫人看上去只有三十几岁，但照顾起教授来，周到得像个老妪。

教授的胸腔发出金属样的咳嗽。

“今天风这么大，你又咳得这么厉害，在家歇息一天吧。”丹岚夫人轻声劝说。

“不行，今天是我出门诊的日子，许多人是不远万里赶来就医的。在这个世界上，你可以骗任何人，但不能骗病人。”

“教授，这等于说您不会骗任何人。我们每个人在他一生的某个时刻都会生病，都是病人。”

“是的。但这并不包括你。”教授不耐烦地说。

丹岚夫人默默退去。教授只有对待病人的时候才和蔼可亲。

教授穿上雪白的工作服，因为他很瘦很高，下摆仅垂到膝盖上方。这使他显得有些滑稽。其实完全可以定做得长一些，但教授说不必了。“我的个子大约二十岁时就长成了这个样，那正是我开始行医的日子。没有人会为一个普通医生定做工作服。在以后半个多世纪的漫长岁月里，我已经习惯了它像一条超短裙。如果你们现在坚持要给我换一件长大褂，我会被它绊倒的。”

教授在走廊里被一位白发苍苍的老婆婆拦住了。

“先生，我要看看你的病……”老太太确实够糊涂的了，说话也颠三倒四的。教授有什么病需要她看！

“老婆婆，您要先去挂个号的。”紧跟着教授的屈侠说。

“号早就挂没了，小先生。老先生，我是大清早从老远的地方赶来的，我的儿子已经死了，要不然他会陪我半夜里就来的……”老婆婆的拐棍杵倒了一个痰盂，污水流到她的脚面上。

“屈侠，你去对挂号的人说，就说我是自愿地为这位老人加个号。要是那个呆板的机器人又说出我的身体之类的话，你就绕开它那些可恶的程序，把病人直接带到我的诊室。”教授边走边说，并不停留。

医院的走廊很空旷。一般的病人都是在家里用电脑直接从医疗中心取得诊断，然后机器人送药上门。只有那些险恶而又复杂的疑难病人，才会来面谒医生。

屈侠把老妪安顿在候诊室，温和地说：“老妈妈，看病是按先来后到的顺序的。只有请您多等一些时候了，很抱歉。”

老奶奶吧嗒着嘴，露出一口白牙说：“能看上大夫就行。真没想到，医院这儿比商店还挤……”

屈侠摇着头说：“您应该想到的。想不到您这么大年纪了，牙齿还这么好。”

老妪说：“年轻人，这是假牙。如今什么都能以假乱真。”

“医道不能。”屈侠转身回到教授的诊室。他要寸步不离地守在教授身边，观察教授怎样诊病。

教授在世界医学界享有盛誉。无论多么扑朔迷离的怪病，只要教授的右手一摸，就能拿出诊断意见。俗话说：对症下药。知道了是什么病，就不愁治了。教授已近老年，技艺愈发炉火纯青。他不保守，每年广招研究生，基础知识的考试极其严格。有幸成为教授的弟子，青年人都欣喜若狂。可惜的是，这么多年，从教授身边就没有毕业一名学子。这不，跟屈侠前后入学的师兄师弟，全被教授淘汰了。屈侠如今可是三亩地里一头蒜——独苗一个了。

“尽管你懂得所有的中西医学理论，但你还远远不是一名好医生。”教授曾说。

“是的。我知道医学是一门同人类历史一样古老的学问。它有时很严谨，已经解剖到细胞分子亚分子水平。有时候又很朦胧，大而化之地像一团迷雾。好的医生是风浪中的船长。”

屈侠说完后紧张得不行。因为教授平常所说的话，不知道哪句就是对你水平的测验。他要觉得你不配再当他的学生，就会客客气气地请你到他家去吃饭。

“我夫人做得一手好菜。”教授心平气和地说。饭后就将你逐出，并不说明原因。

“不怕天不怕地，就怕教授家的席。”这是师兄弟们的临别赠言。

教授没有请屈侠吃饭的意思，说：“做一个好医生是很苦的。”

屈侠说：“一个人的苦，可以换得许多人的欢乐，我想还是很值的。”

教授说：“要有爱心。爱心和爱情是不同的。爱情只是对某一个特定的异性，爱心则要持久广阔得多。你还要研究许多领域，比如电子技术……医学是一个广泛交叉的学科。”

看来教授在短时间内还没有把屈侠轰走的意思，可他也并不传授给弟子什么经验。只让你看，不给你讲。屈侠觉得自己就像旧时木匠铺里的小学徒，师傅让你打眼你就打眼，师傅让你接榫你就接榫。至于手艺，凭你自己摸索去吧！

一年就这样白白耗费了。屈侠一赌气差点想拂袖而去。可是教授的医术对他的诱惑实在是太大了。

每个病人都是一口禁闭的箱子。尽管电脑在屏幕上可以把人肢解为一堆散件，提供像行星运行轨道一样庞杂的数据，给你打出超级市场账单一般的诊断证明，但它还是有百分之一的误差。这是一个可怕的比例。

每个生命都是一个单独的世界，是一个完整的百分之百。谁摊到了这个百分之一，就是万劫不复的灾难。全世界人口已经快达到一百亿，百分之一就是近一个亿！

况且你想啊，连电脑都被蒙住了的病，定是值得探索的奥秘。

卧薪尝胆也得留下来呀！

今天的第一个病人是轮椅推进来的，枯瘦若木乃伊。屈侠几乎立即断定他是癌症晚期。

“先生的肚子里有一个不明肿物。条索状……不是炎症，不是肿瘤，不是寄生虫，不是……”他的随行人员递过来的电脑资料长达一千页，像一部惊世骇俗的长篇小说。

所有的报告单都说不清他到底得了什么病，可连小孩子也能在肚皮上摸到那个像热狗样的赘物。

“先生什么饭也吃不下去……”随从毕恭毕敬地说。

病者是一个大人物。屈侠敏感地判断出来了。身份会使医生莫名其妙地紧张，在格外的谨慎中延宕了病情，使情况愈发复杂。

教授伸出右手，就是中指戴有戒指的手。那真是一只古老又廉价的首饰，好像是镀金的，上镶一粒红玛瑙雕成的相思子。

也许有一个缠绵悱恻的爱情故事。屈侠想。

他这一走神，陶若怯教授已经完成了他的诊断过程，松开了病人芦管似的细胳膊。

“请准备一颗微型中子弹，爆破半径在 650 ~ 960 微米之间。”教授命令式地说。

“您要谋杀我吗？”病人虽然极端虚弱，还是不失威严地说。

“不。我要拯救你。”教授说。教授对病人从来不用“您”。面对高官重爵，显出居高临下的傲慢。

“用炸弹吗？”病人看了看随从，随从围拢来。他病入膏肓，仍有逼人的震慑力。

“是的。用炸弹。”教授明显地露出厌烦之色。他讨厌病人问长问短、喋喋不休。

“我可以在您使用这种非常的治疗手段之前，知道我的腹腔里即将被炸掉的这座建筑物是什么吗？”病人说。

“可以。不过我一般只同家属谈病情，怕病人的神经经受不起。”教授略踌躇了一下。

“先生一直亲自掌握他自己的病情，因为这对国家也很重要，您尽可以直说。”随从小声说。

教授说：“好的，那么我告诉你，它不是什么建筑物。如果你坚持使用这个比喻，那它就是……”教授斟酌了片刻，“一间厕所。”

“您这是什么意思？”骨瘦如柴的先生用最后的气力勃然大怒。

“我的意思再明白不过了，你的肚子里的那块货色，是粪便。”

啊！连屈侠都几乎惊叫出声。

先生的脸色像是听到了世界大战爆发的消息。“粪便，粪便？！”他惊愕地连连重复。

“您知道先生是谁吗？教授！”随从恶狠狠地问。

“我不需要知道他是谁。他是病人，这就足够了。”教授淡淡地说。

“不要吓着教授。把我当平常人来医病，最好。到底是怎么回事，还请教授详细讲讲。”先生毕竟有些大将风度，又知道了肚里不是癌，心情就好起来。粪便就粪便吧。

“你小时候有一次空着肚子吃了不少黑枣，后来肚子就有些胀，过了一段时间就好了。黑枣与你的肠液结成了小小的结石，像一株有生命的植物，在漫长的年代里不动声色地长大。在大约二百天前，你生了一场很大的气，好像是感情上的波折。气郁化痞，这个东西就骤然膨胀。由于你精神上的高度紧张，胃肠蠕动几乎完全终止。这块肿物就显出了恶性病变的征候……”教授的语调徐缓平和，像在念一册古旧的线装书。

先生未置可否，只是说：“假如您能治好我的病，使我还能在这个位置上服务，我想提名您为国家安全部门的负责人。您好像有特异功能。”

教授说：“我接受病人的唯一馈赠，是他们的健康。你可以到一旁治疗了。”

骷髅般的先生还想说些什么，教授说：“下一个。”

一位非常妖娆的女士富有弹性地走进来。“您好！”她目空一切地打招呼。

今天怎么尽碰上稀奇古怪的病人？屈侠想。

“你怎么不舒服？”教授常规问。

那女人只是微笑，并不答话。

时间流逝。屈侠想女士可能耳背，大声重复了问话。女士矜持地说：“那您看我哪儿不好呢？”

又碰上了这路病人。他们好像存心要和医家捉迷藏。顽固地信奉“病家不用开口，就知病情三分。说得对你吃我的药，说不对分文不取”原则，非得让医生先说。

这不是耽误工夫吗？屈侠暗暗叫苦，教授不愠不恼，轻声说：“伸手。男左女右。”

接下去的步骤屈侠不用看也知道。教授伸出中指戴戒指的右手给病人把脉。不知教授年轻时是跟哪位走江湖的郎中学的手艺，依屈侠看，教授把脉的姿势极不标准。位置略高，用力也不均衡。要是创立脉学的先哲看到了，鼻子非气歪。

但教授就是凭着这一摸，成为神医，你不服也得服。据说有人用全息摄像机把教授诊病的全过程拍了下来，回去用极慢的速度重放定格，也看不出丝毫名堂。

“你是一位舞蹈家。此病每月朔、望两日发病。”教授缓缓说。

“哎呀！您怎么知道的？我刚刚从国外回来，就是想逃开这可怕的魔鬼。时差搞得我都不知道是什么日子了，可它还是风雨无阻地来折磨我了。医生您可要救救我。再这样下去，我只有死了才能摆脱它……呜呜……”女舞蹈大师哭起来。

屈侠还是第一次听到这样的怪病，不由得竖起耳朵。

“我的身体里好像有一只铜壶滴漏，它精确地辖制着我的生命钟。每到发作的时候，我抽搐不止，全身痉挛得像一张铁弓。我恐惧极了！这么多年来，我从来没有看过医生。这病太古怪了，像一个谋杀案。没有人会相信我的，我不敢到医院，怕人家说我是妖女……”舞蹈大师一反初来时的倨傲，悲悲切切说个不休。

“医生，您就是救不了我，也要告诉我到底是什么病要把我害死。要不我到了阴间也是个屈死鬼啊！”舞蹈大师哭诉着，简直不给别人插话的机会。

教授宁和地说：“你不要这么紧张。你的病是在大脑里长了一窝虫子。”

“什么？什么！您是否想给小报制造耸人听闻的花边新闻？”舞蹈大师柳眉倒立。

“我和我的助手将终生为你保密。”教授设身处地地说。

屈侠用力点点头。

“我怎么从来就没听说过这种病？”舞蹈大师半信半疑。

别说病人，就是医学院的高材生屈侠，也是头回见到。

“这是一种极为罕见的病症。在我做医生的漫长生涯里，你是第二例。”教授解释。

“那第一例呢？”女病人忙不迭地问。

“很遗憾。他死了。”教授沉痛地说。

“我不信！”舞蹈大师歇斯底里地号叫起来。“我绝不会得这样可怕的绝症。你是江湖骗子，你瞎说八道！虫子怎么会像天文学家一样知道月有阴晴圆缺？你看不出我是什么病，就故弄玄虚！”

屈侠想把这个疯狂的女人请到外面去吃点镇静剂。教授轻摆了一下手。

“你听我说。不要小看虫子。虫子也是一种生命。你早年吃过生肉，虫卵就是那时潜进了你的血液。它们在你的脑子里定居下来，生儿育女。它们的繁殖周期是以月相变化为规律。

既然澎湃的潮汐都听从月亮的指挥，虫子当然也可以这样了。”教授耐心地解说。

“那我可怎么办？！”舞蹈大师操拳就要砸自己的脑袋，屈侠刚要赶上前制止，女大师又停了手。“不能打。要是万一打漏了，虫子跑了出来，我的头就成了马蜂窝……呜呜……”她孤苦无助地哭了。

“我可以把你的病治好。虫子外面包着一层膜，很薄，但已经足够了。我们可以用射线刀将它完整地剔除。”教授很有把握地说。

“真的？”女大师泪眼婆娑地问。

“是的。”教授说。

“您有绝对的把握？”舞蹈大师咄咄逼人地追问。

“医学是没有绝对这个词的。我们将尽力而为。”教授坦诚相见。

“你们要把我的脑袋打开瓢？隔皮买瓜生熟还没个准呢，说我脑袋里有虫，你有什么证据？拿出来！”

虽说女大师重病在身，屈侠也觉得她稍稍过分了一些。这又不是对簿公堂，还要什么证据。你来看病，说明你信这个医生，凡事信则灵不信就不灵嘛！陶教授就是靠圣手摸脉诊病，你还让他拿出什么证据！

没想到教授和颜悦色地说：“你说得有道理。为了更保险起见，你到隔壁去做一下系统检查。”

“要抽很多血吗？我就是因为怕抽血，才不敢上医院的。人家都说您这儿不用抽血，我才来的。没想到又打发我去抽血。”女大师啰唆不止。

“女士，您是否陷入了一个怪圈。您是仰慕教授的特殊方法，才到我们这里来的。教授为您详细地解说了病情，您却信不过。现在双管齐下，您又有怨言。”作为教授的学生和助手，屈侠忍不住插话。

教授严厉地示意他闭嘴。“人命关天。慎重些好。”

“所有的检查只需一管血就可以完成。”屈侠耐心地解释。

大师刚离去，诊室的门又被推开。“小伙子，什么时候能轮到我？呵呵，我的腿都坐麻了。”拄拐棍的老奶奶又来了。

教授半仰着脸，雪白的头发遮没了他智慧的额头，已经睡着了。诊断是一桩非常耗费精气神的事情。

“教授累了。一会儿就轮到您了。请再耐心等等。”屈侠好言劝走她。

“人家说虫包没外膜，不能手术。可您说有。”女大师回来了。

“人家是谁？”教授猛然惊醒。

“电脑。”舞蹈大师说。

“请你记住，人脑永远比电脑强。赶快手术，现在是最好的时机。”教授谆谆告诫。

“可是您的第一个病人不是死了吗？我一想起来，好怕。

脑袋被打开，那个重新缝起来的人还是我吗？”女大师战战兢兢。

“是你。”教授和蔼地说，“而且比现在的你还要完美。”他沉吟着，思绪穿过遥远的时空。“是的。我的那一位病人死了。这是我终生的遗憾。在那以后的日子里，我无数次地检讨自身。我分析了失误，改进了仪器，不断磨砺感觉……”教授猛地打住话头，“你的手术会成功的。”

“谢谢！谢谢！”女大师倒退着退出诊室，好像是盛大演出之后的谢幕。

病人像传送带似的进来，被教授的圣手抚摸之后，带着明晰的诊断离去。

三

“屈先生，我想请你到我家去做客。”陶若怯教授说。

屈侠的脸白了。

“你是不是哪儿不舒服？”教授关切地问。

“不不。没有。”屈侠镇静下来。反正已是那么一回事了，兵来将挡，水来土屯呗！

“带上你的女朋友。我夫人说她很漂亮，有一次我们在街上相遇过，可惜我老眼昏花的，不曾认清楚。你应该打个招呼的。”教授亲切地说。

“当时看您和夫人谈兴正浓，不好意思打搅。”屈侠说着，心里想：教授夫人的眼睛快赶上望远镜了。

屈侠全文传达给朱提。朱提说：“教授大人真的说我很漂亮了？”

屈侠说：“真是妇人之见。人家不过是一句客气话罢了，你就当真。这回咱俩一块去，就可以近距离观察教授一家了。教授是一个谜。”

朱提说：“你看我穿什么颜色的衣服最好。”

“穿白色吧。教授最喜欢白色。”

朱提说：“你那个教授，真像个得道的仙人。”

“他不是仙人。他也感冒，也咳嗽。上卫生间好像还有痔疮。有时候还很忧郁。当他不看病的时候，他是一个平平常常的老头，简直就是未老先衰。可他一站在病人面前，就像电焊似的冒出耀眼的火花。经他诊断的病例，有百分之百的准确率。百分之百啊，你知道这是什么含义吗？”屈侠激动了。

“知道。二年级的小学生都知道。不就是个个都说对了吗！”朱提说。

“那就是完完整整的生命。”屈侠神往地说。

“你以后会和教授一样造福于人类的。”朱提说。

“可是教授总是不把过程告诉我。我见到了结果，但我不明白它是如何来的。”屈侠苦恼地说，“你再谈谈那天的感受。”

“让我再好好想想……他按了我的脉，好像和通常的中医有些不同，中间他还调整了位置，好像是在特意寻找一处穴位……用他的戒指。”朱提回忆着。

“太好了！这是很有价值的资料。只是你后来为何狼狈逃窜？”

“我怕他认出我来。其实认出我来倒没什么，只是教授以后知道了他的得意弟子伙同外人，化装侦察他，教授也许会生你的气。我这样一跑了之，他也就算了。”

“你为我想得真周到。谢谢。”

“谢谢要拿出实际行动来。给我一个吻。”

四

教授的家十分简朴，家具是莹白的冰雪色。但丹岚夫人一出场，就充满富丽辉煌的感觉。她实在是太美丽了，虽说穿的是家常衣服，依旧明眸皓齿光彩照人。她所有的部位都像古希腊的女神一般完美无瑕，特别是眼睛，像黑潭里的寒星，顾盼生辉。当她凝视你的时候，好像有一束闪电传来，阅读你的心灵。

“非常欢迎你们！尝尝我做饭的手艺。我猜你们的教授一定为我吹嘘过了，其实不过是点家常菜。我到厨房去忙，你们坐。”丹岚夫人说着走了。

灿烂的大灯熄去了，只留下暗淡的红烛。这是一个极富诗意的谈话氛围。

“小姑娘，认识你我很高兴。”教授和朱提拉了一下手。这个接触略有些别扭，教授的中指扣住了朱提的手腕子。近在咫尺的屈侠看清红相思子戒指贴在了朱提的“内关”穴上。

“我们其实早就认识了，那天在我的诊室里。你的化装技术很高明，连我这个老医生，最初都被你骗过了。你为什么要伪装成病人呢？那天你并没有回答我的问题就溜掉了。今天你是作为屈侠的女朋友——我学生未来的生活伴侣到我这儿来做客的，想必是不能再跑了的。那么你就必须回答我的问题了。为什么？”教授严峻地说。

屈侠暗自叫苦。这是一场鸿门宴，屈侠你怎么就没想到呢？那天教授已经捕捉到了朱提的生命信息，只是不知道她的确切身份，今天不是送货上门了吗？教授借握手巧妙地摸了一回脉，朱提就露了馅儿。

内关穴和戒指，是要害。

朱提尴尬地像只受惊的兔子，跑也不是，躲也不是。

屈侠挺身而出：“教授，一切都是我的错。是我幕后策划，想探到您医术的秘密。”

教授说："偷艺好像是咱们中国的老传统了。我记得鲁班、孙悟空好像都是偷着学本领的。"脸上的表情高深莫测。

朱提抢着说："后来他们都被师傅发现了，给骂了一顿。可师傅最后到底是把手艺传给他们了。"

"你们俩可真是天造地设的一对人精。"教授的话里听不出嗔贬之意。

朱提嘴甜甜地说："我们俩算什么呀。您和师母才是珠联璧合！"

教授莞尔一笑："我们是半路夫妻，与你们不能比的。"他向厨房叫道，"丹岚，快来看看这对我早已同你说过的年轻人。"

屈侠悚然一惊：原来教授洞若观火！

丹岚夫人款款而出："急什么？我的原始菜系还没有烧好呢！"

"我很急。"教授说，"他们能打多少分？"

丹岚夫人灿若潭星的美目充满盈盈笑意："刚见头一眼的时候我就给他们打过分了。要是不好，我哪里放心你同他们俩说这许多话？"

"到底是多少分呢？"教授迫不及待地问。

丹岚夫人说："就在这儿讲吗？"

教授说："你说好了。我对他们俩还是有基本的判断。请你看，不过是为了更保险。"屈侠和朱提面面相觑。他们俩说的“他们俩”当然是指的他们俩了。可这些是什么意思？好像暗号。又不好插嘴，呆呆地看着老夫少妻打哑谜。

“八十分，”丹岚夫人说，“我的汤要潽出来了。”走了。

“真是一个好成绩。”教授高兴地直搓手，“太好了！”

屈侠和朱提呆若木鸡，教授也并不忙于解释。

“这是我特意复制出的原始菜系，你们尝尝味道好吗？来来，先品苔藓汤。”丹岚夫人端上热气腾腾的汤钵。

“这汤钵怎么是用石头抠成的？”朱提大吃一惊。

“你想想，原始人盛流质，除了用石头器皿，还能用什么？”教授兴致很好地解释。

大家呷了一口，果然鲜美无比。

“夫人，你这汤是怎么烧成的，教教我。回家先给妈妈烧，以后再烧给屈侠喝。”朱提天真地说。

丹岚夫人微笑着说：“汤是不难烧的。只是这火却有些难取。”

朱提说：“火有什么难的？煤气火，酒精火，汽油火……不是多得很？”

丹岚夫人说：“这些火都是不行的。你想原始人从哪里能得到这些火？”

屈侠醒悟道：“那这就必得是天火了。”

丹岚夫人说：“是的。火种是我在大雷雨的天气，从原始森林里被闪电点燃的枯木上取来的。一直保存着。”

陶教授惊诧地说：“我一点都不知道！这对你是非常危险的！”

丹岚夫人说：“你不是推崇返璞归真吗？我愿意为你做这事，你又不是总有学生来做客。”

朱提说：“想不到这汤还这么惊险传奇。屈侠，对不起，我可做不出来了，巧妇难为无火之汤。”

夫人微笑着说：“小姑娘，你何时要做汤了，到我这儿来取火种就是了。只要我在，它就不会熄的。”

教授说：“为了我们的相识，我指的是精神上的。我不能喝酒，就以这古朴的苔藓汤替代，让我们一饮而尽！”

后来又吃了炙烤的禽肉和清蒸的树叶野果，风味特佳。

五

当天夜里，屈侠被急遽的电话铃声惊醒。

“我是你的丹岚师母。陶教授请你立刻到我们家来！”声音非常急迫。

“陶教授？他……他怎么啦？”屈侠惊恐地问。刚从教授家离开不过几小时，没有极异常的变化，生性沉稳的教授绝不会深更半夜打搅别人。

“是的。他说他的情景不好。”丹岚夫人悲切地说。

“我马上就到。”屈侠撂下电话，风驰电掣赶到教授家。

一进客厅，屈侠愣住了。

教授正悠然地坐在沙发上品茶。“你师母做的汤有点咸。”他说。

屈侠哭笑不得地点点头。他的气还没喘匀呢！

“半夜叫你来，真是很抱歉。但科学是一桩需要献身精神的事业，我只能如此。”

屈侠说：“我选择了这个事业，无怨无悔。”

教授说：“你的伴儿呢？”

“在她父母家。”

“叫她一起来吧。我要同你谈的事情很重要。”教授说。

朱提也睡眼惺忪地赶到了。

“特地叫你们来的原因，是我就要死了。”教授从容不迫地说。

“什么？！”屈侠和朱提差点从沙发跌落到地上。面前这位精神矍铄的老人，用谈论天气预报的口吻说到自己的死亡，神情静如止水。

“先生。这不可能！您虽然已鬓发苍苍，但按现代的年龄分野，只是中年人。您怎么就想到死！”屈侠慌忙拒绝先生的话。

“不是想到，是感到。”先生挥挥手，好像赶走一只嗡嗡叫的小蚊子。

“我们谈正题。经过我长期的观察和你师母昨晚的当场测试，我决定收你为我的关门弟子，把我一生诊病的心得传授于你。寻觅半生，终于找到理想的传人，我心中快活无比。这件事本想从明天早上开始进行，没想到突然收到了来自体内的异常电波。死亡已经像一只野兽，出现在我的视野。我闻见它的气息了……”教授不得不停下来，浊重地喘着气。这番话耗竭了他的精力，他要积蓄一会儿心神才可继续说下去。

屈侠和朱提惊心动魄地听着。

“你们已经发现了教授戒指的秘密，那是他半个世纪研究的心血结晶……”丹岚夫人说。

“好了。”教授虚弱地打断了夫人的话，“那些枝枝蔓蔓的事，等以后再说吧。反正你们有的是时间。”

“这枚戒指是一个极为精巧的人体生物电流传感器。人的所有感觉，说到底，都是一种电流。火焰灼伤我们的时候，实际上就是一种损伤电流。恐惧是一种电流，欣喜是另一种电流……”教授滔滔不绝地说。

“那么，我爱屈侠，也是一种特定的电流了？”朱提好奇地问。

屈侠狠狠地瞪了朱提一眼，这是什么时候，你说这些没油没盐的话！可惜朱提只顾半仰脸虔诚地看着教授，根本就没注意到屈侠的白眼。

“理论上是这样的。可以像光谱似的绘制出人类的思想情感频道。还可以加以精确的定量分析，包括变化轨迹。”教授侃侃而谈。

“啊呀！这太可怕了！”朱提惊呼，“我可不想让屈侠知道我在他以前还爱过别人……”

“是啊！”教授长叹一声，“居里夫人也没有想到她的发现会变成惨绝人寰的原子弹。这就是我为什么非常严格地选择传人。并非我的保守，而是事关人类的精神自由，他必须忠诚正直，绝不将这项研究用于医学以外的领域。”教授冷峻地说。

“我发誓。”屈侠明亮的目光清泉般宁澈。

“我也发誓。和老公一道忠心耿耿。”朱提郑重其事地表态。

教授难得地开颜一笑：“我信得过你们！”他接着说，“任何复杂的疾病，体内都会向大脑发出频频的报急电流。只是病人像一个初上战场的指挥官，无法破译这些宝贵的情报……”

“您的戒指就把这些电流传递出来，像接力火炬一样传给您，由您亲身感受病痛分析症状……”屈侠心领神会地说。

“对！对！”教授非常高兴，“你的悟性很好。每次我都在诊断的那一瞬间幻化为病人。这就是我要向你传授的诀窍。”

“我明白了为什么每次诊完病，您都精疲力尽。因为您就是病人，设身处地感受了痛苦。”屈侠说。

“教授是用自己的痛苦换来了他人的生命。”丹岚夫人心疼地说。

“我没有那样伟大。不过是一个体验了无数病痛的多病之躯，是一个死了许多次的不死之人。经历的苦痛愈多，愈坚定我济世救人之心。”教授又停息下来，大口地喘气。

屋内是死一般的寂静，任何语言都已多余，只有钟表永不迟疑的响声。

“开始吧。我的时间已经进入了倒计时，不敢耽搁了。”教授说着褪下了镶有红色相思子的戒指。“孩子，你把它戴在中指。扣在我的内关穴上……”

屈侠顺从地伸过手去，戴上红色相思子戒指。教授手把手地指点他。

屈侠小心翼翼地扪着导师瘦骨嶙峋的胳膊，并没有丝毫异样的感觉。“喏，要这样调整位置，红宝石一定对准病人的穴位……”教授虚弱但是非常清晰地说。

蓦地，屈侠感到了椎心泣血般的痛楚，差点大声呻吟。剧烈的头痛像毒蛇缠绕着他的脑髓，无数尖锐的玻璃碴蹂躏着他眼睛后方的筋脉，心脏像被章鱼残忍地捏紧又松开，血液沸腾地冒着泡……

看到他陡然变色的脸庞，一旁的丹岚夫人赶快扭转了红宝石的方向，痛苦就烟消云散了。

“第一次，他还不适应。”夫人轻声说。

好舒适好清凉的夜晚。屈侠重新感到自己年轻的躯体矫健而充满活力。健康，健康是多么珍贵美好的财富啊！

“刚才那是……”屈侠嗫嚅着。虽说从理论上他知道是怎么一回事了，但却无法相信。

“是的。那就是教授此时此刻的感觉。很惨烈的痛苦。”丹岚夫人代她的丈夫回答了。

屈侠愕然地盯着教授平静的眉宇，教授淡然地点了一下头。“刚才我们像是一个连体人。这就是心脑血管病的感觉。至于具体的细微分类，你还要多历练，积累经验。”

屈侠还没有从片刻前的痛苦中缓过劲来，心有余悸地说：“难道不能采取更科学的方法吗？比如测量仪……”

教授说：“我毕生都在朝这个方向努力，只是尚未成功，就接到了死亡的请柬。这副担子就要交给你了。”

洪荒般的静谧。

“小伙子，你现在还可以后悔。这件事将腐蚀你一生的幸福。我的第一位夫人就是因为不能容忍这种她称为非人的生活，离我而去。我才……使丹岚在我的生活中出现了。这就是我一定要你们俩一齐来的原因。”教授的嘴角轻轻抽动。

屈侠知道教授是忍受着巨大的痛苦在说这些话。在导师为人类献身的一生面前，他责无旁贷、义无反顾。

“我不悔。吾爱吾师，吾爱真理，吾爱人类。”屈侠眼里噙着泪水和火花。

“我爱屈侠。我爱屈侠所爱的一切。”朱提说。

“内关穴为人体内气的总关口……”教授开始传授。

六

教授让丹岚夫人马上到报馆发一个启事，说自即日开始，圣手陶教授将敞开大门应诊，且皆为义诊，分文不取，吁请海内外疑难病症尽早前来就医。

“教授，您的身体哪里经得住这般劳顿？”屈侠知道教授是想在最后的时日里，多教他一些本领，忍不住劝道。

“不。不完全是为了你。只有当我面对病人的时候，我才感到自身生命的价值。我要用最后的精力，为他们再做一点事。就算告别。”教授微笑着说。

“师母，您不要去发这个启事吧！”朱提偷偷对丹岚夫人说。

“他是劝不住的。”夫人美丽的眼睛充满哀愁，“小姑娘，我已经看出你的未婚夫是很像教授的。但愿你将来不要碰到这种时候。”

病人云集而来。其后的一个星期，屈侠饱经沧桑、备受折磨。红宝石相思子戒指，忽而戴在教授手上，忽而戴在屈侠手上，像一支燃烧的火炬。屈侠刻骨铭心地记住了什么是癌症的剧痛，什么是炎症的灼热，什么是心脏的梗死，什么是气管的痉挛……经验在痛苦的地基上耸立起来。

屈侠几次提出再休察一下教授的病况，想借此说服教授休息。教授拒绝："不必。我自己的病自己知道。"

朱提悄声问丹岚夫人："教授大约还有多长时间？"

"那一天夜里叫你们的时候，说还有十天。"丹岚夫人心如刀绞地说。

"只有最后三天了。"朱提滴下泪水。

教授难得地出现了一次误诊。由于他殚精竭虑地救治病人传授知识，自身的痛苦加上病人的痛苦，犹如一把双刃的斧头，加速刈伐着他的生命之树。他的寿命缩短了，今天是最后的晚餐了。

他不愿告诉他们。悲哀已经够多的了，他愿意在微笑中走完最后的台阶。

门外还有病人，教授用商量的口吻说："今天就到这里吧。明天再重新开始。非常抱歉。"

拒绝病人，这在教授漫长的行医生涯里，还是第一次。屈侠想，教授是要把最后的时间留给丹岚夫人。

屈侠把教授送到家，知趣地说："我和朱提走了，明天再来看您和师母。"

教授说：“不要走。我需要你在身边。我是一个老猎人，要把自己的经验尽可能多地传给你。以后你就要独自在黑暗中摸索。”

屈侠说：“我是站在您的肩头上开始工作的，我会用双手再把他人托举起来。”

教授的眼珠突然像镀了油，晶光四射：“孩子，你不是一直想知道我现时的感觉吗？戴上相思子戒指，扪住我的内关穴，仔细体会。”

屈侠依言办理。他已经很熟练地掌握了方法，调整好位置，红宝石把教授和他的弟子紧紧地连在一起。

屈侠做好了领略极端痛苦的思想准备，走进了教授的弥留世界。

到处是皑皑的冰雪，砭入骨髓。高远的天空，有五色的祥云逶迤。金色的霞光从云隙中麦芒般地撒下，将峰峦剪出黛青的绿影。远处有辉煌的屋宇，飘渺的音乐像香花的气息弥漫而来。在莽莽苍苍的白雾之中，有一颗红色的玻珠跳荡起伏。一种像羽毛一样温暖而洁白的神韵，源源不断奔涌而出，涤荡寰宇……

这是什么？

在屈侠储存的成千上万份感觉档案里，没有这份独特的境界。

“教授！这到底是什么？是什么！”屈侠失声叫道。

没有人回答他了。只有教授的手紧握着他的手。

“教授去了。他让你最后感觉到一个智者的死亡。那不是痛苦，是一种超凡入圣的解脱。”丹岚夫人说。此时的夫人，异乎寻常地冷静与果敢。

只是她的胸腔里发出怪异的响声。

七

明天就要为教授下葬了。将有无数的人为这位普通医生哭泣。

遗体安卧灵堂。

在悲痛的日子里，丹岚夫人没有掉一滴眼泪。她除了安顿教授的丧事，就是向屈侠传授教授的经验心得。

“好了。你现在已经懂得的和我一样多了。教授告之于我的，我已全盘馈赠于你。我想，我们之间的友谊也就到此结束吧。”丹岚夫人端庄地说。她美丽的仪容并没有因为巨大的悲痛而憔悴，依旧光彩照人。

“师母！您为什么要这样说？我和朱提视您为亲人。”屈侠惊恐不安。

“夫人，我们是不是有什么做得不周到？”朱提问。

“不。我很喜欢你们。我给教授的许多学生的品行打过分，这是教授分派给我的任务，他要从中筛选出自己的传人。你们俩是得分最高的。我从看到你们的第一眼就喜欢你们，这也是缘分。但在这个世界上，我最喜欢的人是你们的先生。我之所以留到今天，是因为先生的事业还没有完成。现在，你们已独当一面，我就可以告辞了。”丹岚夫人宁静地说。

“夫人，您不能走！不能走！”屈侠和朱提一齐预感到要发生的事，一人拉住丹岚夫人的一只胳膊。他们想师母一定是在巨大的苦难中精神崩溃。

夫人轻轻地但是极有力地推开他俩，说：“屈侠，你来探探我的内关穴。”

屈侠遵嘱扣住夫人的纤纤素手。他以为会触到悲痛欲绝痴迷错乱的情感波，没想到是一下又一下极规律极呆板的振动。又是一个他从未遇到的病例。

“您是……”他充满迷惘地说。他已经知道了那个答案，只是无法相信。

“是的。我是个机器人。教授将他的全部心血献给了事业，爱情背叛了他。极度绝望中，教授制造了我。因为每天看到的都是残缺的人体痛苦的面容，教授采用人类最优秀的黄金分割数据，浇铸了我美奂绝伦的躯体。教授只给我安了一套程序，就是探察世界上美好忠诚的心灵。现代人在勤奋进取的方面，得分都很高，但在忘我与献身上，往往是不及格的。无私地为人类而奉献的精神，作为一种美德，已经像黄土一样流失。教授终于找到了你们，是他的福气。”

“夫人，您和我们在一道吧！您是永远年轻的！”屈侠和朱提异口同声。

“我是很想这样的。教授生前也是这样同我说的。但机器人也是人，机器人也有心。我的主部件在教授逝去的那一瞬间已经轰毁，巨大的悲痛烧灼了我的电路。现在是备用系统在进行最后的工作。永别了，我的孩子们！你们不要总觉得我年轻，我的年纪其实同你们的祖母差不多大。记住，把我和你们的教授葬在一起。”美丽的夫人说完，走到教授的遗体旁，静静地合上了她亮若潭星的眸子。

一切都和那个喝苔藓汤的夜晚一样，只是没有了教授，没有了夫人。

火把熊熊地燃烧着，那是夫人取自雷电的天火。

朱提对屈侠说：“请把你的红色相思子戒指褪下来。”

八

屈侠和朱提精心制作了两枚真正的红宝石相思子戒指，同教授赠与他们的那只一模一样。

他们把戒指端端正正地戴在教授和丹岚夫人的无名指上。

中篇

预约死亡

淡蓝色卡片。病危通知单。

夫接过它，眼睛忽而大忽而小地凝视着。因为夫的面色偏黄，在蓝光的辉映下，显出绿来。

姓名 毕淑敏

年龄 70 岁

性别 女

籍贯 山东

诊断 肝癌晚期

……

夫翻来覆去地检视着，好像在欣赏深秋原野上最后一朵矢车菊。

“开什么玩笑？”他说。

我说："不是开玩笑。是真的。"

他说："什么是真的？70岁吧？肝癌吧？为什么要选择70？这是你的吉祥数吧？还有肝癌。就是一定要得癌症，就得别的癌好了，不要选肝癌。我第一次听到这种病，是在毛主席的好干部焦裕禄身上，是它把焦裕禄的藤椅扶手抵出一个洞。"

我说："70是上了诗歌的，杜甫语录。而且我以为70是一个界限。70岁以前算短寿，70岁以后就死而无憾了。至于肝癌，鉴于你这样不愿意听，我可以改为胰腺癌。"

夫说："你饶了我最主要的是饶了你自己好不好？为什么非要选择这些绝顶可怕的罪名折磨自己？"

我说："这不是罪名，是病。况且，都一样。"

他说："什么都一样？病是不一样的。感冒只会使我们趴在床上，可癌会使我们死亡。"

我说："你不错。你在给一名优秀的内科医生当了近20年的丈夫后，已经相当内行。有人是久病成医，你是久爱成医。"

他说："我们不说这个话题好不好？我知道你最近在临终医院采访，今天就弄了这个劳什子来吓我。我们离死还远着呢，我们还年轻。"

我拿起小镜子，照照他又照照我。屋里有许多镜子，可惜都像木板一样镶在固定的地方。我们每天走到那个角落打量自己，光线总是从特定的角度照着我们。在朦胧的旮旯里，我们总以为韶华依旧。

现在小镜子近在咫尺地逼视着你，你看得清岁月之网的每一个绳扣。

夫说："镜子老了。"

我从书包里往外掏磁带。精致的小盒子像一块块果酱夹心饼干，从我的手指柔滑地脱落。

夫从录音磁带的夹层里捻出一张张内容提示。这是我在偷录的间隙匆匆写就，潦草不堪。

86 岁的痴呆病人叱骂医务人员。

五男二女要求拔下其母的氧气吸管。

英国临终关怀医学专家詹姆斯博士参观医院时的讲话。

……

我把一盒磁带卡进音响，揿下按键。

极为急促的呼吸声，夹杂着怪异的喘息。

"知道这是什么声音吧？"我问。

"听说有一种 ××× 级的录音带，录的是人们造爱时的音响。可惜咱们无缘见识。这就是吗？"夫说。

"不要想入非非。这是一位垂危病人最后的呼吸。你或我或是其他的任何人，都可能发出这种声音。只是那时自己不一定听得清。人生应该完整，我怕你听不到，才特地录来这最后的华采。好好听听吧。人和人其实相像，生的时候都是一样的血污，死的时候都是一样的抽噎。明晰地知道这个全过程，该是文明人类的需要。”

他说：“你赶快把它关了，我拒绝知道。”

我指点说：“这是最后的叹息，其后就是永恒的沉寂。”

高保真的音响并没有听从我的预告，在那个老人艰难地吁出悠悠长气之后，是一声尖锐的汽车喇叭。临终关怀医院设在马路边。

“这里还有癌症病人痛苦的呻吟。”我说，换了一盘磁带。

“我不听，不听不听！”他斩钉截铁地说，甚至还用双手捂住耳朵。这个动作使他显得很幼稚。死亡使我们所有的人幼稚。

“你不要以为人们知道得越多越好。好奇心是有限的。我知道你是想写一篇有关临终关怀的文章，可是我要告诉你，没有人想看这样的文章，人们拒绝谈论死亡。”他索性走过去，锁住声音。

我知道他说的是事实，我们这个民族不喜欢议论普通人的死亡。我们崇尚的是壮烈的死，惨烈的死，贞节的死，苦难的死，我们蔑视平平常常的死。一个伟人说，人固有一死，或重于泰山，或轻于鸿毛。我们就不由自主地以为世上就只有这两种死法。其实大多数人的死像一块鹅卵石，说不上太重，但也不至于飘起来。

你可以拒绝一切，但不可以拒绝死亡。拒绝可以把世俗的一切圈在外面，好像一座荒凉的古堡。但死亡会大踏步地越过藩篱，镇定地挡住你的去路。

我决定探索普通人的死，看不看由你。

“益寿司吉”。

临终关怀医院的门楣上漆着这四个字，大而红，像四只巨蟹。我是第一次看到这几个字组合在一起，竟念成“益寿吉司”，觉得甚好。

这是执掌常人生死的一座殿堂。对，还是司局级的。

口字形的院子，镶玻璃的回廊。几十间病房，奶白色的雾气萦绕其上。一片静谧的院落里，晾着许多带蓝色条纹的衣裤，有尖细的冰锥悬在衣物的最低点。

我当过许多年的医生，我知道这个行当里的许多秘密。我决定不暴露我的医生经历，让医院的医生护士在完全不戒备的情形下自由发言，以便更客观更冷静地描述我见到的一切。

院长是一位中年妇人，身材姣好，但是头发散乱。这使我对她的第一印象颇好。好的女医生多半不修边幅。假如她长得一般也就罢了，要是天生丽质还不知珍爱自己，你就可以放心大胆地依赖她的医术了。

“就这么说吗？”她看完我的介绍信，问。

“随便说。”我在衣兜里按了录音机，“要不我问您什么，您就答什么也行。您是怎么想起来办这家临终关怀医院的？”

“那时候我还是个医学生。我常常听到老医生对病人的家属说，回去吧。什么好吃就弄点什么吃。病人家属就乖乖地把病人推走了。我说，为什么不把他们留下来试一试呢？老医生说，医生医生，是只医得生而管不了死的。他们已经没有医治的价值了。做什么都要有价值，识别出什么病人有价值，什么病人没有价值，是医生经验的象征。年轻人，你慢慢摸索。我说，那他们怎么办？那些已经没有医治价值可是还活着的人？老医生说，那不是我们的事。那是人类的一个死角。后来我的经验渐渐丰富了，我非常希望自己把他们忘掉，医生的基本训练之一，就是让自己的心灵逐渐粗糙。可是随着我见过的死亡越多，我越发现死亡是那样的不平等。我私下里做过一个调查，你知道人一般是死在哪里？”

“不知道。医院里吧？”我没有多大把握地说。

“大多数人都会这样说。可是严酷的数字说明，只有三分之一的人是死在医院洁白的病床上，他们大部分是年轻人或是高干。一直到死，都有人服侍他们。普通的老人就没有这番待遇了。三分之一的死在急救车里，家里的人发现他们不行了，赶快往医院运，铁皮的救护车就成了最后的归宿。还有三分之一的老人死在家里。可以说，假如你是一个平民，你多半是在没有医疗保护的情景下寂寞地死去。生命是一个完整的过程，作为中国人，我们画得不圆。”院长忧郁地注视着我，那目光分明是为我将来的死亡之地惋惜。

“所以您就创办了这所医院？”我避开她悲天悯人的视线。

“是的。很难。租房子，添设备，招人手……”

“这里一共有多少人？”我问。

“你是说工作人员吗？”

“不是。我是说，这里一共住过多少病人？”

“几百人。”她说，“我们建院的时间还不长，今年会达到 1 000 人。”

“所有的病人都……死了吗？”我说。

“是的。绝大多数的病人都去了。我们医院的平均住院时间是 13.7 天。您知道这是一个什么概念吗？”

“知道。就是说您这里的病人，基本上不到两周的时间内，就全部死亡。”我说。

“您理解得很正确。他们全都去了。”院长看着苍凉的天空。今天天气不好，有极细小的雪花趴上她的发丝。

“我们到病房里看看吧。”她说。我跟在她身后，向低矮的平房走去。在临推开病房门的一刹那，她停顿了一下，回头望了望我。我脸上神色很泰然。多年行医的磨炼，我不怕死人不怕鲜血不怕粪便不怕丑陋。

但我还是不由自主地深吸一口气，好像人们要潜进深水时那样。毕竟我知道门里的那个世界和我们不大一样。

阴阳界。

生命像一只旧钩子，悬挂着我们的躯体。从我们降生的那一瞬起，钩子就在时间的峭壁上承受重量。你的钩子结实不结实？不知道。随着我们身心的渐渐膨胀，那个钩子像受了热的塑料渐渐抻长。当然，一般说来它的质量还是不错的，不会戛然断裂。但它的韧度被岁月磨损，当灰尘的重量越积越多的时候，终有一天，那钩子像水龙头口一粒将滴未滴的水珠，缩出颈子般的窄处。

钩子就要断裂了。

房间里摆着两张床，通常医院的模样。床上是空的。我想院长不可能随时随地掌握病床的周转，她误把我领进一间空屋。

就在我礼貌地准备退出的时候，我发现那床上其实是有人的。

我的心理上，已经预备了他们的瘦，但现实仍然令我震骇。

他们比骷髅还干瘪。骷髅是洗练而洁白的，棱角分明。他们连这种力度也没有，完全是枯萎的雪片。床单细碎的折纹，就是他们躯体的轮廓了。枕头上是一只空罐头盒，青灰色，塌陷着。有一些不是很显著的洞穴点缀其上，我在其中两个平行的洞里，看到绝望而平和的星光。

“您叫什么名字？”我问。

没有人回答。

“多大岁数了？”

“得的是什么病啊？”

“现在感觉怎么样？”

我锲而不舍地询问，一律没有回答。屋子里很暖和，强悍的气流冲击着暖气管的内壁，啪啪作响。

“他们不会回答你的。世界在他们心中已经不存在了。他们只是在等待，等待上路。到远方去。”院长说。

也许是看我太急于和这些人交谈，在另一间病房里，院长代我发问。

“你们觉得好吗？”

“我八十四了。七十三，八十四，阎王不叫自己去。”一位老太太瘪着嘴说，“大夫常来，护士也常来。那些闺女叫我老祖。不用叫老祖，叫老太就行。都好，可就是不去。不去就拖累人。早去就好。”她看着院长说，一副充满表现欲的样子。

我看了一眼她床头的诊断牌。老年性痴呆。

“这几句话并不痴呆啊。很有逻辑，很完整。”我轻声对院长说。

“老人们也很要强。他们也像小孩似的，要在生人面前表现表现。刚才这几句话，把她一天的精气神都耗竭了，咱们走后，得昏睡一整天。她还记得我是院长，一个劲儿地说医生护士的好话。挺可爱的。”

"您是说，她在痴呆之中，还记得讨好别人？"我说。

"是啊。这很正常。她一生都是个小人物，她知道小人物该怎么过活。别的都忘了，这个不会忘。她到最后一口气都还记着自己见什么人说什么话。"院长说。

我们一间间屋子走过去，濒死的人是那么地相似。极端瘦弱，极端淡漠。在这个过程中，你觉得自己快速衰老。

回到办公室，院长说："你不是问我有没有活着出去的人吗？我想起来了，有一个的……"

那是一个初春的下午，乍暖还寒最难将息的时候。一个瘦瘦的男子走进来。他华贵的变色镜由于屋内昏暗的光线逐渐变得清澈透明，更显出脸色的苍白。

他张了张嘴，没有出声。像一个剜去了肉的河蚌，干燥地敞着唇。

院长回答说："没有，还没有。"

他每天都在这个时候走进来，问同样的话。院长都用同样的答案使他转身出去。相似的过程使院长先不好意思，抢先说。

"可是，到底还要多长时间？"小伙子问。好像空气中有一条鞭子抽了他的脸，脸呈现稀薄的红。

"不知道。你明白这不是天气预报。就是天气预报也常常搞错，在预报晴天的时候下雨。"院长俯视着这个已不算年轻的年轻人。成天接触的都是垂垂老矣之人，院长觉得自己足有几百岁了。她比所有的人都要老，比那些将要死去的人老，比他们的子女更要老上几辈。

“但是你们应该知道。没有人比你们更有经验的了。”年轻人固执地说。他平日没有说过这么多的话。院长知道这种人一旦开始说了，他就会问个水落石出。

“是的。我们是比一般的医院有些经验，但它毕竟不是定律。生孩子是有规律的，比如月份减三日子加七。但死没有。你母亲的各项生命指征都正常。就是说，她虽然是架旧马车了，可还在缓缓地运行。等着吧。有些时候我们所做的唯一事情，就是等待。”院长很体谅面前的年轻人。当家属把他们的亲人送到临终关怀医院来以后，院长就觉得同他们有了一种亲属关系。

“等到什么时候？”小伙子急切地问。

“等她的精神突然好起来。眼睛会像涂了油似的发亮，说话充满感情。假如你的母亲是个文化人，还会有诗意。她会突然说她想吃某种东西，听觉出奇的好，会听见很遥远的声音……到这种时候，就快了。依我们无数次的经验，从那时候起，大约还有一天的时间。”院长谆谆告诫。

“那就是……”小伙子思索。

“是的，那就是回光返照。”

“可是我刚看了。她昏昏沉沉的，好像完全失去了知觉。

我叫她，摇她，她什么表情也没有，只把睫毛闪了一下。”小伙子失望地说。

“那是她在同你打招呼。别埋怨她，她只有这么多的劲儿，全使出来，只能动一动睫毛。你记住我的话，将来你老的时候，就知道这是什么滋味了。提眼皮的那块肌肉，距大脑最近又最轻巧。它是人类随意活动最后的阵地。”院长解释。

“院长。不要同我说我老了以后的事情，我不愿意听这个。我会老，我们每个人都会老。在老还没有到来之前，让我们抓紧时机干点事。既然我们都会摊上那个结局，没有必要说来说去。我们的道德总是太注意结局而忽视过程。我还没有向您介绍过我自己……”

年轻人激动起来。

“我认识你，你不是 21 床的儿子吗？”院长道。

“我是博士。在英语里博士和医生是一个词，可我不是医生是博士，是我的母亲把我培养成博士的。我马上要到德国去学习，这也是我母亲清醒时非常引以为自豪的一件事。

这是我的护照、签证，喏，还有一星期以后飞往法兰克福的机票……”小伙子把一大摊东西铺在桌面上，棕色的护照像一大块巧克力饼，斜插其中。

院长不由自主地向后躲闪了半步。东西太杂乱，要是碰掉一星半点儿，说不清。

院长办公室的桌子很破旧，如今一些淘汰下的桌椅以很便宜的价钱就卖给了临终关怀医院。一张三条腿的桌子只要了十元钱，哪里找！

当时，院长买下桌子以后，悠闲地在古老的桥墩底下和菜农讨价还价。在买了一把新鲜的小白菜之后，她走上桥头。

“大妈！封凉台不？贴壁纸不？打家具不？”

桥畔的小工群集过来，手里扬着光洁的木板。

“不打家具。光修。还油。干不？”院长说。

这是个苦活。看这半老太太的模样，家里一定不宽裕，手头不会太大方。

小工们想着，渐渐散去。只剩下一个小木匠，刚刚进城，没人雇他就得干掏饭钱。

他说：“我油，我也能修。”

小木匠油的桌面浓淡不匀，像村姑搽的胭脂。在一块浓郁的褐黄处，躺着即将成为法兰克福人的小伙子的钥匙链，上面只有一把钥匙了。

“快收起来。我相信你的飞机票是真的。别丢了。”院长说。

“可是因为我的母亲，我迟迟不能动身。从秋天到冬天，我一次一次推迟了行期。再推下去，法兰克福就要取消我的资格。”小伙子忧愁地说。

院长频频地点着头。这并不说明她赞成你，只是证明她很注意地听。

“你们能否帮助我？”小伙子恳切地说。

“我们当然很愿意帮助你。关于你母亲的后事……你还有别的兄弟姐妹吗？”

“没有。我是独子，父亲很早就去世了。”

“那么单位也行。”

“没有单位，我母亲是家庭妇女。”

“我是说你的单位。”

“我的单位？因为出国的事，我已经同我的单位闹翻了。我是不打算回来了。”

“那么就朋友吧。虽说这种事不太好办，但我们一定大力协助你。你请你要好的朋友来一下，同我们取得联系。这样你就可以放心地飞走了。你母亲的后事，我们和你的朋友一起操办。我们会尽心尽意地去做。你要是不放心，我们可以把整个过程拍成录像，给你捎去。一定像你在场一样肃穆隆重。”院长设身处地地说。

即将成为法兰克福人的小伙子依旧眉头紧锁：“我相信你们，但这件事不能这样办。我是独子，母亲含辛茹苦将我拉扯大，假如我不能亲自给她老人家送终，我的心灵背负着沉重的枷锁，悔恨无穷。这一辈子，无论我拿哪一国的绿卡，成了哪一国的华裔，我的灵魂都会不安。骨子里我永远是一个中国人，有一套中国人的神经系统。我辛劳一生的母亲应该有一个善终，她只能在我的怀里死去。其他任何一种死法我都不能接受。”

见多识广的院长糊涂了：“可是那该怎么办？你是知道的，我们国家法律是不允许安乐死的。”

曾经有一家子女把患皮肤癌的老父亲送到医院后，对院长说：“人就交给你们了。爱怎么办就怎么办吧。”医护人员顾不得说别的，先把人搀到床上去。一走动，癌被触醒了，鲜血顺着老人的裤腿灌满了两只鞋。他的肢体像蜂窝一般烂着，腐败的气息把他周围几十平方米的地域熏得像停尸房。

“大夫，让他早点去了得了，他也省得受罪了。为他好，也为大伙儿好。大热的天，您看苍蝇可劲儿地往这院里飞，红头绿头的直打架。跟您商量商量，让他安乐了得了。”儿子边给院长递冰激凌边说。

院长说：“你们的意见我可以理解。我的这所医院是唯一不以延长病人生命为宗旨的医疗机构。但是我没法满足你们的要求，因为没有这方面的法律。”

一个外国同行的故事让院长痛心疾首。

一个美丽的女人得了不治之症。治疗只是延长她受苦的时间，治疗本身更加重了她的痛苦。

“我实在是受不了，医生。从我患病以来，我求过您多少次，但这是我最后一次求您了。我不能让我的所有感官，都成为储藏痛苦的容器。我不愿意生命的存在，只是为了证明医学的威力。我的生命现时对我已毫无意义，它只是病的跑马场。我的意志已经走到尽头。我除了消耗别人的精力与财富以外，唯一的用处就是感受痛苦。经过郑重的考虑，我恳求您帮助我，结束生命。”

那位医生冷静地说：“女士，您刚才谈论的问题，应该去问您的丈夫。作为您的保健医生，我只能告诉您，您对病的了解和预后判断，都是正确的。”

“我们已经商量过了。现在我需要的是您的帮助。病人瘦骨嶙峋的手指抠住医生，传达出毅力。”

“我已经尽了我的能力帮助您了。”

“那是以前。我说的是现在。请您帮助我结束自己的生命。您知道，我是一个多么胆小的人啊！”

“您是说，要我帮助你杀死自己？”“我不需要您亲手来做这件事。这也许会在我的身后给您带来麻烦。我只请求您告诉我应当怎样做。它最好简单实用，像电子计算器的按键一样，只消轻轻一弹，一切就结束了。您知道，我是一个懦弱的女人。虽然决心已下，但我怕自己在最后的关头会手忙脚乱。我的意志不会动摇，但我的手指可能会发抖。所以，那装置力求百发百中。还有最后一条……”

女病人突然显出羞怯，说：“假如您觉得我的要求太过分了，可以拒绝。就这样我已感激不尽。那就是您帮我选择的死亡方式最好不要使我很丑陋。”

“女士，您让我想一想。这个问题很突然……我钦佩您的勇气和智慧。它其实是对生命的一种尊重。但这一切，需要手续。”

“我现在很清醒，完全是我的自由选择。但是您说得很对，我和我的丈夫将写出书面文件。在最后的时刻，我指的是那个时候……”女病人望着远方，好像那里翱翔着一只鹰。

医生微颔首，表示他明白。

“我的丈夫会在场的。我们笃爱一生，他不会在我最需要他的时候走开的。谢谢您了，医生！我们会衷心表达这种感情，无论在道义上还是在物质上。这是您为我做的最后也是最好的治疗。”

“我不是为了钱才决定帮助你的。女士。我敬佩的是您的勇气。”

医生做了一个精巧的装置，类似儿童玩的弹弓。它有一个小小的机关，只要轻轻一揿，就会有一支锋利而强劲的针头射进皮肤。它携带着剧毒药液，可在几秒钟内致人死地。

女士和她的丈夫选定了一个吉日。那是一个明媚的春天的傍晚，空气中浮动着毛茸茸的撩拨人打喷嚏的花粉气息。曝晒过一天的大地蒸腾着湿润的岚气，白桦林显出幽蓝的色泽。

医生和丈夫随着女人走。他们不知道她要到什么地方去。

无论她到什么地方，他们都只能跟随。

“就这里吧。”女人如释重负地说。她的肌体已经十分虚弱，还要留有足够的劲道操纵小弹弓。

真是一个美丽的地方。斜倾的阳光像金色的绶带披在林间的木椅上，白桦树干像刚出海的刀鱼，闪着银白鳞光。嫩叶像羽毛似的摇曳着，仿佛要脱离柔韧的树枝飞升。

医生突然想丢掉他的小弹弓。“让我们再试一试好吗？一切都重新开始。”他满怀希望地说。

女人轻快地微笑了。她说：“当第一次把这里当作最后的安息地时，我也动摇了。决心像方糖似的融化了。但是，夜间频频发作的剧痛提醒了我。我的生命已经不属于我，只服从病魔。不要再无望地延宕下去，趁一切还来得及。我现在还有力量为自己画一个圆圆的句号，挣一个体面的死亡。我按照自己的意志完成了一生，我是胜利者。好了，开始吧，我挚爱的人们。“她吻了她丈夫，吻了她的医生。

她对丈夫说：“原来我是想让你坐在我的身边，陪我走到尽头。可是现在我改变主意了，让我一个人独自面对这一切。你们俩往东方去吧，那个角落里生长着美丽的孔雀杉。”

“你们可以静静地欣赏它绿云一般的枝叶。五分钟以后你们就可以回来了。是吧，医生？”

“您说过这么长时间就足够了。”

她天真地望着医生。

“是的。足够了。”医生干巴巴地说。

“再见了！不，我应该说，永别了！”女人优雅地挥了挥手。

两个男人像伐去树冠的木桩，一动也不动。

“哦，请你们走吧。我已经感觉到冷了。再待下去，我会感冒的。”女人说。

“是的。她会感冒的，感冒还会转成肺炎。她的体质很不好，这是一定的。所以要快，我们走吧。”

医生拉起痴迷状态的男子，男子梦魇似的跟着他向东方走去。

才走了几步，医生又回过头来。

“还要打搅您一下，非常对不起。我有点不放心，关于那个弹弓。假如您操作得不完美，对您还是对我，都是一种尴尬。请原谅，您当着我的面再演习一遍。”

女士顺从地拿出小弹弓。它像一只温和的小宠物，蜷在女人的手心。医生换掉注满毒液的针头，放上一枚空针。然后说：“请试试。”

女士伸出自己骨瘦如柴的左前臂，那里布满药物注射的针孔，疤痕累累像一段蛇蜕。

只有肘窝正中还有铜钱大的一块皮肤，保持着少妇应有的光泽。

那里有一根救命的血管。医院的护士们都有意识地为病人保留一截光滑的静脉，好像母亲为穷孩子藏起最后一块钱币，留着山穷水尽时用。

女人把针头对准这块未遭过荼毒的皮肉，果决地按下开关。针头在刚离开弹弓架的时候，笔直向上。女人吓得闭了一下眼睛。但她马上就睁开了，很不好意思。就是射中眼睛也没什么了不起，剩下一只眼睛足够干这件事的。针头在盘旋了一个美丽的弧形之后潇洒下滑，像流星撕破空气，稳稳地戳中女人的胳膊。

“不很痛，对吗？我在我自己身上也试过的。感觉很好，是吗？”医生很耐心地问。

“是的。很好。只有一点儿轻微的疼，好像被牛虻叮了一下。”女士说。她有些焦急，从树叶间隙，看到太阳迅速下滑，接近地平线的一端已经模糊。

“我不得不请你们走了。很抱歉。”她说。

“祝晚安。”这是她的丈夫说的唯一的话。

两个男人踏着厚厚的腐叶向东方走去。影子像黑色的路标引着他们。

他们没有回头。不知是怕自己失去勇气还是怕那女人失去勇气。

“等一等！”突然传来女人尖锐的叫喊。接着是踢踢踏踏的跑步声。

“你不要跑。我们就到你那里去。让我们回家！”她的丈夫热泪盈眶。

医生也被感动了。他发誓，永远也不给病人帮这样的忙了。

他们和女人面对面地站着。女人的脸由于奔跑，现出娇艳的绯红。

她剧烈地喘息，许久才平静下来。面对医生，她说："我再问您一遍，您一定要如实地回答我。""我一定如实地回答您。"医生说。

"我要问的是……过一会儿，我……会不会很可怕？特别是我的脸……"女人目光炯炯地盯着医生。

"不会。什么都不会改变。一切都和现在一样，特别是您的脸，气色很好，一切都将保持住。那将是一种凝固。"医生冷静地说。

"那太好了！快！请你们快走！我感觉到我脸上的血正在往脖子里回流，红色就快保持不住了。我需要这份健康的颜色。"她一边说着一边用双手托着自己的下巴，以为能够阻止血液的倾泻。

男人们义无反顾地走了。他们看到了孔雀杉，绿色的羽翼遮没了半个天空。

"时间到了。"医生说。

"再等一会儿吧。万一……我不能忍受。"丈夫说。

"你应该相信我，相信科学。"医生率先踏响了去冬留下的黄叶。

女士很优雅地侧卧在林间的木椅上，脸上留存着永远不去的绯红。

“您的例子不是很好吗？”皮肤癌患者的儿子把冰激凌倒了一下手，由于院长迟迟不接，黏稠的奶液流淌下来。

“医生负不了这个责任。不要说在我们国家没有立法，谁也不敢实施。就是我刚才说的那位外国医生，后来也被州法院传讯。最后以谋杀罪和制造杀人武器罪被逮捕……所以，关于安乐死的问题，我们无法讨论。”院长说。

“我们可以到公证处去。说明一切都是我们的选择，同医院无关。怎么样？这样还不可以吗？你们还要怎么样呢？你们要我们熬到什么时候才算完呢？”皮肤癌患者的儿子焦躁起来。

“我很同情你。可是我不能。医院不能这么做。”院长舔舔干燥的嘴唇。她每天要同病人的家属说无数的话。在最后的日子里，家属同医生说的话，远比同他们垂危的亲人多得多。

日言百句，其气自伤。院长回到家里，很少说话。就像厨师在自己家里，只吃最简单的饭菜。

“你们做医生的，把人治活没什么本事，把人治死还不容易？找点抑制呼吸抑制心跳的药泡在滴瓶里，不就什么事都了结了吗？”皮肤癌患者的儿子很内行地说。

这种内行激怒了院长，或者说是潜伏在这种内行后面的冷酷。它由这样一位打扮过于精细挥着淋漓冰激凌的年轻人，如此轻描淡写地说出来，她为那奄奄一息的老人叹息。

她的病人已经失去了对这个世界的发言权。她要为他们说句公道话。

“既然你知道得这么清楚，又不用负法律责任，你把你老父亲拉回家去就是了，又何必送到我们这里来！”院长没好气地说。

冰激凌化了。

“您这是什么话？我哪能那么残忍？那我的后半辈子还有好日子过吗？我父亲死在家里，还是叫我一手给安乐的！虽说久病床前无孝子，我想让他早点去了，可我自己不能干这事。我的手上不能沾着我父亲的血。既然你们医院这么不肯帮忙，咱们就熬着吧。快有出头的日子了。”衣冠楚楚的年轻人甩了甩手上的奶油汤，叹了一口气。

我们的民族忌讳死亡。帝王将相们寻找长生不死之药，以为可以逃脱自然法则。小小百姓有许多言语禁忌，他们天真地认为不谈死亡，死亡就会扭过脸，给我们一个光滑的后背。人们把无数天然的动植物和矿物混合在一起，用神秘的火加以熔炼。人们以为无法忍受的高温会把天地间的精华焊接在一块，咽到肚里，就可与日月同辉（且不说日月也有崩溃的一天）。我们崇尚“福禄寿”三星，以为这是人生成就的最高境界。如今人们不再谈“禄”，你不能在门上贴个倒“禄”字，以求在新的一年加官晋爵，不断进步。至于“福”，最是众说纷纭的词，有一千个人，就有一千条对“福”的注解。当群体还没有用法律的形式把规则固定下来，做了就是犯罪。说不清的事，就不要去说它了。唯有这个“寿”简单明了，国际通用的度量衡标准。只要活得久远，那便是福祉，是一个人德行的明证。像一匹没有缩过水的白布，一眼就看出长短。

我们繁衍着世界上最庞大的人群，可是我们还没有学会正视死亡。老人不喜欢谈论年龄，好像阎王爷是个多情的骑士，而且弱智，极好糊弄。

在这种夹缝中诞生的临终关怀医院，像老式挂钟的吊摆，忽而倾向濒危的去者，忽而倾向疲惫的生人。多了一番摇摆的艰难。

那个小伙子用手绢揩着手上的冰激凌汤失望地走了。

没过多久，这个即将成为法兰克福人的小伙子又来了。

院长迷惘地看着他。

“院长，您不必紧张。我今天是特意来向您道谢的。在我母亲最后的日子里，你们给了她温馨。她虽然不会说话了，但我看得出她挺满意。我是她一手抚养大的，我读得懂她每一个眼神。”小伙子实心实意地说。

“现在我要把妈妈接走。”

“为什么？”院长很惊异，“她会死的。把她从病床上挪下来，再搬到救护车上，抬来抬去，与病人极不相宜，她会……”院长突然噤了声。

法兰克福的小伙子镇静地看着她。

院长明白了。儿子需要母亲的那个结局。而且要快，越快越好。距那架飞机起飞的时间，对于火化一具尸体，操办一场像模像样的葬礼来说，并不宽裕。

大家相对无言。

“小伙子，我还要提醒你。老人家可能会在这场搬迁中停止呼吸。如果你的母亲挺过了这场折腾，回到家里还是咽不完这口气，你马上又要出国，谁来照料她最后的时光？死亡就像一片摇摇欲坠的树叶，也许下一阵风就会飘落，也许会悬挂到第二年春天。人死是一难，活着不容易，死也不容易。请三思而行。”院长苦口婆心。

“谢谢您。您为我想得可真周到。是啊，要真那样，就好了。可您说得也对，要不利索，变成您后来讲的那样，就更难办了。我不能把我妈接回家，那算怎么回事？家里摆个死人，老婆孩子还不吓晕？实话跟您说吧，我给我妈联系了一家机构，民办的……”

“小伙子，把你妈接走，是你的自由。接回家去，我没话可说。有的老人就爱死在家里，这也是中国人的习俗。但要是接到别的医院里去，不是我当院长的老王卖瓜，要说临终服务，我们这里是周到的。民办机构收费高，治疗也不尽如人意，特别是条件比较差。你再全面考虑。”医院床位很紧，等着住院的打破头，院长是设身处地为他想。

即将成为法兰克福人的小伙子垂下头来。他在想什么？

院长说：“你还有什么特殊的难处，尽管说。只要力所能及，我们将全力以赴。”

她此刻已不单考虑一个老人的去留，而是怎样把医院办得更好。“主要是他们所能提供的服务你们没有。”小伙子为难地说。

假如他说出别的理由出院，院长什么话也不会说。住院有些像银行，进出自便。但这句话刺激了院长的职业自尊。

“没有什么服务项目是民办机构能做到而我们不能做到的。”院长很矜持地说。

“真的。有。”小伙子不很情愿但是很肯定地说。

“没有。他们能做到的我们都可以做到。你详细说说。”院长有几分冒火。

……

没有回答。小伙子沉默。听得见远处病房轻声呜咽，又一位老人去了。

“说啊！”院长不耐烦了。

“我不说。”小伙子终于开口，“我不想说。”

院长火了：“你刚才还说感谢我们，这么一件小事都藏着掖着！就看在我们为你妈端屎端尿的份上，你也该说！”

“你是不是想你妈反正也这样了，再说什么也没大的意义了？别这么想，是人都得死，你给我们提了好的建议，以后的老人们就会舒适些。就请看在将要死去的人面上，你告诉我实话。”院长热忱地恳求。

“我不想说。”小伙子阴沉着脸。

“你这个人太不像话啦！我要偷你吗？我要抢你吗？为病人服务的事，又不是专利，有什么不可说？行了，你走吧，快到你的法兰克福或是外国的其他什么地方去吧。你人还没走，就变得这么不通情达理。我不稀罕你说了。你前脚把病人转走，我后脚就能打听出他们使的办法。”院长气愤地说。

事情往往一发火就有了转机。

“院长，我之所以不说的原因不是对您，是对我自己的。”小伙子艰难地说。

“说吧。”

“那家机构已同意将我母亲安置在一间没有暖气的房间里，拔掉在这里维持了几个月的鼻饲管，而且停用一切维持药物，氧气也掐断……这样，据他们估计，我母亲在一两天内就可以……走了。”法兰克福的小伙子不看院长，对着墙壁说。

他的话说得很理智，漠然中渗出残酷。但他越往后说，语调越被一种潜在的哭泣所分割。“这样，我就可以在母亲身边尽完最后的孝道，无怨无悔地踏上奔赴异国的道路。我将把母亲滚烫的骨灰带在身边，无论我走到什么地方，母亲都永远同我在一起了。她会保佑我，关照我，我一生永不孤单。从此，我的灵魂同母亲的灵魂在一起，永不分离。”

院长瞠目结舌。她觉得自己也算个高级知识分子了，真不明白这个儿子！要说他不孝吧，他服侍老母到今天，此刻眼里还闪着泪光。要说他孝，竟打算把自己的亲生母亲活活冻死！饿死！

院长背对着法兰克福的小伙子，从抽屉里拿出一瓶药，说：“我本是从来不帮病人做这种事的。拿去，这虽是普通的镇静药，给你的妈妈服上几粒，她也能毫无痛苦地睡去。比你那办法要人道得多。”

小伙子惊恐地叫起来：“不！不！我不要！我怎能亲手给我的妈妈吃这种东西？！那样，我的心灵将一辈子不得安宁。我的妈妈会在一个特定的时间死去，而那个时间正是由于我给她吃了某种东西，这个结论会使我痛苦万分。我的灵魂将终生在有愧于母亲的阴影里徘徊。我不能做这件事！”

医护人员像摘渔网似的从她身上取下各种导管。揪下氧气的时候，她的呼吸顿时窘促。她长期生活在氧气的保护下，其实同正常人已不在一个地球。那是几亿年以前的地球。

树木葱茏恐龙出没，氧气比现在要多得多。她知道这是转院的需要，就坚强地隐忍着。

几乎没有一个病人能从这所医院里活着出去，她是多么的幸福啊。

“我好了……会来看你们……”这是法兰克福小伙子的母亲说的最后一句话。

整个告别过程，院长没有出面。她抱着双臂从窗户看着这一切。她觉得自己没出息，当这么多年的白衣天使，还那么容易动感情。她在想，小伙子不怕他妈妈的死，那么，他绝不是装出来的恐惧，究竟是怕什么呢?

他怕的是天命。

死生有命，富贵在天。他哪怕在外国得了诺贝尔奖，他也畏天命。

在中国人的骨髓里，觉得人是不能操纵自己的生命的。冥冥中有一只手，那是天的意志。天要你活，你不得不活。天要你死，你非死不可。儿子可以把母亲往死路上推，但他不敢清晰明确地对那个时刻负起责任。他不怕母亲，他怕的是天。代天行道，天就会怨你僭越了名分，惩罚于你。

既要达到自己的目的，又要顺乎天意。难啊！不孝儿女们！

我与院长交谈着，进来一位穿淡紫色工作服的女孩。我知道这是护工的装束。护工就是护理员，临终关怀医院里最脏最累的活儿由她们承担。

女孩向院长请示工作。我目不转睛地盯着女孩，直到她离开。

“她叫小白。我知道你为什么看她。”院长和我已经熟悉，半开玩笑。

“她工作服的颜色很奇怪，像紫罗兰的叶子。”我说。

“我们的护工都是年轻的女孩。你觉不觉得穿这种颜色的衣服显得更美丽？我希望院子里多一些生气。当然，这种布也比较便宜。”院长笑了笑说，“但引起你注意的不单是衣服，是小白的漂亮。”

我说：“在这种悲痛的地方看到如此美丽的女孩，真叫人不好意思，好像对不住垂危的人。”

院长说：“这是您从年轻的活人的角度看问题。其实，老人们看到美好的事物，精神会凛然一振。他们不嫉妒。”

我隔着窗户追踪小白的身影。她的肌肤像鲜嫩的白菜心，泛出莹莹水光。绝无化妆，但无可挑剔的眉宇漆黑如墨，轮廓极为柔和的嘴唇艳红如丹。

我说：“我也不算孤陋寡闻的人。像这么美丽的女孩从来没见过。”

院长说：“她是我从保姆市场上挑来的。当时一口乡下话，现在下了班穿上时装，所有的人都看她。”

“我想她刚从乡下来的时候，可以安心在您这儿。现在依她的相貌气质，随便可以在五星级的饭店里谋到饭碗。您靠什么留住她？”

院长说：“她真有你说的那么漂亮？也许我们天天看，惯了。”

我说：“真的。我是一个对女人的长相很挑剔的女人。女人骗男人容易，骗女人难。”

院长说：“其实小白最出色的不是漂亮，是善良。善良是最好的化妆品，它使人的脸蒙上一层圣洁之光，看上去就格外动人。例如菩萨，例如佛。菩萨的脸真是天下最俊俏的吗？肯定不是。但你觉得是。”

我说：“能够告诉我，您一个月给小白们发多少饷钱？”

院长说：“您最好不要问我这件事。您一问我就心酸。不过您既然问了，我就告诉您，因为给临时工的工钱也不是我定的，是公家。每月 200 元。”

我说：“我想同她谈谈。”

“可以。今天她是主班，非常忙。下次她上副班的时候，您来。”

我和小白在院子里谈话。所有的房间都被病人挤得满满的，冬天是收获死亡的季节。只有院长的房间有空，但我想避开院长。

“你长得真漂亮。”我说。我本不准备这样开头，实有恭维之嫌。话脱口而出，你站在小白的面前没法不说这话。犹如你在焦渴当中看到清泉，没法不说真凉快啊！早晚都得说，完全下意识。

她微微笑笑，说："也许是周围太凄凉了，陪衬的。"

院长说她读了很多文学书，还学着外语。

"你以后会长久地在这儿干吗？你知道自己的价值吗？"我迫不及待地问。

"小白！小白！你在哪儿啊？快去看看你当班的那个6床吧！"远处淡紫色的影子喊。

我拉了小白聊天，她护理的病人就出现了真空。听人一叫，她像林业工人听到火警，顾不得同我打招呼，撒腿就跑。

我紧追其后，心想这可以现场观察。

露天冰冷的空气麻痹了嗅觉。尾随小白进了病房，直奔6床。鲜红的"6"字床号下，一位须发洁白的老人正在安详地吃香蕉，全无呼唤的危急。

"嘿！真是虚惊……"我刚说到这儿，看见老翁不高兴地把手里的香蕉一甩，巴掌印到了墙上。

一个黄而黏的毛茸茸的屎手印，新鲜地扣在壁纸上，呼呼地冒着热气。

他欣赏着，又按了一个，呵呵笑。

浓烈的屎气像原子弹爆炸的烟雾，呛人肺腑。眼睛习惯了室内的昏暗，我看清香蕉原来是糯软的粪便。

顿时，胃里倒海翻江，辣而苦的灼热直逼咽喉。我连连干呕，发出乌鸦一般的怪叫。

透过眼里的酸泪，我还瞄着小白。她的嗅觉好像失灵，温柔的白脸无一丝变色，细细的柳眉徐缓地舒展着，轻声说：“你啊你。我就这么一会儿不在，怎么就……”说着用纸去揩老翁的黄手。

气味愈发浓郁。

无论我多么钦佩姑娘的美德，生理反射还是继续，再过一秒种，胃液就会汹涌而出。

我像一个逃兵，扭头就跑，把病房的木门摔得震天作响。

我在阳光下尽情地呕吐。每一根睫毛都挂满了泪水，看天空有几十轮太阳。

当小白重又袅袅婷婷地站在我面前时，我仍抚着胸口，无法安定。那恶臭无比的粪便，那狼吞虎咽吃香蕉的场面……

我又想呕。

小白不停地同我说话，以求转移我的注意力：“都这样。我刚来的时候，几天没有吃下一粒粮食。我真恨我的鼻子。我妈从小就说我的鼻子灵，干这活儿鼻子可受大罪了。现在好了，我的鼻子已经失灵了。我是院长招来的，后来院长太忙，就说小白，以后这招工的事就分给你了。你现身说法，就这活儿，就这钱，谁爱来就来。来了先试三天工，愿意干就留下，不愿意干就走，给工钱。以前院长挑来的人，尽是不干的，有的连工钱都不要就跑了。轮到我挑，基本上都站下了。你觉得好点了吗？要不咱们到上风头去站站？”

我出了洋相，还要人家劳动者照顾，真惭愧。我忙说：“好了。你是怎么挑人的？”

“院长挑人是看人能不能干。看到身高膀大，手脚粗糙的就要。我是先挑长相，长得美的就要。”小白柔柔地说。

天！就这人所不齿的活儿，还要挑美女来干，要不是自己面前这个娇美的女郎樱唇亲自吐出，我是绝然不信的。

她看出了我的疑惑，说：“我说的美，并不是平常讲的漂亮。美就是面善。面善的女人，天长日久地就变美了，漂亮的女人并不一定美。一个姑娘要是经常和善地笑着对人，不是那种妖妖的笑，她的嘴巴就会往上翘，眉梢就会挑起来。面善是有一个尺寸的，眉太高了就不对了，那是疯。太低了也不对，她当着人的时候笑，背后就哭丧着脸，不是真心的欢喜。反正我也说不太清，看得多了，你自然就分得出来了。院长挑能干能吃苦的，其实能干和能吃苦是可以变的。再说这里的活儿，真比拔麦子脱土坯，也不是太累。但一定得心善，要不是做不长这活儿的。”

我对这个乡村女孩刮目相看。

“面善是天生的吗？”我问。

“是天生的，练不来的。善就是善，不善就是不善。我到保姆市场招工，什么话也不说，只静静地寻面善的女孩。”

我说：“你给我演演你是怎么招工的好吗？”

小白为难：“怎么演呢？那词都是到时现想的。一碰到实在的人，我就会说了。像现在这样干说，真不知说什么。”

我说：“这么着吧。假装这院子就是劳务市场，我就是想找工作的。你来问我。”

小白重又打量了我一眼，说：“俺不会雇你的。不同你搭拉话。”

我很沮丧地说：“是不是因我不面善？”

她说：“面还行。只是捂得太白了。”

我说：“你自家也很白。再说，在屋里捂的时间太长了，都变白。”

她说：“白和白是不一样的，天生的白可以要，捂白的就不行。您想，农村一个小妮，不下地，不晒太阳，是不是很娇？哪里还有耐心侍候别人？”

我说：“你的眼还挺毒。好了，面试的关就算我通过了，你再往下说什么？”

小白说：“再往下我就问，有服侍病人的活儿你愿意干吗？我们是公家的。”

我想着，这一句话没啥大稀奇，就瞪着等她的下文。

她说：“该你了。你得反过来问我。”

问什么？我略一想，说：“一个月给多少钱呢？”

小白扑哧笑了，说：“你不像的。面善的女子不这样说。”

我说：“保姆市场上的女孩不就是为了挣钱才跑出来的

吗？哪里能不问钱呢？”

小白说：“我们出来是为了挣钱。可是在家里是那样想的，一进了城，眼就花了。钱倒是次要些的，先要找个稳妥地方安顿下。

所以我们先要问：‘那地方在哪儿？’

我就说：‘不远。’

‘管住吗？’她们会问。

‘管’，我说。

她们的心就安些了，再问：‘都干什么活儿？’

我就说：‘服侍病人。’

她们会说：‘俺们不会呢。’现今城里的人求职的时候，兴把自己吹得天花乱坠，说自己这行那行。乡下人不，还遵循丑话说在前头的古例。

我就说：‘这不难。家里有老人吧？就照那样服侍就中。最难的事就是接屎接尿的。不过下了班能洗澡。’

一般来说她们这会儿得停半晌，考虑屎尿的事。过一会儿她们会问：‘你是干这活儿的啊？’

我说：‘是啊。’

她们说：‘这就中了，你能干我也能干。’

待到把这些都说妥了，她们才会小心翼翼地问：‘每月多少钱哪？’

我就实话实说。然后说：‘先试试。要觉得不好，随时都可以走。工钱干一天有一天的。要是我们觉着你不称职，你也只好走。’

她们就说：‘那是。你是东家。’就这样。”

小白说完了，又静静地看着我，像一朵迎风摇曳的紫云英。

“工钱你觉着少不少？”我悄悄关了衣兜里的录音机，不愿她的私房话留下痕迹。

“少。”她说。

“那你为什么不到别处去？”

“我知道，在城里，一个漂亮的女孩能得到的机会，比在乡下多得多。可我喜欢这儿，喜欢这些快死的人。您是刚来，只看到他们的傻和脏。其实他们没有一丝害人之心，像婴儿似的。你对他好，他就对你好，非常纯净。跟他们相处，充满静谧与安宁。古话说，人之将死，其言也善。这里是人世间最善良的角落。我向快死的人发出真心的微笑，他们会记得我。小时候，我奶奶可疼我了。有一天我上学去了，奶奶得了暴病。放学的时候，我在路上玩了一小会儿，踢一块彩色的石子。那块石子掉到山沟里，我去找它。我奶奶临死的时候，还一个劲叫我的名字。她得的是绞肠痧，非常难挨的病。她一直叫我的名字，说太阳晒到那根秫秸的时候，我的孙女就下学了。我到家的时候，太阳刚刚移过那根秫秸，可我奶奶再也看不到我了。我尽心尽意地服侍每一个快死的人。不管他听得见听不见，我都大声地对他说，我叫小白。我想他们都是马上就要见到我奶奶的人了，一定会告诉我奶奶，说你的那个孙女小白，是个好心眼儿的姑娘。说真的，我不是可怜这些快死的人，是敬畏他们。他们就要到另一个地方去了，我奶奶就住在那里……”

清澈的泪水在她脸上滚动，像一件美妙的瓷器又镀上一层闪亮的釉彩。因为痛苦，她的嘴唇显出蓬勃的绯色，眼睛像深夜的孤灯闪闪发亮。

在北京冬日晴朗的天空下，欣赏这样一张晶莹的脸庞哭泣，真是一种享受。

“经你的手，有多少老人……去了？”我问。在这所院子里，广泛地使用“去了”这个隐语。它像神秘的幕布，将现实与未知断绝。

“听他们吐出最后一口气的人，少说，有 100 个了。”小白说，神色苍老。

“怕吗？”

“不怕。”

“刚开始总有些怕的吧？后来就不怕了，是不是？”我重又打开录音，遗憾刚才没录上。

“不。我从见第一个死人就不害怕。我没觉得死与不死有什么大变化。还是那个人，不过是从我这儿到我奶奶那儿去了。”她的语调苍凉。

远处有人喊：“小白，4床又打了屎酱啦。”

“就来。”她要走。

“再问最后一个问题，你对以后有什么打算？”

她边跑边说：“以后我想当医生。不但服侍他们，还给他们治病。这样他们就会对我奶奶说，你那个小白孙女越发出息了。只是不知道，当不当得上？”

真希望哪个善良又英俊的北京小伙儿，娶了小白姑娘。他不但得了美貌贤淑的妻子，人间也多了悬壶济世的良医。

改天，我见到了齐大夫。我不知男人的面善该如何鉴定，齐大夫是那种很开朗的脸形。

我已发现，临终关怀医院里的工作人员长得都很耐看。不知是院长挑的时候就根据了某种面相原理，还是这种慈善事业干久了，人就自然显出佛相。

我把这感觉同齐大夫说了。他说：“你要是想听真话，就把你兜里那架小机器关了。”

我服从了，说：“你怎么知道的？”

他说：“因为你不记笔记。”

我掏出纸笔说：“现在只好手工操作。听说你很爱你的工作？”

他说："谁给我造谣？我根本就不爱我现在的工作！我是医学院的高才生，在这里工作没有丝毫成就感！你所有的病人都死了，死了！他们进来的时候，就没有打算活着出去。你千方百计延续他的生命，他自己不想活了，家属还嫌你啰唆。临终关怀医院是正经医生的地狱。这是那些婆婆妈妈的慈善家施舍爱心的地方，它和真正的医学风马牛不相及。我正在托人，走后门，必要时送礼，争取早一天离开。"

我一时窘住，搭讪着说："听说你对病人挺好，大家喜欢。"

他冷笑道："他们为什么不喜欢我？我一天笑眯眯的，他们有什么要求我都设法满足。这不是医生该干的活儿，是高级男佣。这些人根本没有必要救治，作为社会的人，他们已无价值。比如那个一个大字不识的痴呆老太太，只因"大跃进"时拐着小脚当了几年工人，就吃了几十年的公费医疗。累计药费十万元以上。这种人，留有何用？她对人类最后的贡献就是早早死去！人的再一个用处就是对家庭的贡献。这些人，风烛残年，徒然消费，传统的孝道压得子女抬不起头来。非得把孩子们肥的拖瘦，瘦的拖干，一户户家徒四壁弹尽粮绝，卖了冰箱卖彩电，家家负债才算孝顺吗？该死的就让他死好了。旧的不去，新的不来。为什么人们歌颂大自然的秋天却不歌颂死亡？秋天就是集体死亡！死有什么？从这个星球诞生到今天，已经死过无数的人。在我们每一个活着的人背后，都站着四十个死人。生命是一条无尽的链条，在太阳下闪烁的那一截就是生，隐没在无边的黑暗中的就是死。它是一个环，没有截然的区别。不必看得那么重，一个微不足道的小人物的生死，对世界没有任何影响。现在的死亡者，基本上都诞生于20世纪的初叶，他们缺乏对死亡的了解，假如我到了老年，一定立下遗嘱，绝不拖累他人。死也要有胆略。”

他突然停顿。

这是医生办公室，成堆的病历摊在他面前，铝制病历夹的反光使他熠熠生辉。

“也许，我不该对你说这些。毕竟他们是可怜的。”他很疲倦地说。

我说：“你是死亡学说里的阳刚论者。”

我们正交谈着，有人通知，英国的临终关怀医学专家詹姆斯博士到院参观，请齐大夫陪同。

我说：“我可以听听吗？”

齐大夫说：“你英语听力如何？”

我说：“凑合。”

他说：“听不懂的地方，我会给你翻译的。”

我们迎出去。

詹姆斯博士一脸茂密的大胡子，像土匪出没的密林。这使他的面部表情很不清晰。你无法猜测他奶酪一般柔滑的前额里，想的是什么。

“每逢有外人参观，我都很气馁，这里太简陋了。”齐大夫仿佛无意地挡住一幅晾晒的床单。床单上有一片污黄。

英国人穿着极为考究的暗色条纹西服，用极为蹩脚的中文说了句“你们好”之后，沉默地随同我们参观病房。质量很好的牛皮鞋，将古老而皲裂的青砖地踏得咯吱作响。

他轻声嘟囔了句：“Hospice Care。”

齐大夫刚要译，我会意地点点头。

Hospice Care——一个古老的词汇，发源于中世纪的欧洲。那时候，许多苦行跋涉的香客，在他们到达哥特建筑教堂的巨大尖顶之下时，早已贫病交加。唯有虔诚疲惫的心还在微弱跳动。神父和修女就在教堂边搭一间小房，收留他们。无偿地为他们治病，提供饮食服务。一些香客歇息后，又继续他们漫长的朝圣路。一些人就在这个宗教的慈善机构里安详地死去。

Hospice Care 经过许多年的演变，无数志愿服务者用自己温暖的双手，抚慰了濒死的苦难的人们，成为可怜的人生旅途最后一处燃有篝火的驿站。

1967 年，英国的桑德斯女士在伦敦建立了世界上第一座现代化的临终关怀机构——圣克里斯多弗临终关怀医院。

临终关怀事业在全世界如火如荼地蔓延。

我们推开一间病房，熏人的香气扑面而来，呛得英国人打了一个喷嚏。太突如其来，绅士来不及掏出手绢，于是我们看到白种人的粉红色洁净的上牙膛。

“喏！带香味的烟雾会刺激病人的呼吸道。在我们的国家里，驱除病房内的异味，应该用鲜花。”詹姆斯博士说。

我们未置可否。鲜花，当然好。可是我们买不起。子女们会用买鲜花的钱去买鲜王浆。

齐大夫说：“东方的逝者喜欢这种神秘的味道，给人一种成仙的感觉。临终关怀医院里一切以病人的要求为第一，所以我们熏香。”

詹姆斯博士半信半疑。

病房里有一张床。只有一张床的房间叫“高间”——高级房间之意。同高干病房不同，只要多出钱就可以住。

但是病人没有躺在病床上，而是仰在沙发上痛苦地呻吟。他的双腿缠满绷带，疼痛把他的脸撕扯得很恐怖。

“他是什么病？”詹姆斯博士问。

“双下肢动脉闭塞合并感染。”齐大夫答。

我知道这是一种极为痛苦的病症，甚过癌症。

“为什么不用镇痛剂？”博士不解地问。

“用了。”随行的护士说。

“可病人还在痛。”博士恼火地说。

“镇痛剂每四小时应用一次。上次的药效已经消失，下次的时间还未到。”护士耐心地解释，心想堂堂医学博士，怎么连常识都不懂。

“他多大年纪了？”博士问。

“89岁了。”旁边一位家属说。

老人知道是在说他，突然用尖锐的声音惊叫起来：“我为什么还不死啊！为什么！老天！求求你们，让我死了吧！人要走，怎么这么难！孝顺的孩子们，帮我一把，让我死了吧！都怪我的秋衣不结实！你们要是给我买件结实的秋衣，我的苦也熬到头了……”

涕泪纵横。

齐大夫顾不得翻译，问家属：“怎么回事？”

家属说：“老爷子痛得受不了，好多回想寻死，我们时刻看着，不敢让他够上一点儿带尖带钩的东西。刚才他疼得实在受不住，趁我上厕所的工夫，从沙发上爬起来要上吊。他早就不能平躺着了，躺下来就得疼晕过去。他哪有绳啊，就把秋衣脱下来挽了个扣，搭在晾衣服的铁丝上了。要不怎么说老爷子遭罪呢。每天痛出一身一身的汗，那秋衣早泡糟了。挂不住他，摔在地上了……”

齐大夫不情愿地把话翻译给詹姆斯博士。补充说：“幸好没受其他伤。”

“可是病人很恐惧，你们看不出来吗？”詹姆斯博士愤怒了，“临终的人并不是恐惧死亡，他们只是恐惧疼痛！死亡不可避免，疼痛却是完全可以避免的。你们为什么不足量地使用镇痛剂，保证他们毫无痛苦地走向永恒？病人一旦被确认患了不可逆转的疾病并伴有刻骨铭心的疼痛，临终关怀医院应使用足量的麻醉性镇痛剂。怕他成瘾吧？他已经 89 岁了，不会活着走出这间病室。你们为什么不让他舒适？还有更先进的止痛贴剂，保证 72 小时不痛。”

他咻咻地吐着气。

齐大夫对我说：“他有什么权力对我们指手画脚的？”

我说：“你快跟他交流。人家正看着你。”

齐大夫清了清嗓子，说：“詹姆斯博士，我们的麻醉性镇痛剂使用非常严格。例如吗啡，要经过几级机构批准。每一片都要登记在案。我很喜欢这种思维的碰撞。但是您知道吗，在中国的历史上，曾经有一场悲壮而屈辱的鸦片战争。那场血火之战的挑起者就是大不列颠及北爱尔兰联合王国，缘于他们向我们输入鸦片。对此我们刻骨不忘。”

詹姆斯博士的眼睛蒙上云翳。他费力地回忆着，说：“很抱歉……”

他毕竟是一个有良知的英国绅士。

他接着说：“抱歉的是，我并不知道历史上曾经有过这样一场战争。我是医生，我除了医学之外，其他一律不感兴趣。我只同您讨论医学。我不明白眼前这位老人发黑溃烂的双腿同 100 多年前的那场战争有什么关联。如果不给这位痛不欲生的老人足量的镇痛剂，那场战争的结局就会改写吗？我的同行，你们是不是把简单的医疗问题想得太复杂太久远了？”

我们张口结舌。无论我们多么地具有爱国主义情操，也无法同这个英国佬理论。他只懂医学。

我们又走进一间病房。这是一位老媪，用乒乓球一般瓷白的眼珠瞟着房顶。一个穿紫衣的护工正给她喂食。一种白色的乳汁从鼻孔的管里推进，她的喉咙滚动着，耙子似的把液体驱赶入胃。

“这是什么液体？”

“菠萝奶。”护工小白用英语回答博士。她无法确切称呼这种流质，就把菠萝和牛奶两个单词叠加。

詹姆斯博士听懂了，说：“这是一种残忍。”

一瓶纯白的液体悬挂在半空，好像猪板油。它们凝重地滴进老太婆骨瘦如柴的臂膀。

“这是在输‘油’。”齐大夫简短地说。那是脂肪乳，给不能进食的病人提供高热量。

詹姆斯博士说：“这是一种残忍。”

齐大夫忍不住说：“您可以说得明确一点儿么？谁对谁残忍？”

詹姆斯博士说：“我说得难道还不明确吗？是中国的临终关怀人员对临终的病人残忍。”

“能说得再详细一点儿吗？”齐大夫咄咄逼人地问。

“人们太看重生命的数量，忽视生命的质量。在生命的末期，长度已毫无意义，关键是生存的品位。对于已经无法经口进食的人，你们把导管从她的鼻腔捅进去，强行把复杂的营养成分灌入毫无生气的胃，让她的消化道不得安宁。这难道不是残忍吗？还有你们叫做‘油’的这种黏稠物，进入血管给她疲惫的心脏加重负担。她的肌体是一个衰弱的脚夫。你们却强加给她更多的货物，难道不是残忍吗？我研究过你们的禅学，一个老人，不吃任何动物蛋白，拒绝人际交流，在深山老林里面对一块石壁，直至像音乐中的渐弱符号，融化在大自然中，成为你们理想中的最高境界。这种活着同死了一样的生存状态，不可思议。生命在于动作，没有了动作，犹如剥了皮的青蛙，连标本都不如。当死亡一定要降临的时候，就像一个婴儿的诞生，我们要做的是让它到来得更为舒适和顺利。”

我想到了一个词——“文化鸿沟”。东西方文化鸿沟，真是一条深邃的大峡谷，我们可以相互听到歌声，但想走到一起，多么艰难！

齐大夫用比英国人更为地道的姿势抱着双肩说：“我从理论上同意您的观点，詹姆斯博士。但是，对具体情况要做具体分析……”

正说着，小白捧来一个多层奶油蛋糕。图案繁复，叠床架屋，堂皇得像古罗马的竞技场。

“奶奶，您要的蛋糕来了。先拿来给您瞧瞧，让您高兴高兴。等一会儿，您的儿子、女儿、媳妇、女婿、孙子、孙女、外孙子、外孙女来了，我们就把蜡烛点着，说什么您也要吃一块寿糕，有一点儿没能叫您满意，就是我在店里买生日蜡烛，人家说，老人家那么高寿，得插多少支蜡烛？寿糕还不成了马蜂窝？我说，那不成，说什么我们也得插上，奶奶就等着这一天哪！后来他们给想了个办法，您多大岁数，就插了两个蜡做的数字。待会儿，数字蜡点起红红的火苗，多好看哪！”女孩子兴致勃勃地讲着，完全不顾及半昏迷的老太是否听得见。就像喋喋不休的母亲，相信她的婴儿一定能记住她的话。

老妇真的抖开眼皮，用明亮得骇人的眸子，盯住了蛋糕上的红色阿拉伯数字。

“78”像灯塔似的戳在奶油中，柔软的烛芯像男孩调皮的卷发，耷拉在一旁，引诱你点燃。

老人自豪地看了所有人一眼，嘴唇动了动。她什么声音都没有发出，像不屑于为不认识的人浪费精力。不过我们都听到了她的话：“终于活到 78 岁啦！”

詹姆斯博士翻着硬而卷的睫毛说：“是这位老妇人要求你们把她的生命一定保存到 78 岁诞辰这一天吗？”

齐大夫说：“是的。”

詹姆斯博士说：“请原谅我刚才的唐突。”

齐大夫说：“我们之间的共同之处大于我们的不同之处。”

我们又走进一间病房。仰卧的病人是位秃头老汉，呜呜在哭。音色凄厉，像有人往生了锈的管道里吹气。

“爷爷，别哭了。那东西是不能要了，对您的病不好。”小白也跟过来，和颜悦色地劝。

“他为什么这样悲痛？”詹姆斯博士问。

我也是第一次看人哭得这样伤心。许多文学作品里都形容老人眼泪如何浑浊，其实不确。他的泪珠晶莹，每一粒都有纽扣大。

齐大夫走过去，像哄小孩似的搬起他的头：“老爷子，又为那事哭，是不是？”

老翁的泪眼在凄迷中看到齐大夫，抖着皱纹笑了：“你来了就好。他们都不听我的，就你心好。”说着用手指挖耳朵眼里灌进的泪水，眼巴巴地等着。

小白气得一甩手，说：“齐大夫，你就会收买人心。”

我和詹姆斯博士面面相觑，不知是怎么回事。齐大夫也不解释，从白大衣兜里掏出一包“红塔山”，摸出火柴，“噗”地点着，将米黄色的过滤嘴优雅地衔在嘴里，徐徐吸着。

待朱红色的焰火像仪表似的渐渐发亮，迅即拔下。一边吐着雪青的烟圈，一边把烟嘴栽到老翁干裂的唇里。

老人像狮子打起欢快的呼噜，大口喷烟。原来就灰暗的脸，罩成紫色。

我看了一眼他的诊断：肺癌。

詹姆斯博士赞许地连说OK。

“噗噗！”病人把烟段像瓜子皮似的弹出，艰难地说，“这烟……不对味……骗人……”

小白心疼地捡起烟把儿，说：“齐大夫能骗你吗？这根烟值好几毛钱呢。怎么说丢就丢了？”

病人梗着脖子说：“我抽了70年的烟，我能冤枉人吗？我没说齐大夫他骗我，我是说烟贩子骗了齐大夫。齐大夫比孩子们好，他们不叫我吸烟。我说，你们有后悔的时候。到那时，想我了，甭点香，就在我的骨灰盒上烧根烟就行。不过得好烟，冒牌货可不行。”

齐大夫脸色很难看。

詹姆斯博士上前一步，从裤袋里掏出一个硬如盔甲的烟盒，按了某处机关，“啪”地蹿出一根。他用长满黄毛的手指捻起烟，打着金乌龟模样的打火机。并不见火苗跳起，烟就熏着了。他轻轻嘘了一口，递给病人。

“肺癌”紧紧地抿着口，像个死蚌。

“给——你——”詹姆斯博士用怪调的中文满脸热情地说着，蓝眼珠里跳荡着仁爱的光辉。“这是正宗的英格兰产品，绝无假冒。”他又用英语说，急切地要齐大夫翻译给病人。

“肺癌”把嘴张开了，但不是接烟。说：“我不要沾过你嘴巴的烟。我要是叫你传染上了艾滋病，怎么办？我听人说了，亲嘴可以传染。”

我觉得齐大夫完全可以把这些话隐瞒下来，随便用其他理由拒绝博士的好意。但是，齐大夫原汤原食地将话译了过去，不怀好意地瞧着大洋彼岸的绅士。

我们都很紧张。

詹姆斯博士悲悯地看着病人，停了一会儿才说："不要以为西方的每一个人都是艾滋病患者。我可以很负责地说，我不是。"说罢，他把烟盒留在床头柜上，对小白说："小姐，请您再给他点上一支烟。谢谢。"

他小心地没有触到烟盒内壁。

小白憋红了脸。齐大夫接过来说："中国的女士一般不会吸烟。我来吧。"

老爷子香喷喷地吸着烟，冲着外国人，连连竖着大拇哥："好烟！好烟！"

詹姆斯博士观察起墙上的一幅字画。小白又到别处忙了。

"齐大夫，你还是挺适合搞临终关怀。刀子嘴，豆腐心。"我说。

"不。"他高大的身躯佝偻了。"我给病人买的红塔山的确是冒牌货。正规店里的太贵了。病人们都管我要烟，我又不能收他们的钱。卖烟的小贩说，这烟是专卖给送礼的人的。我的烟不是给当官的人抽的，是给临去了的人，我不该骗他们。西方的临终关怀人员的确值得学习。"

我说："我们毕竟刚刚开始。"

詹姆斯博士说："我仔细研究了这张图表，发现其中有一个规律……"

我们定睛看去，那是一幅草书，铁画银钩“老吾老以及人之老”。

“什么规律？”我们异口同声地问。

“这个汉字连续出现了三次。”博士毛茸茸的大手指点着。

真够难为这位洋博士的。一片天女散花的狂草之间，他居然认出了三个相似又绝不雷同的“老”字。

齐大夫看了看我说：“解释这是作家的专利。”

我说：“还是你说吧。你们既然把它贴在这里，自然有寓意。”

齐大夫清清喉咙，说：“这第一个老字，是一个动词。意思是照顾服侍老人。第二个老字是代词，指的是自家的双亲。这第三个老字是名词，包括普天下所有的老人，具有一种抽象的意味。”

詹姆斯博士凝神听着。

齐大夫接着说：“这句话串起来的意思就是，你要像服侍自己的双亲那样服侍整个人类的老人。”

詹姆斯博士喟叹道：“神秘而博爱的东方哲学！”

我们为詹姆斯博士送行。

“我没想到在中国，看到你这样年轻而认真的同行。”看得出，詹姆斯博士挺欣赏齐大夫，但他的夸奖仍极有节制。

“我这一次到你们国家来，你们请我看了豪华的宾馆，现代化的流水线，吃了皇帝吃过的饭，游览了美丽的古迹。一切都在萌芽，你们几乎什么都有了，建设中的中国现在只缺一样东西了。”詹姆斯博士很真挚地说。

“什么东西？”我们又一次异口同声。

“就缺发展临终关怀事业了。这文明世界的象征。”他说。

我觉得这真是干什么吆喝什么，但还是为他真诚的敬业精神所感动。

詹姆斯博士继续说：“你们的临终关怀医院太简陋了。我走过世界各地的临终关怀场所，花园，高大的病房，先进的设备。甚至有的还有幼儿园建在里面，让孩子们的欢笑去冲淡死亡的叹息。还有无数的志愿者——大学教授、学生、白领职员、家庭妇女……当然最多的是大学生，组成关怀者大军，完全无偿地为垂危的病人服务，闪烁人性的光辉。要走到这一天，还很漫长……”

无论詹姆斯博士怀着怎样的善意，齐大夫还是毫不留情地打断了他的话：“我们现在就有不要任何报酬的志愿者。

同样固执的英国博士说：“可是我没有看到。”

“那是你在中国待的时间还短。假如你有兴趣，请周末下午来。你会看到我们的志愿者。”齐大夫毫不退让地坚持。

一位志愿者站在我面前。我是那么不情愿用志愿者这个词来称呼她。她很年轻，眉宇间很忧郁，时刻提醒你她不是一个完全的志愿者，而是被某种目的驱使到这里来的。

这一次站在院子里，是为了更方便地谈论死亡。病房里住满了垂危的人，尽管有的昏睡，有的痴呆，我还是不愿在距离他们很近的地方谈不可避免的归宿。尽管他们可能完全听不见。

因为冷，女孩的瘦削的双颊现出艳丽的玫瑰色，使她比我初见时可爱了许多。冷和热都会使年轻人脸色红润。但热会使额头也红起来，人显得毛躁。唯有冰冷中的红润，像果子一样生动。

“你为什么到这儿来的呢？”我问。不是专业记者，很不会采访，只拣最好奇的问。

“因为……大家都来，我就来。”她说。声音很小，迫使你离她更近些，看到她的额头明净得像刚洗过的玻璃杯。

“如果大家都不来，你来吗？”我问。这是个穿着随大流的小姑娘，冬季流行的黑色羊毛健美裤，套上洋红色的小靴子，该是很有生气的打扮，但仍然觉出她的沉闷。

“我不来。”她干脆地说。

还好。有说真话的勇气。

“那么为什么来呢？”

“因为总说要做好事，一般的好事早就叫人做完了。我说的不是数量，是种类。学院要挖掘新的好事品种。一位同学的表姐在这儿当护士。她说，大学生闲着没事，到医院来陪要死的老头老太太说会儿话吧。就这样。”

“同学们都有些什么说法？”

“说什么的都有。先说，给不给钱啊？外国干这事可得给大价钱。立刻有人反驳，你才土呢，外国干这活儿一分钱也不要。其实他俩说得都对都不对。如果要钱，真是不少要。如果不要，就一分钱也不要。”

“你们呢？”我明知故问。

“我们当然不要的。一星期来一次。”

“大家愿意来吗？”

“怎么说呢？又害怕又好奇。真的，我长这么大没见过死人。我特怕见死的东西，所以我喜欢小动物，可是我从来不养。觉得养得不好，它们就死了。心里的难过，远远大于它们活着的时候带给我的欢乐。我问过我妈，说以前的人有的连蚂蚁都没踩死过，我眼神儿不好，根本看不清地上有没有蚂蚁，不知踩死多少小生灵了，真糟。我妈说，傻孩子，一条生命，哪就随随便便没了？只要不是成心用鞋底碾，蚂蚁不会死的。我试了一回，穿着旅游鞋走过去，回头趴在地上一看，蚂蚁安然无恙。我的心不坏，可是我不愿来。不是因为别的，我太容易忧伤了，胆子还特小。”

“不来不行吗？不是说自愿吗？”我问。

“不行。现在说是自愿的事，有几个是真自愿的？学校后来把它规定为品行项目，打分记档案。说这是爱心服务，必须来。刚开始，我的确是被迫的，但现在，我是心甘情愿地来了。”

我不知假如詹姆斯博士在场，会是一副什么样的表情。我说：“详细讲讲好吗？”

“第一次走进这个院落，死气沉沉。表姐说同学们愿意进屋同老人聊天最好，要不帮着打扫卫生也行。她知道我们害怕。”

“几个胆大的同学随便找了个门，一推就进去了。我很想等他们出来告诉我究竟是怎么一回事再决定进不进。可他们好像进了旋涡，再不露头。我傻傻地站在院子当间，后来发现只剩下我一个人站在那儿。表姐走过来说，你要不帮助擦玻璃吧。”

“我端了一盆热水立在一扇窗户外头。那一年的冬天比今年冷，玻璃上结了厚厚的冰花，是从里面结的，外面蒙着黄沙。我用手把抹布拧干，表姐会关心人，水是热的。我团着手巾在玻璃上一下一下地干抹，一溜溜同抹布等宽的洁净玻璃面就露出来了。现在只剩下里面的冰花了。我是第一次那么仔细地观察冰花，像一棵棵圣诞树，笔直地立在透明的大厦里。洇了毛巾稀薄的热气，它们极轻微地融化了，精致的树叶好像淋了雨，晶莹的雾气缠绕其上，轮廓柔软地模糊了。现在，这间病房玻璃朝外的一面，已经像刚洗过的葡萄，带着隐隐的水珠，漂亮清洁。明亮但并不温暖的阳光照在上面，泛出带虹彩的光。”

“其实没什么用。光擦一面的玻璃等于没擦。我不敢去擦里面，不知这间门窗紧闭的小屋里躺着怎样可怕的怪物。没办法消磨剩下的时间，我就用手指揉搓那块最下面的玻璃。玻璃这东西挺奇怪的，你用布用报纸用汽油用酒精，都没有用手指头擦得干净，好像手跟玻璃相克。”

“我下意识地用手心画着圈，玻璃闪出钢蓝色的光。突然，手掌对侧的白羽毛神奇地变薄了，露出一个淡褐色的洞，好像一块蛋形的巧克力敷在玻璃的那一面。由于我的体温，一小块冰凌变成蒸汽飞走了。我不由得凑过去，想看看这间我擦了外面玻璃的房子，是番什么景象。”

“我换了一只手。原先那只手掌已变得同冰块一般冷。新的手心热力很冲，油亮黑暗的斑块迅速扩大，已经够我把两只眼睛镶在上面了。”

“我半蹲着腿，因为那块玻璃很矮。我屏住气把鼻子压扁在冷冷的玻璃板上……”

“您猜我看到了什么？”她忧郁的眼神垂落在地，好像怕吓了我，提示我有个准备。

她不知我当过医生，而且已在病区盘桓多日。

“雪白的被单，瘦如骷髅的老人，树根一样的皱纹，氧气瓶……”我直截了当地说。

“你说得对。”她轻声地说，知道没有什么能出乎我的意料。

“我是看到了那些，但不在那一刻。那一刻，我看到的是无边无际的黑暗。黑暗中，有萤火虫在飞，不多，仅两只，但飞得很快。在黑暗四周，有一圈白茫茫的藤条，编织着细密古怪的花纹……”

“这是什么？”轮到我吃惊了。能让一个有着 20 多年医龄的主治医师吃惊的事，实在不多。

“那是一双患白内障的老爷爷的眼睛。他正从我的手心融出的那两个小洞向外张望。”

女孩依旧垂着眼帘说。

“讲下去。”我极力使自己音色平和。

“后来我就进去了。我看到了您刚才说的那一切。我对老爷爷说：‘我是来为您服务的。’他在床上，仍然保持着窥探外界的姿势，只是脖子软弱地搭在肩膀上。他是晚期胃癌，消瘦得无以复加。脸色像一个角落里的脏塑料袋，眼睛大得令人恐怖。也许是刚才的运动费尽了气力，他拼命喘息。

看得出他非常寂寞。我想他该对我的到来表现出高兴。可是，没有。他面无表情地对着我，淡漠得像一块旧床单。

我是个生性腼腆的女孩，对那些热烈追求我的男孩都不知说什么好，面对这样一个年纪足可做我太爷的沉默老者，真不知该怎样。

我呆呆地看着他，他也呆呆地看着我。就像我们最初隔着窗户那样。

就在这时，护工小白送饭来了。我说：‘你到别处忙吧，我来喂饭。’

小白说：‘杜爷爷的饭可不好喂。他吃不了东西。’

我说：‘你放心。’我把鸡汤面放在嘴边吹，不凉不烫地送到杜爷爷面前。他的嘴像被透明胶纸粘住了，严丝合缝。

‘您得吃饭啊。’我后悔揽了劝人吃饭的活儿，我不会劝人。

他终于开口，不是吃饭，是说话。‘药都没有用，饭就更没用了。我不要吃饭。’他很清醒，癌症病人至死都是很清醒的，没有人能说服他们。

‘您总得吃一点儿。’我又说了一句。我不会说别的话，就擎着勺愣愣地站着。勺里的饭凉了，我就把它磕在另一个碗里，重舀了一勺热乎的汤，像举蜡烛一样端着。我想，古代的举案齐眉，大概就是如此。

杜爷爷打起精神，挣扎着说：‘你这不是成心气我吗？’

我眼泪一下子迸出来。

‘我跟你无亲无故的，这么服侍你，你还不知好歹！’我倔犟地一直举着，直到鸡油凝出了黄圈。

杜爷爷叹了一口气说：‘我吃，孩子。有一个条件。’

我心里很反感。吃不吃饭是你自己的事，还跟我讲什么条件。可一想到回去还得汇报今天的战果，只好顺着他。就问：‘什么条件？’

这回他回答得挺利索：‘唱一首歌吧。’

我为难地说：‘我不会唱。’

他毫不通融，死心塌地地说：‘那我就不吃饭！’

我在心里嘲笑他。你见过这么不讲理的老头儿吗？我只是一个志愿服务人员，几小时以后就走了。你吃不吃饭关我什么事？是你肚子饿还是我肚子饿？这么大年纪了，还要人来哄你。我愤愤地说：‘不吃就算了，我去喂别人。’

他仿佛很怕我走，忙说：‘你唱一句就行。唱一句我就吃一口。’

真没见过这样的交易。做事总要有始有终。我说：‘好吧。我唱。只是我从来没当着人唱过歌，可能不准。’

他像孩子一样兴奋，望着我说：‘唱吧唱吧。’

唱什么呢？轮到开口，更犯难。‘唱个《团结就是力量》吧。有劲儿，听着振奋。’我说。

‘不听。’他说，‘平日里小白常唱这个。’我这才知道以吃饭要挟唱歌，是他的惯用伎俩。

我忍着气说：‘那就给您唱个《潇洒走一回》吧。’

他木讷地问：‘到哪儿走一回？’

我这才记起他住院已经很久，对现时风靡的歌曲十分陌

生。我说：‘您看，您让我唱，我要唱的您又不听。您自己说个歌吧。别太难，我不会。’

他慎重地开始想，惨白的脸上突然现出黄色。真的，不是红色。由于极度衰竭，他的血很稀很淡，就像绍兴黄酒的色泽。

他终于想好了，说：‘就唱一个情歌吧。’

我手里的汤泼了。一个垂垂老矣的病叟，80 多岁的年纪，居然要听什么情歌！该不是他的神经有什么毛病？看他目光炯炯的样子，我想起了无所不在的弗洛伊德。这老头在寻找宣泄，是性变态。

我一字一句地说：‘我、不会、什么、情歌！’

他仍满怀期望地说：‘就是《在那遥远的地方》。’

‘不会！’我说。

他说：‘那就《一条大河》也行。’

我说：‘也不会。’他好像觉察到了什么，试探地说：‘都会的呀。你要记不清词了，我给你提。’你说我一个 20 岁的大学生要他 80 岁的老头儿提醒吗？我还是硬邦邦地一口拒绝。他改变战术，说：‘你就唱一个嘿啦啦啦，天空出彩霞也成。你是不是怕我说了不算话啊，我先吃，我这就吃给你看啊……’说着，抖抖索索接过勺，填进嘴里，用长了黑苔的舌头搅拌面条。

我突然一分钟也不愿在屋里待了。我有那么多的功课要做，要看许许多多的书，要和男朋友约会，要去参加舞会和买新衣服……为什么要为一个素昧平生的人耗费金子一样的年华？我已经来过了，这就是说，我已经问心无愧。我可以走了。我说：‘歌我不会唱，饭您自己看着办好了。再见。’

他怔怔地看着我，面条像有生命的虫子，从他嘴里退出来。

屋里很静，天已渐黑。我若赶快走，其后的事就不会发生。小白托着干净的衣物走进来，说，正好要给病人换衣服，你帮帮忙，我那边好乱。她走时顺手把灯开了。

两端发黑的日光灯管发出毒蛇一样的咝咝声。

我对虚弱地倚在枕头上的老爷爷说：‘请您移动一下，我来换床单。’

他很吃力地用肘架着半拉身子，挪到一旁。我刚把单子铺平，他就迫不及待地把自己摔回来，仰着喘气。

我看到在他后背底下，很大一块床单裹了起来，像邮寄了一万里的信封。

叫别人看到，肯定是我工作不力的明证。我说：‘请您再挪开一次，我把单子抻抻平。这样多难看。’

他短促地喘着气说：‘又折腾什么。’

我说：‘这是为你好。’

他说：‘不知道是为谁好啊。’

我说：‘您这个爷爷怎么这样说话？难道是为我好？我又不躺在这床上，那么深的褶子压在你的身下，你会硌得慌！’

他祈求地说：‘我觉不出硌。真的，孩子，除了心口，我再也觉不出别的了。让我安生会儿，行不？’

我不由分说地将他搬到一旁。他不很配合，就像小孩不肯离开玩具柜台一样。但见我使了强力，也没有很大的反抗。你可以感觉到他的骨头僵硬地倔犟。幸好，他比我想象得轻多了，几乎是稻草人。操作时，我听到他的体内像半瓶子啤酒似的，发出冒着气泡的咣当声。为了表示我的不满，我顺便搡了他一下。

‘好了。你看，现在多平整！看着也舒服。’我抹着头上的汗水说。

他阴沉着脸一声不吭。甚至尽力欠着半个身子，拒绝沾我铺平了的那边床单。不知是怕揉皱了，又要麻烦我一番，还是无声的抗议。

‘现在让我们来换衣服。’我不理他，自顾自地说。我发现他没有任何力量，我完全可以左右他。不知您注意到了没有，在临终关怀医院里，人们对病人什么事都是说‘我们’，从不用单数的‘我’。比如说让我们来翻个身，听起来好像志愿人员要和病人一起翻身似的，临终的人都失去自我照料的能力，哪怕一个极简单的动作，都要协力完成。

‘我不换。’老爷爷很衰弱但很清晰地说。

真是个难题。‘不行。’我也很果断地说。小白把衣服交给我，他不换，不是我的失职吗？

他冷漠地盯着我说：‘我不要你换。’他用仅有的气力强调了那个‘你’字，意思再分明不过了。他不是不换，只是不要我来帮助他这件事。

我并不是一个很爱帮助人的人。例如在学校里，有人拒绝了我的帮助，我会乐呵呵地跑开，然后永世不理他。你已经表明了你的善意，在道义上你已经圆满。他不需要你的帮助，就咎由自取了。但在这里，一切颠倒了。他分明是需要帮助的，没人帮助他连个饭勺都拿不起，可他却倨傲地拒绝了你！你的自尊被强烈灼伤。

‘为什么不要我帮助你？’我质问他。特别突出‘我’字。

‘因为……因为……’他迟疑着。

我气势汹汹，追究到底。

‘因为你是个女孩。’他终于说出。

我没有想到这个原因，心里有些感动。但情势不容我听从他，我问：‘那么你打算让谁帮助你换衣服？’

‘小白。’他很快地说。

‘那小白就不是一个女孩子吗？’我不平，觉得受了歧视。

‘我让一个女孩看见也就罢了，没法子的事啊！可我不愿让你们都看见！’他突然低沉地吼叫出来。

想不到他衰弱不堪的胸膛里，还有这么强烈的性别自

尊。我好心劝慰：‘我们都学过人体生理，您不必不好意思。我和小白是一样的。她现在正忙。’

最后一个理由打动了他。他无可奈何地说：‘小白是太忙了，让她歇歇吧。’

帮他换衣服，应该说我是很负责的。换内裤的时候，我用被子盖住他的下身。一是维护他那可怜的自尊心，二是怕他受凉。换上衣的时候，我简直就用被子搭了一个小帐篷，钻在里面忙活。

絮套里的气味很不好闻，有死泥塘的腐败气息。我憋着气，眼泪都流了出来。在医院蓝线条图案的衬衣里，还有一件贴身T恤。凑着被头筛进的恍惚光线，我看见爷爷胸前有一张猴脸。就是京剧孙悟空的彩色脸谱。大概是这猴王刚从蟠桃园吃饱了出来，龇牙咧嘴煞是开心。由于久未换洗，T恤的颜色已像厕所小便池上方的墙壁，污秽不堪，孙悟空脸蛋上的鲜红已染得像酱油膏。

‘您老抬抬胳膊，我给你把这件T恤换下来。’我和颜悦色地说。‘不换。’他斩钉截铁地回答。

‘为什么？’轮到我吃惊。

‘什么都不为。不换。’他毫无商榷之意。

老年人真喜怒无常。从T恤的污浊判断，纵是小白，上回也没说服他脱下这件宝贝。

我敏锐地想到这可能是一件信物，一定有一个故事，也许和他的情人有关。只是这种T恤是这两年才兴起来的，带有一种漫画式的夸张，叫人忍俊不禁。想必他的情人是位幽默的老媪。可是她为什么不来看他？可怜他孤苦伶仃的样子，身边一个亲人也没有。又一想，要是我能说服他换下来洗一洗再穿上，不是比小白还能干吗？

我说：‘洗净了，我再给您穿上。’

他恼怒了，‘我不换！我说过了我不换，我就是不换！你这个姑娘怎么这么讨厌！你是来帮助我还是来成心气我？你从一进门就吊着脸子，吆喝我干这干那，烦死我啦！你根本就不是为我，你是为了你自己！’

我此时还伏在他的被子里，预备给他更衣。他声音透过我的头顶厚厚的棉絮滤过来，如喑哑的鼓鸣。我呼地一下撩开被子，全然忘记他还赤裸着双臂。扇起的冷风把他枯萎的白发吹得参起，更显出面目的嶙峋。

他恨恨地看着我。大概是怕冷，自己艰难地穿上衬衣，遮住那个嬉皮笑脸的肮脏猴王。

当小白进来的时候，一切看起来还算正常。

小白说：‘杜爷爷，今天来的志愿人员是大学生，比别的来得更细心更有经验吧？’

老人极含糊地呜了一声，看起来很沮丧。

‘别难过他们走。爷爷，他们下星期还会来的。’小白甜甜地说着，抱走了蓝条纹的衣物。

我感到精神和体力都很疲惫。我不是一个爱交际的女孩。和这样一位喜怒无常的老叟打交道，恨不能马上逃走。

‘你把面条给我端过来。’他毫无感情地说。

‘冷了。’我说。毕竟他是要死的人了，我不能不理他。

‘拿来。’他命令式地说。

我端了过去。面条已凝固。

他用勺舀了一块，按进嘴里。嚼呀嚼，好像那是泡泡糖。然后极为痛苦地咽下去，我听到扑通一声响，好像把石头丢下深潭。

他看着我，把勺子很响亮地撂下

我控制着内心的嫌恶，尽量柔情地说：“老爷爷，我走了，下周六我再来看您。祝您晚安。’

他蜡像般卧着，无声无息。

我小心翼翼地往外走。当我就要挑起厚重的棉门帘时，听到我的背后发出声音：‘你到这里来，应该是给人带来快乐。像你这种哭丧脸的女孩，我再也不想见到你啦！’

声音大而洪亮。简直可以称为咆哮。你绝不相信它出自一个病人。

我急速跑出去，任泪水横流。这是一个老怪物，老疯子。他一定得了人世间最严重的神经变性，脑软化！他活着给世界带来丑恶，赶快死了吧！

我用一个文明女孩所有想得出来的刻毒语言咒骂他，直到下个星期六。

又到了志愿者服务的日子。集合的时候，我对班长说：‘对不起，今天我不能去了。’

他说：‘怎么了？上回医院还表扬你能干。’

我说：‘感冒了。老人本来就体质弱，传给他们就糟了。’

他说：‘不会吧？这么快？中午我还看你和男朋友打网球。别是借机会去看电影。’

我说：‘感冒就是突然感到被冒犯。今天下午我将一直在图书馆带病坚持学习。你可明察暗访。’

我没有去，整个下午心神不定。每间房屋里都有志愿者，只有杜爷爷那里寂寞。不知他如愿以偿还是感觉凄凉。想必该是前者，是他说的他不愿见我。想到这里，我捧着一本最难读的书啃下去。

又一个周六来临。这一次我编不出新理由，再者我想看看那个倔老头究竟怎样。假如他要拒绝我，就请当众说好了。省得明明是他的责任，却要我东躲西藏地背黑锅。

我走进临终关怀医院，碰见小白。她说：‘你来了，太好了。上个星期六杜爷爷一直在等你。’

是吗？就是那个倔老头儿吗？我心中突然很温暖。我不该和他置气的，他毕竟是病人。

我三步并作两步地往那间小屋跑。我看见窗上的冰花像帷幔一般厚。这一次我一定要里外都擦，让老人家躺在床上就可以看到外面的天。

小白一把拉住我说：‘别去了。那间房子已经空了。’

我说：‘那他呢？我不知他的名字。’

小白说：‘他去了，就是昨天，星期五。他很想等到星期六的，可惜没有等到。世界上的有些事，不是你想怎么着就怎么着的。’

我说：‘这不可能。’

真的，我不相信这个死讯。一个可以发那么大脾气的人，怎么能说死就死了呢？

小白说：‘我小时候，也不相信人会死。但杜爷爷确实是去了。他只有一个女儿在美国，临死也没能赶回来。他一直都很清醒。最后他已经不再等他的女儿，只是等你。’

我说：‘这怎么会？等我？’我知道这些人在临死前会等人，甚至死不瞑目。但他不会等我。我同他只见过一面，而且还不欢而散。

‘是等你。’小白很肯定地说，“他说他对不起你，想当面向你道个歉。’小白突然想起，说：‘他还有件东西本想亲手交给你，后来托给了我。你等着，我给你去拿。’

我站在朔风呼啸的院落里，望着冰花烂漫的窗户。昨天，昨天我在做什么？上天为什么不给我一点儿启示呢？

小白回来了。一层层打开布包。于是，我在湛蓝的天空下，看到一件雪白的T恤衫。前胸是一个嬉笑的美猴王脸谱。双眼喷射晶光，嘴唇刚被桃汁浸染过，鲜红欲滴。

上面有一个纸条。

孩子：

你是我这一生认识的最后一个人了。原谅我那天对你的暴躁。看得出你是个天性忧郁的女孩，因为我以前就是这种性格的人。这不好。得了癌症以后，我决心做一个快活的人。我想了许多办法。比如唱歌。但最有效的是穿这件孙悟空的背心。

我一看见这个滑稽的猴脸，就忍不住微笑起来。我要到遥远的地方去了。在我走之前，送给你一个猴脸。当你忧伤的时候，看看它，你会情不自禁地微笑。

一位爱发脾气的爷爷

字迹非常潦草，每一横每一竖都是分几次写完的。

北风里，我满脸都是泪水，但我真的望着那件鲜艳的脸谱T恤，微笑了。

小白说，爷爷死的时候很痛苦。他是胃的幽门部癌，肠道最后完全梗阻，就像人的下水道不通，全积在胃里。每进一滴水，都像毒药。

我知道爷爷最后的那勺饭，就是他对我最大的抚慰了。

‘以前，我真的不会唱歌。现在，为了到这里来，我学会了许多歌。人们在许多地方寻找欢乐，很多人终其一生也没能找到。爷爷教给了我快乐，死亡教给了我好好活着。您说，我现在是不是已经不是很忧郁了？’”

女志愿者望着我。

我说：“祝你永远快乐地为老人们唱歌。”

由于我在医院里频繁出没，有的病人家属已同我熟识。

“是你老爹还是老妈在这里关怀着？看来你是个孝子。来探视总看见你。”他们说。

走进院长办公室，齐大夫恰巧也在。我说：“我对这次采访很满意。还有最后一个要求，希望千万不要拒绝。”

他们真诚地说：“尽管说。”

我说：“就是介绍一个病人住院。时间不会长，所有费用一律照付，不必优惠。”

他们说：“没问题。跟您关系密切吗？”脸上露出关切之色。

我说：“很密切。”

他们说：“男的女的？”

我说：“女的。”

他们查了墙上的病区床位一览表说：“正好有一张女空

床。叫病人赶快来吧，我们的床位很紧张。”

我急急地点头：“今天就来。”

他们说：“要不要我们派车去接？我们有这个服务项目，上门拉病人。收费很少，只要一点儿油钱。”

我说：“谢谢，那倒不必了。”

齐大夫说：“您说待不了几天了，想必已是最后时候。不知病人什么病例？现在医院还是在家？”

我说：“那个病人就是我。我想在你们的病房里住上几天。我想体验一下死亡，请你们一切都按正规程序来办。”

院长和齐大夫把鼻孔张得好大。要不是多日来相互了解，我想他们会建议我去安定医院。

院长说：“好吧。我就第一次收一个注定要出院的病人。不过，一旦来了重病人，你必须立即腾床。”

我连连点头。

齐大夫说：“没想到作家也挺敬业。死亡其实没你想象得那样玄。中国有句成语叫垂死挣扎，好像死前痛苦万分。根据最新研究，肌体在死亡之前已经做好了一系列的准备工作。神志模糊，感觉迟钝，阈值提高到极限。你不能用正常人的感受看待死亡。”

院长说：“我同意齐大夫的观点。有一则医学报道说，病人躺在手术床上，局部麻醉。突然病人叹息了一声，我要死了。随后，他的呼吸心跳完全停止。这是货真价实的死亡，正在流血的伤口，变得干干净净。因为心脏罢工，再也不会有血流出来。开始抢救。15 分钟以后，病人才重新恢复心跳和呼吸。你知道此人是怎么形容死亡的？”

我说：“这个人说得可能不太真切。他毕竟又活过来了，是个赝品。”

齐大夫说：“您这话说得不确。假如不是全力抢救，他就再不会转回来。呼吸心跳停止的感受，那就是死亡。”

“那好，我听听他品尝死亡的感觉。”

院长说：“他说死亡像轻飘飘暖洋洋的羽毛一般。那个瞬间是飞翔的感觉，一切痛苦都不复存在了。”

我骇然。比听到死亡是最惨烈的酷刑还要骇然。

院长说：“我们缺乏死亡教育。死亡凄迷可怖。揭掉死的面纱。既然我们或迟或早要到那里去旅游，我希望能给将去的人一张导游图。”

齐大夫说：“您要住的那间病房今天恰有一人要死亡。估计发生在凌晨四时左右。那里有 4 张床，死亡发生时又要有一系列的操作。不知是否打扰您睡眠？”

我说：“我很高兴睡在那里。”心里想，“不会打扰我的睡眠，因为我根本就不会睡着。”

院长说：“那就这样定了吧。21 床，你现在已经是我们的病人了。我给你下的第一道医嘱，就是口服安眠药。”

病房约有 20 多平方米，两排四床。自 18 床起，我的 21

床把门。

知道内情的护士小姐莞尔一笑："害怕请打铃。"

我说："我的神经像缆车索道一样坚固。"

她走了。另三张床上都是老太，犹如三段槁木。我犯了一个极大的错误，是没有问清谁将在凌晨四时走完最后的路。有心叫护士小姐，又怕她以为我胆小。

自己看吧。我自以为还是可以看出谁将去了。

已经入夜。我借着回廊里的微弱灯光，先上溯到 20 床。我立即断定不是她。她的嘴唇微启着，朱红的舌头从缺齿的间隙凸鼓在嘴外，像颗半腐烂的樱桃。血脉很有规则地在舌苔下浮动，不像一时半会儿即将远行。

我走近靠窗户的 19 床，她神色灰败，脖颈像一只古老的乐器，排满筋络。我在她的床头站立了五分钟，她像沉睡了千年的木乃伊，丝毫不知有人。我想，去的就是她了。

忽然听到扑啦啦的响声，那老妇人折叠成五层的眼皮睁开了。

在这样近的距离同垂垂老媪对视，好像在观看史前遗迹。

"新来的？"她问。底气居然很冲。

"是。"我慌乱地应道。好像在超级市场被抓了赃的偷儿。人家活得这样旺，你却在揣测死。

"癌症？"她问。

我说："是。"

“他们会常让你搬家。”她说。

我说：“为什么？”

她说：“因为有人要去。你住的屋有人要去了，他们怕吓了你，就让你搬家。我已经搬了四回家了，后来我就不搬了。你是新 21 床，老 21 床昨天去了，我就没搬。我说，我不怕去，我怕搬。而且不论你搬到哪个房间，都有人去。这就是去的地方，天天都有人去。20 床是植物人，18 床就要去了……”

她毫无先兆地停止说话，撇我一人在昏暗中。

问题已经解决。

18 床像一根轻飘飘的白发，在床上无声地扑动着。她已经完全昏迷，瞳孔散得很大，像黑暗吞没了眼珠。她的呼吸很快，我试着用她的频率喘了一会儿气，立即感到窒息。

我走回 21 床。这是我的宿营地。

雪白床单，有几片洗涤不去的污渍。绷得很紧。整个床面显出鼓面似的平坦。枕套也可疑地膨隆着，好像一张纸虚蒙在碟子上。

我小心翼翼地上了床。穿着信笺条纹的蓝衣服，钻进了洁净的被褥。我辗转一下，使自己躺得更舒服，猛然感到滑进了一个“槽”。在平铺的白褥单之下，有一个人形的凹陷。它把我楔在里头，严丝合缝。我的头骨同时落入枕头上的卵圆形窠臼。它像包绕精密仪器的泡沫板，将我的包括两个耳轮在内的头颅妥善地固定在枕中。

一位又一位僵卧不动的去者，在床上塑出了他们的最后杰作，后来者只是“卡”入而已。

我竭力想躲开那个像人仰卧在海滩上遗留的印痕。但是，我不能。无论滚到何方，都逃脱不掉。只有服服帖帖地埋在这个坑里，才有天造地设般的和谐。

于是我不再挣扎。习惯了，还挺舒服。我抚摸着我的被子。它在无数去者的肌体上覆盖过，此刻又送我以温暖。我无法逃避枕头的气味，它把无数逝者的信息，强行输入我的大脑。枕头里的每一粒荞麦皮都浸透了故事。

我看到天花板上有一块舌形的干涸水泥斑。我想在某位知识女性的眼里它一定像一幅地图，在家庭妇女的眼里一定是一条断了尾巴的壁虎。

距我头很近的地方有一个幽蓝的凸点。我伸出食指去抚摸了一下，它的颜色不掉。

我立即感到以它为轴心，大约有一平方寸的墙壁格外润滑。噢，我明白了。所有曾经躺在这张床上的濒死的老人，都曾老眼昏花地注视过这个斑点，都曾用颤巍巍的手指抚摸过它。

一个充满玄机的斑点。谁能破译它的密码？

我极力体会死亡之前的感觉，眼前却一片迷惘。

夜渐渐地深了，走廊里的灯也大部分熄掉。房屋淹没在死亡前的黑暗中。院长的安眠药居然毫无效力，我的头脑清醒如冰冻果汁。空气里充满莫名的音响。植物人瘦小的躯体里潜伏着巨型发动机，每一声呼吸都如雷贯耳。18 床的喘息越来越快，几乎成为连续的抽噎，犹如极快的迪斯科鼓点，使你的咽喉也不由自主共振，窘急壅塞胸膛。最可怕的是 19 床，她在咽了没说完的话之后就渺无声息，万籁寂静似羽化成仙。没有声音比喧嚣不已更可怕。

我翻转躁动，感觉凌晨 4 点永不会到来。

“你没睡着？”突然的问话如树精再现，我惊出一身冷汗。完全不辨声音出自何方。

“我是说你。21 床。这里只有咱们两人会说话。”19 床的老人安详地说。经过长时间的养精蓄锐，她口齿清晰简直像播音员。

“是。”我说。

“把你的手伸到床右边褥垫底下。”她不容置疑地指示我。

我照办。

“摸到了吗？”她说

“摸到了。”我说。一个小药包在我的手里窣窣作响。

“在嘴里攒点唾沫，攒一大口。咽下它去。”她继续在冥冥之中指挥着我，声音有着不可抗拒的威严。

“这是什么？”我问。我已摸出纸包里硬硬滑滑的轮廓。

“药，安眠药。”她说。

“噢，我已经吃了，可是还是睡不着。”我说。

“那还是吃得少！再把这两片吃下去，一定有用。”她很有经验地说。

的确是两片安眠药，同院长给我的一模一样。“这是谁的？”我问。

“21床的。就是刚刚去了的那个21床。这是她最后的药。她对我说，这点药我怕是用不着了，我就要上路了。扔了挺可惜，还给医生他们也不要了。这儿的床位很紧，马上就会有新的人来。刚来的人都睡不好觉，我掖褥底下，你就让他们吃吧。没想到真派上用场了。吃了吗？”

我说：“我吃。”

她又说：“别害怕。没什么。我见过几回了，真的没什么。”口气就像我小时候，先打预防针的女孩对后面的女孩说。

我说：“我不怕。谢谢您和以前的21床。”

她嘎嘎笑着，说：“谢我的我就收下了，谢21床的，等你到了那边再跟她当面说吧。”

她又突然隐去了。这一回，有结结实实的药在我手中。

一个陌生的死去的女人留下的药。我却感到和她那么亲近。我把药抹进嘴里，缓缓地咽了。

我想到了一个词，“遗药”。

生和死的界限在我的头脑里渐渐模糊起来。她像哈雷彗星的轨道，巨大的椭圆。

从死者那里继承的药片有着特殊的魔力。一觉醒来，我对面的18床，已经无声无息地消失了。床上的被子见棱见角，瑞雪一般祥和平淡。

护士笑盈盈地看着我，说："您居然睡得这样熟。我们处理18床的后事，您一点儿也不知道。"

我悔得捶胸顿足。

植物人的20床依旧极宁静地吐着舌头。

我不敢靠近19床，怕她看见我绝非病入膏肓之徒。我盘腿坐在被垛旁，好像真正沉疴不起的病妇。

"你是装的。"19床一针见血地说，"装什么不行，来装死呢？你睡着了的时候，我一听你的喘气声就知道了。真正要去了的人，喘气是三长两短。"

她埋藏在被子的沟壑中，我不知她的表情。

在这样一位充满死亡睿智的祖宗面前，你什么话都说不出来了。

但我还是要说："我不是为了好奇。因为人们都害怕这件事，我想事先尝一尝，告诉大家。"

19床说："你想得倒好！尝得到吗？尝不到的。死亡是一个红果子，要好多年才熟。每个人都有一个，你急什么？抢着摘下来的，是青的。青果子和红果子能是一般味儿吗？"

我哑口无言。

她忽然细细地笑了，说：“你知道我现在想的是什么吗？”

这正是我极想知道的。这些天里，我总想问问垂危的人们，可是我不忍心。我怕太悲怅。现在有人主动坦露，自然求之不得。

她说：“我在想，下辈子我变个什么好呢？过几天我就会被抬去烧灰，在晴朗的日子里，如果有风，我会被刮得很远。我可不愿意在天上飘得太久，我打算很快就落到地上来。最多就是明年这个时候吧，我就变回来了。我已经想好了我要变的东西，如果不随我的心，我就想想办法扛过去。比如赶上我要变成一棵树，我就不吸水，早点枯死。有些树无缘无故地枯死，就是这个缘故，它们不乐意变树。要是让我变成一个碗，我就跳到地上打碎，锔也锔不起来。你碰到过碗自个儿打碎的事吗？”

我已经习惯了惊世骇俗的语言，连说是。

“这样我就能变成我想变的那个玩意儿了。”她满意地结束了自己的话。

面对着老妇人运筹帷幄的缜密思维，我叹服之余小心地问：“那您究竟想早日变成什么呢？”

“眼睛。一个胖小子的眼睛，要睫毛长长的那种。”老婆婆斩钉截铁地说，“实在变不成一双，变一只也成。”她下了很大的宽容心，“那一只就让别人变吧。”

我探身，注视着她瘪如空巢的眼窝，才知道她是一位盲人。

我想未来一定有个男孩的眼睛像鹰隼般锐亮。

“你呢？你下辈子打算变个啥？”她像老树精似的问我。

“我……”我张口结舌，发现自己关于死亡的所有知识都浅尝辄止。我们以为运行到死，生命就完结。其实真正将死的人，都在忙碌地考虑着后面的事情。

是的。我们会化成烟。烟会在天上飞，它终究会落地。构成我们生命最基本的那些小粒子，携带着我们的信息，在宇宙中穿行。那是一把打乱了的牌，只有极少数的时候，才会再化成人形。我们会变成自然中的任何一种物质，显形或是隐形地俯视着世界，在无垠中沿着永恒的轨道盘旋。

珍惜这明亮的机会，直到最后一分钟。

“慢慢想……你还有好多年的时间哩……不急，不急……”婆婆又突然住了口。她安详地睁着无珠的眼眶，不再与我说话。

坐在临终关怀医院的病床上，我沐浴着新鲜的阳光，由衷地微笑起来。

是的。我们还有好多年呢！

阳光打在粉墙上，照亮一幅潇洒的草书：幼吾幼以及人之幼。

按照齐大夫的解释，这句话该是：像爱我们自己的孩子那样爱全人类的孩子。

临终关怀医院里的所有字画，都是院长的老父亲执笔。听说他是一位很有名的书画家，给大宾馆作画，一幅都是成千上万元。可是他女儿是一分钱也不给他的。

拯救乳房（节选）

第 2 章

叫醒魔鬼

某日，京城某报在最不显眼的版面上登出广告：

我知道你得了乳腺癌，我知道你手术后很孤独。我想把得了这种病的人聚在一起，成立一个心理小组，结伴前行。如果你想参加，请拨打程远青博士电话：××××××××，询问详情。

程远青在自己家里，像在机场的候机楼里走来走去，路过穿衣镜的时候，对着里面那个面容清秀但不修边幅的形体，莞尔一笑。她本是穿着考究重视仪表的女人，知道提臀收腹，把一副略显衰败的中年妇女骨架，打造得挺拔紧凑。知道用极细颗粒的粉底，把面部填抹得依旧霜白。为了和病入膏肓的组员们打成一片，她毁掉精致，趋向朴素简约。

隽永生物公司资助小组，把职员褚强配给程远青当助手，可惜没有办公室和专人值班。面向社会招募癌症组员，一应杂事必得程远青亲办，广告刊出的是程远青家中的电话号码。

程远青警觉如猎犬，睡觉的时候，仰面朝上，以利两只耳朵都能接收到声波。卫生间没有电话机，每次方便过后，她都先提着裤子跳出小门，仔细听听有无振铃，再按下水箱阀门，生怕冲水声淹没了一个报名者的希望。

电话响了。她急切地抓起话筒。

“我在报上看到你的帖子了，你究竟安的啥心啊？”

程远青察觉到对方的不解，很镇定地说：“好心。”

“你有这病吗？”对方问。

“没有。”程远青如实作答。

“没得过这病，瞎掺和啥？想闹个啥外国学位，要不就是想得奖。诺贝尔什么的？”对方还挺渊博。

“我已经有外国学位了。凭这个得不了奖。不管是诺贝尔还是其他尔，全不够格。”

对方又追问道：“卖票吗？”

程远青不明白：“什么票？”

对方说：“加入你那个组织，不要票啊？”

程远青答：“不要票。”

对方穷追不舍：“要不要钱呢？”

程远青说：“也不要钱。”

对方好奇，纳闷地问：“一不卖票，二不收钱，那你图的是什么？”

这下真把程远青难住了。说这是为了癌症病人的福祉，生命的终极关怀之类？想来她也不信。思忖一番，只得说："我得到一笔慈善捐款，专门用于癌症病人的康复，为他们排忧解难。"

话说到这会儿，对方一个大喘气，总算明白了，埋怨道："早说就跟庙里施粥似的，我就不和你啰唆了！"

程远青忍气吞声道："您是要报名参加这个小组吗？"

对方嘿嘿一乐说："阿弥陀佛，我可没得这种要命又说不出口的病。打个电话，凑个乐子。"说罢挂上电话。

程远青呆坐半天，缓不过气来。设想了一百种开张的方式，没想到竟是这样。

陪着先生到国外读书，程远青含辛茹苦，放弃学业，抚育幼女，打工助学。丈夫埋头读书之后，回家能吃到真正的手擀面和茴香馅的饺子。丈夫戴上博士帽的那天，正式宣布和她分居。程远青呆若木鸡，记得当时正在厨房里倒番茄酱，好像并没有听到玻璃瓶子落地的声响，遍地已是猩红泥泞。

"为什么？"她失声道。

"以前，电脑显像管是球面的，后来是柱面的，又发展到了平面……"丈夫回答。程远青茫然，想不出这两者的关联。"请你通俗点，别用专业术语。"程远青打断他的话，在失魂落魄中竭力保持着最后的尊严。

“我本不想说，但你一定要我说，就不要嫌我刻薄。你内存太小，硬件太差，CPU 太慢。简言之，是个过时的球面管，而新的液晶显示屏更大更清晰，也更赏心悦目。”丈夫说。

这一次，程远青还是不很明白，但她确知事情已无可挽回。

西谚有话——一个丈夫消失的缺口，十个朋友才能填起。程远青此时悲哀地发现，这些年来，自己不但荒疏了学业，而且冷落了朋友。那缺口就孤零零地龇牙咧嘴，日夜飕飕冒出冷光。

她平静地接受了这一切，不需要解释，也没有哀求。干脆一步到位，和丈夫平和地离婚了。旁人以为是沉着，其实不过是绝望。丈夫要到硅谷任职，说把女儿带上，以后让孩子有一个好前程。程远青淡然说，你把女儿留下，这样容易和新人相处。丈夫先前一直绷出的强硬突然柔和了，说，给我个补偿的机会。程远青说，那你掏一份读博士的学费吧。先生说，这你放心。为了女儿，我会这样做的。程远青说，不是女儿的学费，是我的学费。我年纪大了，一边打工一边读书，恐怕拿不下来。

丈夫有些意外，但还是很快回答，行。不过要分期付款。

程远青选择了心理学，这门年轻而深奥的学问如同碘伏，消毒了她的伤口，让她没有因此坏疽而崩溃。一个柔弱的东方女子，要在西方国度里钻研心理学，其中的艰辛，常人难以想象。程远青坚持下来，披荆斩棘，导师和同学们都称赞她有毅力，只有她自己知道，那是为了探究自己命运的悲剧和洞察他人思维的轨迹。

学问真是个好东西，心理学深入人心最柔软的地方，在那里摧枯拉朽点石成金。它使程远青在痛苦中脱胎换骨，锻造一新。羞辱被宽容平复，仇恨被岁月漂白。她学会了觉察自己内在的涟漪，以博爱和晴朗的心，观察世界穿透风云。孩子上了大学，有了自己的志向和圈子，程远青决定回国。她虽然已成为独当一面的临床心理学家，但面对异国人催眠后的喃喃低语，总有隔着冰箱保鲜纸的疏离。你可以看清肌肉的纹理，甚至可以触摸到起伏的骨渣，但它们以一种冰冷的滑腻，拒绝和你的指纹丝丝入扣。那是另类文化浸泡出的橄榄，其中五味，无论她怎样体察，都略逊一筹。她决定回国，以自己辛辛苦苦学来的知识，报效生养她的地方。这不但是一种地域的忠诚，更是文化基因的指令。

回国后，程远青暂住在父母遗下的一小套单元房里。何去何从，看看再说。研究所邀她任职，大学请她担纲教授……她谢绝了那些声名显赫的单位，很想做一桩开创性的事情。

思忖之中，母校校庆。校园被怀旧的故人塞满每一个角落，连大操场边上旧厕所的一堆废砖，都不断有人凭吊。一般中学的校庆会像贫农，母校不然，是个富农，不单茶点丰富，中午还有一顿价格不菲的自助餐。从星级饭店请来的厨师把餐台布置在篮球场上，高高的白帽几乎触到篮板。冷拼热炒，袅袅香气把篮圈的破线头吹得像章鱼腕足，四下飘扬。来者无论老少，都吃得双唇油亮，面红如蟹。

叙旧再久，必有一散。程远青因被几位老同学缠住，请她为各自的感情和子女问题支招，待走出校门，已是暮色四合。分手之后，程远青正待打车回家，一辆黑色奔驰无声地停在了她的身旁。电动玻璃窗摇下，一个很明亮的男声说："请问，是程远青博士吗？"

程远青下意识地回答："我是。"答完之后，又有些后悔。回国不久，几乎不认识什么人。眼下场面，有点像国外的惊险片，认定了是你，便有一番打斗。

那人把车子停稳，走出来，面带微笑。他身材高大，挺拔瘦削，西服笔挺，脸部轮廓像非洲人三斧劈出的木雕，不精致，但有一种独特的精气神。"程博士，别那么紧张。我叫吕克闸。算起来，不好意思，还是您的学长。"

程远青笑了。一些杰出校友的名字和头衔，今天在会场上被大喇叭屡屡提及，程远青也忝列其中。吕克闸这个名字，出现频率最高，据说校庆所有开销都由他支付。其实他当年转学过来，只读了一个学期，成绩还差。如今是隽永生物公司总裁，身价不菲。

程远青说："那要谢谢你。"

吕克闸说："谢什么？"

程远青说："谢你的饭啊。"

吕克闸露出烤过瓷的白牙说："要谢这个，应该是校长，不该是您。如果您要谢我，就要再给我一个机会。我能请您坐一坐吗？"

程远青出国时日已久，对国内人事心态，乐得能有第一手了解，就说："好啊。到哪里？"

吕克闸说："离这里不远，有一间酒吧。请上车吧。"

酒吧以航海为主题，假装无意地随处摆放着缆绳和舵盘一类的装饰品，连挂衣帽的钩子，都用抹了特质胶的水手结替代，空气中弥漫着海风的咸腥冷峻，想来也是特选了海洋气息的空气清新剂。吕克闸熟门熟路，落座于一架罗盘钟下的独木舟旁。舟长丈余，虽是现代能工巧匠的复制品，一眼看去还是古拙苍凉。舟板的木纹断裂处布满蛀孔，舟帮之上，略加打磨，铺着一块厚厚的玻璃砖，透过晶莹的玻璃，可以看到舟底森然的疙瘩纹如老迈之眼。

程远青为自己点了水，纯净冷冽的水。吕克闸点了烈酒。吕克闸说："程博士，在酒吧里点水，是对这里的不敬了。"

程远青说："所有的酒都是水变成的。"

吕克闸说："就像我们不管现在是什么人，以前都是天真无邪的中学生。"

程远青转了话题：“吕总裁常来这里吗？”

烈酒入口，吕克闸说：“我喜欢酒吧。尤其喜欢一个人待在酒吧里。在这里没人认识我。没人不停地对我说酒是个坏东西。”

程远青扣住：“看来经常有人对你说酒的坏话。”

吕克闸说：“是啊。我老婆。我父亲是得肝癌去世的，他是一个老酒鬼。烧他的时候，整个火葬场都闻到了酒味。程博士，罢罢，初次见面，不说这种伤感的话了。知道你在国外读了心理学，很想和你合作。”

程远青说：“你是个企业家，我们怎么能合作呢？心理学某些分支和企业管理有关，可惜我不曾专修这些科目。”

吕克闸说：“我是研究生物化学的，在我眼里，人既是细胞的堆积，支离破碎的，又是完整的大一统。程博士从国外回来，一定想干成一番事业。我愿意无偿资助你，事你挑，钱我出。只有一个条件，要和癌症有关。我母亲也是被癌症带走的。想孝敬他们的时候，我没有钱。有了钱的时候，他们已经不需要了。可天下还有无数的癌症患者，需人救治。”

程远青说：“所以你要报效社会，满足自己的心愿。”

吕克闸说：“拔那么高，我担待不起。我是商人，在商言商。比如操办今天的校庆，很多人以为是个义举，其实不过是为了多认识朋友。没有聚会，我就无缘和您再见面。当年，您比我低两级，成绩特优，全校瞩目，我哪能请您小坐。我很早就喜欢心理学。”

程远青说：“国外很多企业家都有自己的心理医生。”此话一出，略觉不妥，好像在推销自己。

幸好吕克闸说：“我可不敢请教心理医生。商人，连胃都填满了秘密，更不用说心。程博士，我倒要考考你，知道我为什么喜欢这个酒吧吗？”

程远青如实答道：“不知道。心理学家没那么神。”

吕克闸是属于那种越喝脸色越惨白的人，伸出白蜡一般的手指说：“我喜欢海。你看，那个调酒师在干什么？”

迷蒙的灯光下，调酒师站在船长操作室模样的吧台后面，双手将碧蓝的基酒和一些辅料倒进调酒壶，加进锐利的冰块……酒壶高扬翻飞摇晃，冰与冰的破碎之声在酒吧浮动。摇匀了的酒滤出，再用一片柠檬挂杯。那杯酒就像一尾活泼的金枪鱼，蹦到了程远青面前。

吕克闸说：“这种酒的名字叫——风暴，我为您点的。杯中风暴，儿戏而已。癌症是真正的海，人类至今顶礼膜拜的海。”

程远青用“风暴”和吕克闸碰了杯，在这一瞬决定和吕克闸合作。

程远青决定成立乳腺癌康复期病人的心理小组。

乳腺癌是女性杀手，并对第二性征构成毁灭性的破坏。除死亡威胁以外，病人尚面临一系列复杂的心理困境，尤需救助。

“面向社会招募，是不是有风险？你知道会来什么样的人？”吕克闸得知程远青的计划后，不放心。

“不知道会来什么样的人，就更富有挑战性。”程远青答。

“造药是我的长项，组织小组你是内行。提个建议，登大广告，先声夺人。”吕克闸说。

“只需一个小小的广告。”程远青微笑着，用小指一划，如同在空中绘了一片透明柳叶。

“给我省钱，是不是？程博士，你也太瞧不起人了。我可以把整张版面买下来送给你。”吕克闸喜欢程远青划小指的这个动作，觉得属于知识化的风情万种。

“你以为癌症小组是什么？CDMA 手机？减肥药？我就是要在报纸最不起眼的地方登一条眉毛宽的消息，只有那些最孤独最寂寞的人才能看到它。”程远青说。

“先要搞清这是什么人的眉毛？长寿眉还是蛾眉？宽度可有天壤之别啊！”吕克闸回应玩笑。

程远青浑然不觉道：“准确地说，就是一乘四厘米的面积……”

“有什么事需要帮助就找我，这个手机号码，日夜都开着。只有最亲近的人才知道。”

可惜马上要进行谈判，吕克闸只得结束对话。他喜欢和这位留过洋的女博士聊天，有类乎薄荷般提神醒脑的效能。

电话响了。程远青一把接起来，半天没有人声，只是窸窸窣窣揉纸的动静。

“你哭了？”程远青亲切地询问。

对方的哽咽得到了稍许控制，稀疏了一些，回答：“我想报名。”

“欢迎你。你叫什么名字？”程远青知道这是一位认真的报名者。

“我叫什么名字，这重要吗？一点都不重要。重要的是我得了乳腺癌，做了手术，在家养病。我害怕极了，孤独极了……这样没日没夜地熬下去，人会疯……”

程远青说：“感谢你信任我。但能否成为正式组员，要经过甄选。”

那一端惊讶迷惑地说：“甄……甄……什么选？”

程远青解释道：“甄别的甄，选择的选。不是所有报名的人，都能成为组员。在这之前，要面谈一次。”

“病得快死了，哪来这么多条条框框啊？”

程远青说：“这是对大家负责任。”

对方不相信地重复着：“谁对谁负责任啊？本来得病就够烦的了，这不是让人更挠心吗！求您了，干吗为难一个都摸着阎王爷凉鼻尖的人啊？”

程远青不为所动，说：“正因为这团体特殊，才格外慎重。”

那女人焦躁起来，说：“谁稀罕你的小组！你开不了张就得关门！”兀自把听筒砸下。此刻的暴怒和刚才的懦弱，恰成鲜明对照。

程远青看着电话机，缓缓放下。她不想把小组办成街头的秧歌队，原则一定要坚持。

深夜，电话痉挛似的响起，床头闪烁的电子钟，用毫不留情的血红色，向惊醒的程远青报告夜已多么深沉。

是一个男人，音色优雅沉稳，有一种青檀的味道。仿佛是从一架优良的仪器中发出来，清晰而宽厚，带有稍纵即逝的魔力。

“程博士您好，很抱歉半夜三更打扰。”那人彬彬有礼。

“没关系。”程远青拼命睁大眼睛，以尽快进入工作状态，力求口齿清晰地回答。

“看到您登出的启事，现在还可以报名吗？”

“您是……”

“哦，我猜您一定很奇怪，一个男人怎么会关心女人们的小团体。我叫成慕海，我有一个孪生的妹妹，叫成慕梅。很不幸……”他沉吟了一下，好像在选择下面的话怎样说。

“您是说，您的妹妹她得了……”程远青被同胞间情谊所感动，轻微不快悄然散去。

“千万别说出那个病的名称！”成慕海忙不迭地打断了程远青的话。如果他在旁边，会像抓俘虏般捂死程远青的口鼻。

“好，我不说。”程远青妥协。

“那病是睡着的魔鬼，大声叫醒，它就暴跳如雷。我和妹妹都受过很好的教育，还这样想，很可笑，是吧？”

“大家都害怕，你们不是例外。”程远青宽慰他。

午夜的空气里，一个男人绵长的叹息，震动了程远青的耳膜。“听您这样说，我们安心多了。”

“为什么你妹妹不亲自打电话给我？”程远青反问，借机把歪斜的枕头调舒服，让自己赤裸的双肩有一个依靠。看这电话的阵势，一句半句结束不了。

成慕海说：“她还没看到这份报纸。我前几天在炒货摊上买了瓜子，今晚才吃完，扔包装的时候，发现了这则消息……”

“你妹妹会有兴趣参加我们这个小组吗？”她问。

“不知道。我是男人，对这个病的认识很肤浅，只能尽量说服。她有了伙伴，彼此交流，孤单的感觉就淡一些。同病相怜，治疗方法交流交流，也是大收获。”成慕海条理清晰。

程远青把话筒换了一只耳朵（原来的那只耳朵被压麻了），说：“欢迎她来。”接着告知具体事项。

成慕海说："我替她先挂个号。"

程远青克服着疲倦说："务请你妹妹亲自报名。"

成慕海说："她身体不好。"

"如果身体特别孱弱，就不要参加。小组有时会很深地刺入一个人的内心，消耗很大。"程远青刚想放下电话，成慕海又说："我猜您接到我的电话时，大吃一惊。"

程远青敷衍道："对一个心理学家来说，大吃一惊的时候不多。"

成慕海却不肯善罢甘休，说："男性询问这种小组，不令人惊奇吗？"

程远青说："这个病并非女性专利。"

成慕海声音嘶哑起来，说："还有男组员吗？"

程远青揉着脖颈说："您的电话之后，我不再接受新的报名者。在这之前，没有男性报名。"

成慕海低沉地说："谢谢您。祝您晚安。"

程远青最后补了一句："请转告你妹妹，副组长是男性。"便义无反顾地把话筒砸向机座，然后用被子包住头。虽然她从幼儿园时代起，就知道蒙头睡觉不卫生，但也顾不上那么多了，当务之急是迅速进入黑暗之中。脑海中最后一个想法是——成慕海先生，您现在应该说的是：早安。

第 3 章

永远过不去的事

退休校长岳评对丈夫满各苗说：“看了今儿的报纸吗？”

满各苗一边刷碗一边说：“还没呢。”

岳评说：“好好看看，有一条消息我特感兴趣。”

满各苗说：“是不是拉登男扮女装？我知道你最关心拉登。”

岳评说：“那是。拉登活着，就有好戏。要是他蔫了吧唧死了，这世界多没劲啊。不过，今天的事碍不着拉登。只和咱家有关系。”

满各苗在外是一家濒临倒闭的国营工厂的书记，大小也算个人物，但多年以来，家中诸事都是岳评拿主意，岳评把他当成六年级男生对待。今天郑重其事征询他的意见，满各苗受宠若惊，飞快地把碗筷拾掇净，戴上老花镜细细地看报纸。

岳校长每隔五分钟就催促一句：“看完了吗？”

“没。”满各苗不慌不忙。

“怎么还没看完呀？你不是都自学了个大本吗？这么慢！一年级似的！”校长愤愤。

“嫌我慢，你告诉我不就得了！老花镜度数太浅了，我看字重影。”满各苗说。

过了大约一小时，岳评说：“看完了？”

满各苗说：“完了。”

岳评说：“我猜你看了也是白看。我知道你猜不着。”

满各苗说：“不一定。”

岳评说：“说说看。”

满各苗正色道：“你看到了犄角旮旯那条招人的广告。”

岳评的眼眶，一下被泪水浸满，说：“好老头，只有你知道我的心。我本想，你要是猜不出来，我就偷偷去。你猜出来了，我就光明正大地去，也省得跟你编谎。”

满各苗假装揉眼睛，其实是抹去稀薄的泪水，说：“老婆子，人家要得过癌的，可你没得过。”

岳评不服气地说：“没得过又怎么样？哪儿烂哪儿疼我都门儿清，蒙得过去。”

满各苗很担心地说：“要是人家搜身呢？”

岳评说：“一帮乌合之众，还会当场验明正身，扒光了看我肚皮上到底有没有一尺长的口子？”

满各苗说：“老婆子，听我一句劝。别去。受罪啊。人家都是乳腺癌，就你不是……”

岳评的倔犟劲被挑了起来，说：“我就是要会会这帮乳腺癌，看她们都是一群什么样的怪物！”

满各苗拿出在快倒闭的厂子做思想政治工作的耐心说：“老太婆，火葬场在八宝山，你我都到了玉泉路。凡事想开些。”

岳评说：“想不开。就是化成了灰，也想不开。这个程博士难道火眼金睛？就是穿了帮，大不了让我滚蛋，滚就滚。”

满各苗仰天长叹：“你是图什么呢？过去的事，就过去吧。”

岳评老泪纵横地说：“过不去。永远也过不去。我非得搞明白了这事不可！”

“嗨！几点了？还不来！限十分钟赶到！本小姐过时不候！”呼机响了，留下这样的通牒。

褚强佩服女朋友申凌，总能让呼台小姐言听计从，把她草拟的如同小作文一样繁复的信息录下来，连标点符号都传达得一清二楚。申凌在广告公司做文员，拿手好戏就是在文字上故弄玄虚。

下班后，褚强在办公室打开了尘封已久的心理学课本，复习小组的理论。临阵磨枪，临时抱佛脚，临上阵现扎耳朵眼……看来类似窘况大有人在，才创造出这类形容词。

看看表，咧个苦笑给自己。原定在公园门口会合，就是口角喷血，也赶不到了。他走出公司，找到一家星巴克咖啡厅坐下，点了一杯卡布奇诺，让淡棕色的泡沫浸泡着双唇，微微饮啜着。大约四十分钟后，一个身材高挑穿乳白色连衣裙的女子，袅袅婷婷地走进清澈的玻璃门。

他注视着这个女子。女子目不斜视，把并不长的脖子挺出了天鹅的风采。这是所有不很美却自认为非凡的女孩子，必须练就的功夫。只有你坚定不移地表演着，别人才可能注意到你。

女孩路过时，褚强轻轻拉了一下她的裙子。这个略显暧昧的动作，让那女子感到恼怒。

“放手！告诉你，我男朋友马上就来了！”女子低声但是非常清晰地警告褚强。

“你男朋友来了我也不怕。你也不看看我是谁？”褚强气势汹汹地说。

女子听了褚强的回答，定睛一看，大叫起来：“褚强，你坏！让我在大太阳底下等你那么久，你居然在这里安安稳稳喝上卡布奇诺了！”

来人正是申凌。

“你怎么知道我要到这里来？”申凌细长的眼睛瞪成两尾挣扎的小鱼。

“嘘！我的姑奶奶！别那么大声好不好？闹得人家真以为我骚扰呢！”褚强压低分贝。

“老等你不来，我预备到星巴克喝杯咖啡就回家去给你写绝交信，没想到你这么聪明，居然在这儿等着我呢！嗨！快说说，你是怎么找到这里来的？”申凌快人快语，惊奇把怨愤赶跑了。

褚强慢吞吞地说："守株待兔。"

申凌说："马路上那么多树，怎么单选了这一棵？"

褚强漫不经心地说："有什么难的？你最近迷上了卡布奇诺，又特喜欢星巴克的小资味，一怒之下，肯定得找一间星巴克败败火。我一看时间来不及了，就打了一个114问，距公园最近的星巴克是哪一家……剩下的事，很简单了。"

申凌说："我的天！把我的脾气摸得这么透了，真比我爹我妈都了解我。"

褚强为申凌点了咖啡，说："你这么说，真叫我受宠若惊。"

申凌说："别这么肉麻！你得老实交代。你干什么呢？把我给忘了？"

褚强说："不用逼供，我正打算一股脑儿和盘托出！公司决定让我参加一个小组，以后啊，更忙了。"

申凌说："什么小组？抗洪啊还是救灾呢？不会是联合国武器核查小组把你挑了去吧？"

褚强说："这小组有个特点，全是女的！"

申凌手一哆嗦，把咖啡沫子都溅了出来，说："女排女足什么的让你去当教练？没听说你有这方面的才能啊！"

褚强说："她们全是病人。乳腺癌病人。"

申凌大叫道："有没有搞错？你也不是医科出身，跟女病人瞎掺和什么呀！"

“我也一百个想不通，可有什么办法？老板吩咐下来的，让我给女博士当助手。这个程老师，一看就是个工作狂。今后咱俩的约会，你就做好思想准备，迟到肯定是家常便饭。”褚强愁眉苦脸，表情夸张。

申凌说：“她长得怎么样？”

褚强说：“谁？”

申凌说：“程博士啊。”

褚强侧着脑袋想了想说：“年轻时还可以。”

申凌说：“谁问你她年轻时怎么样，我说的是现在。”

褚强说：“那么大岁数的女人，你很难用漂亮还是不漂亮形容她。有一种风度，既柔又狠。”

申凌撇着嘴，说：“这我就不懂了。柔和狠怎能掺在一起？”

褚强说：“反正你看到她就会有这感觉。外表柔柔的一个女人，骨子里很强硬。”

申凌勾画出一个色厉内荏的女强人，便把心放下了，再接再厉盘问：“长得怎么样？”

褚强摸不着头脑，说：“这回又是谁了？”

申凌说：“装什么傻啊？那些女病人。”

褚强说：“我还没见到人呢。申凌，你吃醋也要看场合，对方可是病人！”

申凌说：“哼，难免没一两个美人混迹其中。不是有病西施吗？”

褚强说：“咱们好不容易见着面，别说这些闲人好不好？”

申凌对褚强说：“不管怎么说，我不喜欢你扎在女人堆里工作。”

褚强说：“我也不喜欢，可有什么法子？”

申凌说：“去跟领导反映啊，叫他们另派高人。”

褚强说：“还用你教？你想到的，我早做了。我找到老板，说我年轻，小伙子，没经验……”

申凌说：“条条在理。老板说什么？”

褚强长叹一口气说：“老板看着我，说，如果你不愿给程博士当助手，你就不用来了。”

申凌大惊，说：“是什么意思？”

褚强苦笑道：“你也是江湖中人，连这话都听不出来？”

申凌说：“听出来了，只是不信。就为这事，炒你？”

褚强说：“正是。老板最近很忙，抓新药鸢尾素的报批手续。如果坚辞不受，恐怕凶多吉少。”

申凌说：“看来要保住饭碗，必得当这个倒霉助手？”

褚强说：“咱的房子，咱的沙发，咱的冰箱音响……还有窗帘板凳，都得从我这份工钱里来。温饱没解决，肚子有一票否决权。”

“好，那我就批你这个组副走马上任，为了咱们的窗帘！”申凌用杯子碰了褚强的杯子。

第 4 章

一道老虎菜

什么时候引爆自杀装置，这是一个问题。每当路过那家狗肉店，看到被煺了毛的小狗悬挂在钩子上，像个撅着屁股的婴孩，他的心就一阵悸痛，催自己赶快下手了断。血色猩红如同旗幡，呼唤他践约。手边还有一些事情没有处理完，有一些事情才刚刚开始。他劝慰自己，死这个大前提既然确定了，早一天死和晚一天死，差别不是很大。人对于自己的死，还是多一点耐心。少安毋躁。

甄选地点，公司的意见是在水晶厅，程远青谢绝，担心会让报名者紧张，选了朋友闲置的住宅。

褚强穿一套薄花呢浅灰西装，四处打量。“您说过这人是搞艺术的，我以为会看见牦牛头。”他说。

“这墙上原来真有一个惨白的羚羊角，叫我收拾到壁柜里面去了。家是放松的地方，有某种程度的乱七八糟显得亲切。”程远青边回答，边整理着沙发布垫。

客厅面积不小，地面铺着驼色的地毯，葡萄紫色的沙发摆成“厂”字形，阔大舒适。程远青带来若干个果绿色的布垫，杂乱地铺在上面，显出轻松的惬意。

“朋友一时半会儿不会回国，我在电话里请示过了，她愿意支持公益事业。”程远青说着，一抬头看到褚强直冒汗，皱眉道，“干吗像个航天飞机似的，全副武装？”

褚强从纸巾筒抽出纸巾擦着汗说：“第一次见面嘛，又有性别差异，我想正规些好。”

“换件衣服吧，看你热的。”程远青说。

“程老师，我不热。”褚强说。既来之，则安之，他现在端正思想，尽快以一个主人翁的态度投入工作。

程远青干脆挑明说：“除了关心你别捂出痱子，从工作出发，也得要求你换件衣服。太严肃了。”

褚强糊涂了，问：“严肃有什么不好吗？”

程远青说：“甄选，需要报名者显示出各自的真实状态，越随意越好。你穿得这么正儿八经，她们也会不由自主地紧张起来，对考察不利。”

褚强说：“您说的是。可是，我换成什么衣服呢？”

程远青说：“穿衬衣就行了。”

褚强把衣服脱去一只袖子，不想，又立刻穿上了，窘迫地说：“我衬衣背后有个小洞，聚会的时候，不小心被同学烟火烧的。领子袖口都挺好的，名牌，扔了怪可惜的。平时不敢单穿，只把它衬在西服里。谁想今天……”

程远青笑笑说：“日后哪个姑娘找了你，是福气。还有半小时，咱们想想法子。”说着，打开了衣橱。橱里并无男装。

“我刚才来的时候，看到门口不远处有一家小店，写着‘喋血跳楼昏迷价’，买件T恤装扮起来，您看如何？”褚强说。

程远青颔首。

小铺的杧果绿T恤，款式质地都不错，价钱只有立夏时的三分之一。褚强试穿上身，便舍不得脱下，胳膊上搭着西服和衬衣，一溜风往回赶。

“跟您打听个路。东西南北也分不清了。”一位穿着豆沙色三件套装的年轻女子，拦住了褚强。

“我也是路过。”褚强歉然。

“现如今，不知路的人比知道路的人多。”女子喃喃道。

杧果绿的T恤，将燥热降去很多，心也爽了。褚强觉得这女子的话，有淡淡禅意，就说：“具体地方我说不上，那边是东。”他指了指城市雾气中昏昏欲睡的太阳。

女子嫣然一笑说：“我要朝南。”

褚强说：“走吧。大方向咱俩一致。”

女子银白的无跟凉鞋，在人行道朱红色的地砖上，踢踢踏踏敲着，细碎无力，搭讪说：“早上挺凉的，这会儿热了。”

褚强敷衍道：“嗯。”

女子说："你早起穿西服，这会儿又穿这么单，别感冒了。"

褚强觉着再冷淡下去有些不近人情，说："工作需要。"

白鞋女子道："只听说有工作必须穿西服，却不知什么工作是必须穿T恤的。你是干什么的啊？"

褚强不想深聊下去，随口说："我是推销员。"

推销员是属蝌蚪的，无孔不入。大马路上，穿着T恤浑浑噩噩，见了有门卫的写字楼，钻到公厕里把化纤西服套上就伺机潜入。

女子道："你推销什么货啊？"

编谎费精神，万一说差了，刚才指路的那点好印象也吹了。褚强说："保密。"

女子来了兴趣："这年头，还有什么东西保密啊？原子弹都让人参观。"

"我推销的玩意儿可比原子弹厉害。"

"到底是什么呀？"女子挑起眉梢追问，眼形如燕尾般秀丽，可惜眼珠网满红丝。

"妇女不宜。"快到了，褚强一语封门。女子姣好的面容和身材，让他不忍太生硬，用一个不高明的趣话作结。

那女子突然神秘地嬉笑道："大哥，我知道你是推销什么的了。"

褚强大惑，连他自己都不知的事，这女人凭什么就知道了？他反问："那你说说，我是推销啥的？"

女子凑近说："推销伟哥的。"

褚强引火烧身，脸腾地红了。

那女子靠得更近了，颤颤巍巍的右胸，有意无意撞着褚强的杧果绿T恤的左袖口，"大哥，你红什么脸呢！我知道有几个顾客，是常用这玩意儿的。我看你是个老实人，我给你个名片，想做买卖了，就给我打个电话。包你比在别人那里赚钱容易。"说着把一张水红色的名片递到褚强手里。

名片只印了一个名字：王惠明。没有任何头衔和说明，也没有地址。最下方，是电话号码。

"你是谁呀？"轮到褚强穷追不舍。

"你如果还想见我，就打这个电话，那时候，你就可以知道我是谁了。"白鞋女子突然果决起来，显出不想再谈的意思。身体移开，只把一股浓郁的香气，留在褚强左半边身体的空气里。

褚强愣愣地站在人行道上，左肩麻酥酥的，好像被人不由分说打了疫苗，红肿热痛一块袭来，左颊也烫得像一块烤白薯。这模样，似乎不宜立即回到甄选现场。褚强大口吞吐着并不新鲜的空气，欲把体内的燥热散发干净，半晌，才慢慢走回甄选地点。刚要开门，门打开了。程远青送人出来。那女子细高个儿，如凋谢的水仙花，黄白杂糅委顿不堪。

她双手握着程远青的手说："大姐，千万别忘了我！'应该'的'应'！"说着眼泪就要掉下来。

褚强未曾想遇到这阵势，瞠目结舌，不知是劝还是保持镇静，侧身一旁，拘谨地笑笑。程远青说：“她是应春草。”

褚强进门，见沙发上端坐着一个女人。褚强吃惊，把手中西服挂上衣架，搬了一张椅子，坐在对面。

程远青对沙发上的女子说：“不好意思。让你久等了。”

那女子说：“我还以为自己是第一个呢。”

程远青说：“好吧，咱们正式开始。我叫程远青，他是我的助手，褚强。”

“我叫鹿路。九色鹿的鹿，小路的路。”女子爽快地自我介绍。

褚强第一次参加甄选，又是面对这样一个女人，忍不住再三打量。鹿路忍受不了沉默，开口道：“甄选从哪里开始？”

程远青有一点小小意外。通常都是组长提问，这女人反客为主。

没人能察觉到程远青的吃惊。她平和地说：“鹿路，你介绍自己名字的说法挺有趣。”

鹿路说：“我的名字很少见吗？”

程远青说：“你解释自己名字的时候，用字与常人不同。”

褚强除了记住她叫“鹿路”外，干脆忘了她是怎么说的。鹿路苍白的脸庞布满迷惘：“甄选难道从名字开始吗？”

程远青一笑，说：“其实就是聊天，可以从任何话题开始。”

“我的名字怎么啦？”鹿路不解。

“你说九色鹿的鹿，一般人会说梅花鹿的鹿。”程远青说。

“有区别吗？”鹿路纳闷。

“有啊。”程远青声音柔和，语气肯定。

“能告诉我吗？”鹿路被震慑住了，神气渐渐收敛。

“九色鹿比梅花鹿神秘而稀少，它的命运有悲剧色彩。”程远青说。

褚强看到鹿路打了一个寒战，但脸上依然是不拘小节的笑容。“我从此以后再不说九色鹿了，改说马鹿驯鹿怎么样？”

程远青说：“根子不变，叶子很难变。你说名字的第二个字时，也与众不同。”

鹿路惶然道：“我刚才说什么来着？”

程远青说：“你说‘小路’。一般人说‘道路’。”

“这有什么不同吗？”鹿路有些恐慌。面前貌似温和的女人，有一股异常之力。她怕她，又被她吸引。博士对自己一无所知，却在极短时间内，嗖嗖射出几把飞刀，直插心闩。

“小路狭窄崎岖。‘道路’好听好记，你舍易求难了。”看到鹿路面容转阴，程远青就此打住，“小组完全自愿。不愿意说，没有任何人能强迫你。开关永远在你的手里。”

鹿路问：“来的都是乳腺癌患者吗？”

程远青答：“除了我和褚强，都是。”

鹿路说：“我整不明白，为什么要组织这样一个小组？”

程远青说：“回答你的问题之前，我想先问你一个问题。”

鹿路爽快地说：“随便问。”

程远青说：“你为什么要报名参加这个小组呢？”

鹿路仰脖笑着说：“我在报上看到了你的启事，居然有人对得了乳腺癌的女人感兴趣。程远青这个名字，听起来不男不女的……”鹿路走嘴，赶快停了下来。

程远青大度道：“你不是第一个说这话的人，肯定也不会是最后一个。”

鹿路继续说下去：“若是男人接电话，我就骂他一顿。敢情你一辈子也不会得这样的病了，所以你就想了解了解，多见识见识。呸，我才不上你的当呢！没想到是个女的接电话。程老师，不是我当面奉承您，您的声音可真好听，让人安神，我一下子就被打动了。我想来看看，到底有多少女人和我得了一样的病。”

褚强插问：“你平常是做什么工作的？”

鹿路不满意褚强的口气，拉下脸说：“还查户口啊？”

褚强说：“我很想知道你具体干哪一行。”

程远青打圆场道：“鹿路若是不愿意说，可以不说。”

鹿路愤愤地说：“也没什么不可说的。我在一家物业公司做管理工作。看副组长口气，倒好像以为我是干什么见不得人的事。”

褚强辩解道：“我没那个意思。不过问问而已。你这么一说，我就放心了。”

鹿路一听反倒火了，说：“你原来对我有什么不放心的？”

褚强张口结舌。

程远青说：“我却不明白，褚强说了你什么？我记得他只是追问了你的工作单位。”

鹿路说：“这还不够吗？”

程远青坚持道：“我没觉得他特别挑衅啊。尽管我说过，你可以不回答。”

鹿路愣了半天，突然笑起来说：“这倒真是我过敏了。不过，也怪不得我。像我们这些从外地到城里打工的女人，落魄又有点姿色的，总被人朝歪处想。我遇见过几回这事了。窝着火，免不了出口伤人，也请海量。”说着，鹿路把手伸给褚强，算是和解。

褚强握着鹿路的手。感觉到她的每一根手指，都在抖动。

程远青和褚强还没来得及交换意见，又有人敲门了。打开门，见一位五十多岁女干部模样的人物站在门前。

“请问，程远青博士招募的乳腺癌小组甄选现场，是在这里吗？”她个头不高，身材敦实，用词准确。程远青和褚强除了连连点头，再没什么可说的。

她自我介绍："我叫岳评，是一所中学校长。发现乳腺癌整四年了，手术后，接受化疗。现在一般情况尚好，能够坚持正常工作。就这些，你们还有什么问的吗？"

程远青、褚强面面相觑。中学校长的口吻，让人不由自主地缩小和幼稚了。

"我主持过很多面试，对你们如何进行甄选，很有兴趣。介绍一下吧。"

天！这哪儿是来参加小组的，简直是审查工作！程远青就算身经百战，这种开场白，也是头回见识。

她首先需从强加在身的中学生套子里挣脱出来，把套子还给面前这位可敬的校长。

程远青说："岳评……"

话音还没落地，就被岳评打断了，"就叫我岳校长好了。"

程远青摇了摇头。她精确控制着头颅摇摆的幅度，如同一片树叶被微风掠过。但她相信面前的这位校长，已经很清楚地感受到了她坚定的拒绝。

"要是不习惯，叫我岳大姐好了。"岳校长适时作出了调整。

褚强张口刚想叫，程远青一摆手，制止了他。说："岳评女士，您好像不喜欢人家称呼名字？"

"没有啊。"岳评一脸无辜。

程远青说："那好，小组里，大家都直呼你的名字。"

“还是叫大姐顺口些。”岳评顽强坚持。

程远青不退让，说：“如果您非要当大姐，很遗憾，岳校长，您将不能参加这个小组。”

岳评一看名字被提到如此高度，吃了一惊，她不能因小失大。这种不同凡响的小题大做，让她萌生好奇，神色谦恭起来，不再把面前这两个比她年轻的人当成实习教师。她说：“当然可以叫我名字了。住院，叫你名字那是好的，经常只叫你床号。”

剩下的问题，一帆风顺。总体说来，岳校长是颇具领导风范的知识女性，给褚强留下了很好的印象。

一天选人若干。傍晚结束工作后，程远青对褚强说：“我请你吃饭。”

褚强说：“程老师，请您给我一点面子，把这个机会给我。”

程远青说：“小褚，别这么骑士了。咱们以后共进晚餐的机会，会多得让你厌烦。今天是正式开始合作的第一天，让我做东。”

走进路边的饭馆，程远青对服务员说：“要雅间。”

穿着中式裤褂的小姐说：“对不起，没有雅间了。我给你们找个安静的地方行吗？”

“不行。”程远青很干脆地拒绝了。

褚强从节约出发，说："一顿便饭，外边也行。"

程远青说："对不起褚强，我知道你肚子饿了，可还是要换个馆子。"

终于在一间小屋落座，点了几样普通的菜肴。程远青说："就这些吧。快点上菜。对了，米饭也一起上。"

小姐出去了，短暂的寂静。

"这一天，有何感想？"程远青问。

"一言难尽，总是一惊一乍的。特别是那个鹿路……"正说到这里，送凉菜的来了，程远青轻敲桌面，止住了褚强的话茬。

程远青说："今天例外。若是时间来得及，不宜在公共场合讨论小组的事。"

褚强说："人海茫茫，谁认识谁啊？"

程远青说："世界越来越小，为了组员的利益，还是谨慎为好。你很难说，刚才送菜的小姐和鹿路就没有千丝万缕的联系。"

褚强兴奋地说："我有了地下党的感觉。上不告父母，下不告兄弟姐妹吗？"

程远青说："虽不敢说那般严格，也要高度小心才是。"

褚强感到左肩头又泛起了如火如荼的热辣，手指下意识地摸摸口袋。纸片上的王惠明，像铁皮扎了他的指甲缝。也许，那只是萍水相逢的做戏？

“我觉得她很神秘。”褚强字斟句酌。他不想骗程远青，但也不打算把和鹿路并肩而行的事说出来。

“每一个到小组来的人，都背负着她的神秘。”程远青不明就里，泛泛地说。

“你会批鹿路加入吗？”褚强忍不住问。

“她各方面都符合要求，似乎没有什么理由不吸收她。你的意见呢？”程远青说。

“我……我说不上来。”褚强支吾着。也许，不收此女为上策。可是，他以什么理由呢？

程远青即便是出色的临床心理学家，也无法参透褚强的心事。

几样家常凉菜已布好，褚强连吃了几口辛辣的“老虎菜”，说：“我最大的感受是什么？说出来，程老师你不要笑我。”

程远青看褚强紧张，就把话岔开：“这道菜无非是红辣椒、洋葱、香菜什么的，和老虎有什么关系呢？”

褚强说：“我也不知道为什么这么起名。许是因为太辣了，连老虎也不敢吃。”

程远青说：“没准儿是因为辣到只有老虎才敢吃，才叫这个名字呢！”

两人没油没盐地瞎扯了一会儿，看褚强渐渐放松，程远青说：“褚强，如果我笑话了你，你以后就可以不再同我说真心话。拿不准该不该信一个人的时候，我的经验是信他一次。”

褚强深深喝了一口可乐，然后说：“程老师，每当一个报名者走进来的时候，我都在想，她真的是一个乳腺癌患者吗？好像不很像啊。我想象中的乳腺癌患者，血肉模糊腥臭无比，她们同正常人看起来的差别不很大。”

程远青笑起来说：“谢谢你如此坦率……”

褚强说：“程老师，先别夸我，等会儿您不骂我就是好的。每个报名者走进来，我都不由自主看她的胸部，很遗憾，我经验不足，判断不出她哪一只乳房被切除了。左面吧？不对不对，好像是右面？您说，我是不是很变态？很色情？

褚强以为程远青会很吃惊，没想到程远青香喷喷地吃着酱猪手说：“这很正常。说明你激素分泌正常，正当青年，充满好奇心。我要是个男人，也会这么想。”

褚强如释重负，说：“要不然，我一天都觉得自己要上道德法庭。”

程远青说：“恭喜你察觉了这一关。你承认它是正常的，它就丧失了魔力，你假装道貌岸然，它就作祟。”

褚强笑道：“我可以练出坐怀不乱的本领了？”

程远青说：“考验实在不小。也许以后更麻烦。我想，你能找到进退自如的那个点。”

褚强说：“我把握不住分寸。不知道对她们是怜悯还是同情，还是少年老成？”

程远青笑道："表演一下少年老成是什么样子？"

褚强正襟危坐眉头紧锁，眼角低垂嘴抿成"一"字，手放在裤线两边，握起空心拳。

程远青差点被油炸花生米卡着喉咙，说："褚强，你如同围棋长考，谁还敢同你谈心里话？我宁愿你表现得性感一点，我估计，组里的成员，对你这个男士的态度会非常在意。不单看你是副组长，也看你是一个年轻男子。"

褚强哀叹道："在一群半老徐娘面前表现性感，难死我了……"

程远青说："性感是个好词。来，吃饭吧。"

第 5 章

绿色的羊羔皮纸

小组确定了八名组员，加上正副组长，共十人。第一次活动场所，还在甄选地点，约定叫它“别墅”。小组成员遍布全市，那里位置居中，交通方便。

程远青和褚强提前半小时到了别墅，没想到门口已站了一人。苍老如枯树，面部呈现出奇异的莹白色，仿佛一层葱衣。黑色手织围巾，好似荆棘包绕着柴棍般的脖颈。

“安疆，你好。来得真早！”程远青同她打招呼。

“安……疆……您好。”叫着自己姥姥辈人的名字，褚强实在不习惯。有什么办法呢？这是小组的规定。

安疆很恭顺地说：“我怕晚了。我总是这样，干什么都怕晚。”

花岚走在去往别墅的路上。鬼使神差，她第一眼就看到程远青的招募广告，赶快回家打电话。花岚讨厌“甄选”这个词，结果不欢而散。“甄”字让她想起“文化大革命”，那时叫“甄别”。再往前数，花岚是从《红楼梦》认识“甄”字的，花岚喜欢贾宝玉，不喜欢甄宝玉，株连此字。

拒绝了甄选，也就拒绝了癌症小组。花岚很快就后悔了，觉得为什么会在浩如烟海的信息里，找到了这样一条古怪启事，一定有某种不可知的力量引导自己。花岚信命。凡事一到想不通的时候，就把它归结到命。要不然，为什么别人都没得癌，而她就偏偏得了？

花岚沉不住气了，积聚了足够的力量之后，又给程远青博士打了第二次电话。花岚对自己的嗓音作了一番技术处理。“我要参加乳腺癌小组。”花岚说。

“你是谁？”程远青问。

“一个得乳腺癌的女人。”

“报名参加小组的人，都要参加甄选，才能确定你是否最终可以加入小组。”程远青说。

“我知道。我同意。”花岚说。

花岚以为天衣无缝，其实，一句“我知道”，就出卖了她。程远青耳音辨析力很好，凡听过一两次电话，就建立了声音档案。程远青想起了那个反复无常的女人，她的拒绝和她的参加一样坚决。甄选的时候，她表现正常，癌症小组就接受了她。

花岚是银行的职工，术后在家静养，成天考虑的就是预后的问题，不知道自己能不能闯过这一关。人都说癌症病人有几道坎，一年一坎，三年一坎，五年一坎。她家里，供有西天如米南海观音，也有张飞关羽和送子娘娘。丈夫裴华山曾说过：“一个泛神论者。”

花岚歇斯底里地哭叫：“大难当头，我生死未卜，你还说这种风凉话！”

裴华山说：“我看你太紧张，想给你开开心。你一心理佛，众佛保佑你，我也就不在家里老陪着你，哪句话说得不合适，反惹你生气。佛管你的精神，我管你的物质。”说完，穿上荔枝白的衬衣，打上葵花般明亮的黄领带，手上搭着伦敦雾的风衣，出门去也。

裴华山是花岚父亲花教授的学生。堂堂经济学教授姓花，容易让人对他的学问产生疑问。其实，花教授的学养和形象都堪称一流，口碑甚好。裴华山上学的时候，成绩并不突出，临近分配，他想留在北京的愿望，几乎成为泡影。他开始追求花岚。也许花教授夫妇把基因优势占尽，留给花岚的是感情极易波动智商却持续中庸的大脑。她没有考上大学，上了一个财会类的大专，毕业后，凭着花教授的背景，供职于一家银行。

以花岚个人的姿色和条件，要找一个硕士把自己嫁出去，并不太易。当细碎的皱纹在花岚嘴角勾出两道括弧似的浅纹路之时，花教授不得不出马了。女儿没能上大学，已是终身憾事，再找不到一个有相当前程的女婿，一脉书香，岂不在这一代断根！

花教授在学术上是不虚荣的，但在女儿身上，他无法承受周围人的指指点点。女儿没考上大学所受的重创，花教授一想起来跳楼的心都有。当裴华山出于留京的目的，开始追求花岚的时候，花教授夫妇尽管洞若观火，但都不把这层窗户纸挑破。他们相信一手调教出来的女儿，是配得上这个从小地方考来的学子的，相信在漫长岁月里，女儿会认识到这是一个明智的选择。既然找不到翡翠，可以先找一块璞来打磨。花教授自认是识璞的，一个有心计的小伙子将来有不可限量的前途。于是，花教授动用非凡的力量，先将学业平平的裴华山，打造成论文优等的青年学者，然后动用关系，让裴华山进入了一家炙手可热的投资公司。

一场利益的婚姻，彼此都心知肚明。当得失利害达成平衡的时候，婚姻的关系也是稳固的。花岚和裴华山过了几年平淡如水相安无事的日子。

花岚习惯了演戏，裴华山配合着她。在花教授面前，他们相敬如宾。花教授夫妇当然不是好哄骗的，他们看得出小两口并没有一天天地紧密起来，但也看不出明显的分裂迹象。他们就满意了，他们是老年人，老年人的特点之一就是耐性良好，他们相信时间可以改变一切东西。自己能为女儿做到的就是这些了，剩下的只有等待。

等待的重要内容之一，是希望他们有一个孩子。这个冥冥之中的孩子，可能是感到自己将要负载的使命太重大了，有点畏惧，怕不堪重任。先是一而再，再而三地流产，最后干脆拒绝来到这个潜伏地火的家庭。没有孩子应该是一件伤感的事情，令人焦急。但裴华山不伤感，这种不伤感，让花岚感到了真正的危机。

裴华山一步步羽翼丰满。他是一个讲义气的人，从来没有说过埋怨甚至离婚的话。越是这样，花岚越看不透自己的丈夫。她仿佛和一堵墙壁结了婚，除了看到自己的影子，感受到的只是无动于衷。

长期的压抑聚集成了乳房上的一个包块。手术后，当爸爸妈妈一起带着她小时候最爱吃的枇杷，到医院来看她，见了她，又什么都说不出来的时候，她就知道了那肿块的性质非同小可。他们说了些不咸不淡的家常话，嘱咐她好好养病，听医生的话，后来就走了。一步三回头地走了。花岚目送着他们的身影，确信他们不会因为落下了某种东西而返回之后，号啕痛哭。

那一天，裴华山不在，只有裴华山雇请的看护陪在一旁。医生和护士都说，从来没有看到一个病人在知道自己是癌症以后，哭得如此天昏地暗。无论人们怎样劝说，说她的肿瘤并非晚期，手术做得也很成功，要积聚正气，好好调养，花岚一概充耳不闻。她惊天地泣鬼神地哭，把输到体内的液体，包括化疗药物，都变成泪水倾泻出来。泪水先是打湿枕头，而后蔓延到床单，最后浸入了棉被……哄骗呵斥也罢，夸奖鼓励也罢，一概无效。护士没办法，只好把成人用的尿不湿像围巾一般捆住了她的脸。

由于病，裴华山对花岚的温度比以前要暖一些。花岚甚至希望他们的关系，因为灾祸有一个质的改变。祸福相倚，也许这塌天之难，使他们恩爱起来，也说不定啊。

花岚抱着这样的期望，开始了治疗。她的情绪像抽水马桶里的白色浮标，随着外界的旋钮而波峰浪底地起伏，裴华山的态度就是马桶里的水。花岚重病时，裴华山也还算尽心，后来，化疗进行了几巡，渐渐走入正轨，裴华山就疲沓下来。待到花岚主要是在家休养，裴华山的态度也就退行到和以前差不多了，重新不冷不热的。

保姆照顾一应杂事，花岚百无聊赖。一天，花岚在裴华山的西裤口袋里发现了一张字条。上书一串数字，共八位，一个本市的电话号码。花岚觉出那不是裴华山的笔迹，极有可能是一个女人写的。那种墨绿色的羊羔皮纸，非常别致华丽。

如果仅仅出现一次，花岚可以装傻。她会对自己说，这是裴华山的一个客户留下的，商场上，什么样的人没有呢？要命的是，字条每隔一段就神秘地出现一次，永远是在裴华山的右侧西裤兜里。

花岚可以肯定，字条不是裴华山装在裤兜里的。裴华山是从小地方来的，格外注意礼节礼仪的自我培训，久而久之，他比很多世家子弟更显得温文尔雅礼数周全。当他穿第一套西服的时候，就恪守绝不在西裤口袋放杂物的习惯。在他嘲笑人的经典词汇里，就有：是不是绅士，看看他的裤兜就明白了。××裤兜鼓鼓囊囊，像塞了一窝癞蛤蟆，天生一个暴发户！

花岚到街上找寻这种纸，店里告诉她，这是特制的进口纸，一般商店根本不进货。高级礼品店里有这种纸。墨绿色的羊羔之皮，可怕而邪恶的号码。

花岚不是一个聪明的女人，但不聪明的女人直觉可能更加发达——有一个神秘的女人，潜伏在裴华山的身边。这个女人不但不想掩饰自己的存在，她还要让花岚知道这个存在。这是一个怎样的女人？她要达到怎样的目的？

花岚生活在惊恐之中，不知道该对什么人说这件事。爸爸妈妈吗？他们把她成功地嫁给了一个她能嫁到的最好的男人，就像一只股票在价位最高的时候，卖了出去。他们什么时候想起来，都充满了预见的快乐和骄傲。花岚不忍破碎他们的幸福。自己从未给他们带来过骄傲，那么自己还有什么权利把他们自己抚育的快乐，再毫不留情地毁掉呢？况且，毁掉之后，她就能有幸福吗？

积攒起来的墨绿色字条幻化成钩子，将她吊在半空，恍如冰冷的冻肉。是一个什么样的女人，在这些墨绿色的纸上一笔一画地写下这些号码，处心积虑地带在身上，在同裴华山亲密接触之后（花岚不愿想象他们之间究竟发生了怎样的事情，她只愿用亲密接触这个词。这是一个含义模糊以至暧昧的词。从冰清玉洁的信纸和信封的接触，到非常色情的想象都可容纳），伺机把字条塞到了裴华山的裤兜里？

也许，她应该给那个字条上的号码，打一个电话。那真是非常简单的事情，几个号码一拨，就会极大地向前推进事态的进展。甚至，她可以不说话，在凌晨或是半夜把电话打过去，然后在暗中捕捉那个女人的邪恶气息。

那一组数字，烙在她心尖最细嫩的地方，流血结痂。在一个个清晨或是黄昏，自己再把血痂刮开，品味血腥。她不敢在自己家中打这个电话，断定那个女人一定开通了来电显示的功能，只要她的电话一打过去，那个女人就会狞笑，知道自己得逞了。她设想如果从街头的公用电话亭打过去，那个女人就无法判断。

花岚为自己的这点小聪明而得意。但紧接着的问题就是，电话接通之后怎么办呢？在听完了“喂喂”之后，就一言不发地挂上电话吗？如果那样，那个女人一定还会想到这个莫名电话来自哪里。如果她误以为那是一个打错了的电话，之后又怎么办呢？花岚也曾特地到宾馆登记过房间，只为借用宾馆的电话。她躺在宾馆床上，一次又一次地把手伸向电话，然后又一寸寸地缩回来，好像电话是一条蜷曲的毒蛇。最后在付了房费之后悻悻而归。

花岚一筹莫展。何去何从煎熬着她，吃多少补药也无济于事。癌症和字条，两把交叉的骷髅刀，剔着她的神经。失去了乳房，作为一个女人已经不完整，勇气也随着被削去的乳房，被扔进了垃圾桶。后来，她连看那纸字条的气力都没有了，每当它出现，就用一次性的纸抹布像铲起死蟑螂那样把它卷了包，投入马桶。

以苦闷和疑惧做燃料，花岚决定走入乳腺癌小组。她一路斗争着，一路反悔着，一路向前走着，直到进入别墅。

第 6 章

这个小组姓癌

组员们围坐在沙发上，素不相识。早来的人坐得比较分散，尽量拉开距离。后来的人只有插坐其中，加上椅子，九人挤成一个长方形的圈子。

褚强看了一下表，还有最后五分钟，还差成慕梅未到。

第一次聚会就可能有人迟到，不是值得愉快的事。但是，已比程远青预计的要好。她们是一些什么人？沉疴在身！

“嗨！大家好。马上就要到预定的时间了，还有一个人没有来。大家说，咱们怎么办？”程远青说。

“不等她，时候一到，咱们就开会。”女校长岳评抢先说。

一时静了。大家有点不知所措。本来想组长该有一个挺响亮的开场白，没想到是从迟到开谈。有点滑稽，不伦不类的。

程远青看得分明，但她不理会，沉默。沉默内蕴压力，她既然提出了问题，岳评既然提出了一个解决的方案，大家就应该发表个人意见。

“等等吧。都不容易。”安疆老人说。本来以为她戎马一生，对准时准刻有非同小可的热爱。可是，不然。

“我无所谓。怎么都行。等也行，不等也行。随便。”花岚摆弄着自己的红指甲说。很长时间没抹新油，残存的红色剥脱着，露出垩白甲床，好像宫墙遗址。

“目前三种意见：一种是不等。这比较简单，到时间，我们就开始。一种是随大流。大流还没有形成，都持这种意见，等于什么也没说。我个人比较倾向第三种意见——等。这个‘等’，不是没完没了，有一个下限。等多久？三分钟，还是五分钟？”

说这话的是一个身穿西服套装的女士，短发齐耳扣住雪白脖颈，干练洒脱，绝无在座各位佝偻之态。她叫卜珍琪，是某国家机关副司长。对身份，她声明保密。“没有任何人知道我得了这种病。”她说。

卜珍琪此言一出，鹤立鸡群。鹿路撇嘴道：“一个人迟到，至于说那么严重吗？也不是国务院开会。”

程远青迅速扫视全场，应春草低着头，任杀任剐不开口的模样。程远青只得放她继续安静。周云若嘴唇翕动，默背英语单词。程远青把目光投向褚强。副组长，你可要立功啊。

褚强拍马向前，清清嗓子说：“咱们对事不对人。我的意见是尽量早点出门，别迟到。非得迟到不可，就先给来个电话，道个歉……”

尽管所有参加小组的人，都明知会有一位男士在座，尽管褚强很明显的寸头（不是男歌手喜爱的马尾巴），性别色彩很鲜明的灰色细格子衬衣（不是红黄杂糅男女均可的中性服装），都使走进别墅的女人，在第一时间察觉到有一位男性在场。他一开口讲话，众组员还有受惊之感。

门开了，一个身材高挑胸部夸张的女子，走进门来。一袭湖蓝色的中式服装，细密的襻扣直到颀长颈部，长发飘飘，香气袭人。远看风姿绰约，近了打量，化疗荼毒痕迹明显，皮肤粗糙无光，过度茂盛的头发是假的。

“大家好，我是成慕梅。堵车，第一次就迟到，不好意思。请多多原谅。”说着，鞠了一个长躬，袅袅婷婷坐下了。

成慕梅像长笛，嗓音有一种沙哑。褚强觉得成慕梅的胸部太张扬了一点（该死！他总是非常在意女人们的胸部），并很快找到了心理学的依据——因为切除引发丧失，所以补偿以至过度。

大家等待小组正式开场。程远青好像毫无察觉，说：“成慕梅，你猜，当你走进来的时候，我们在干什么？”

成慕梅面无表情地说：“猜不出来。”

程远青看着大家：“谁愿意告诉她？”

谁都不挑这个头，气氛微妙起来。也没有什么不可告人的话，但刚才众说纷纭，谁也不知道怎样总结才全面。

程远青说：“成慕梅，我看你现在的心情是有点着急，有点好奇，也有点委屈，觉得迟到也是有客观原因的，道了歉了，干吗揪住不放，不依不饶的……"

成慕梅说："我还有一点恼。有秘密瞒着我，拿我当外人。"

大伙儿就叫冤枉，说："我们也都互不认识，只比你早进来几分钟，凉锅冷灶，哪有什么秘密！"成慕梅安下心来，团体初步圆融。程远青却不甘休，说："成慕梅，我们正在讨论处置你的迟到问题。"

空气凝滞，大家搞不懂组长为什么非要把好不容易建立的和谐氛围一炮轰掉。

程远青装傻："咦，干吗这么瞪眼看我，好像我撒谎似的。难道我说的不是实话？"

安疆老太太第一个答话："成慕梅同志，你也不用担心，觉着背后议论了你什么。不过就是说迟到了怎么办。"

成慕梅说："一个迟到，有什么了不起！我不相信有谁一辈子不曾迟到过。小组算什么？连个民间团体都算不上，刀光剑影的，至于吗？要是坚决不原谅我迟到，我退出！走！"说着，成慕梅站起身来，湖蓝色的裙裤腿，兜起了地毯上的碎毛屑。

沉默不语的应春草爆了起来，说："迟到算什么？腐败啊，贪官污吏啊，卖假药的，拐卖小孩的，到处都是。咱们病人聚在一起，不就是为了找点乐子吗？这可倒好，成了找气了。我今儿个虽说没迟到，可我不敢保证。要是下次我迟到了，也来这么一通批，我可受不了。得了，若是这么较真，那我也走。”

形势急转直下，眼看小组还没开个囫囵会，就要树倒猢狲散。褚强急得抓耳挠腮，又不晓得如何帮组长的忙。程远青看着她的组员。她的组员也看着她。

癌症女人，无论老少，都曾在生死线上逛了一遭，内心多焦躁和疑虑。

程远青避开话锋说：“咱们这个小组，不是学习小组，它是心理学辅导小组。世界上第一个具有治疗作用的小组，就是为病人设立。一九〇五年，在美国麻省总医院，由内科医生普瑞特任组长，一群患有肺结核的门诊病人，组成了世界上第一个心理治疗小组。人是群居动物，小组就是一个微观社会，在开放温暖的环境中，大家共同成长。小组有它特定的纪律和制度，期待大家遵守。大家抱着各式各样的目的而来，但没人打算到这里骗人和被骗。”

大家脸色稍缓，花岚说：“那是。人之将死，其言也善。”

鹿路冷笑着说：“我不是病人。”

花岚道：“这个组姓癌，你不是，混进来干什么？”

鹿路说：“我来，是打算学着不当病人。每天对着镜子，一尺长的刀疤，早就让我知道命有多悬了！用不着提醒。”

岳评校长搓着手说：“身有病，心不能病。肉里的病，医院里医，到这来，医心里的病。”

程远青说："我想知道，在小组里，愿意把自己当成正常人的有几个？把自己当成病人的有几个？"

周云若眼波空蒙，说："我倒是想把自己当正常人，做不到。"

有几人附和这说法。程远青不与纠缠，说："做得到做不到是一回事，想不想做是另一回事。起码，肉身继续病着，精神渐渐强健起来。咱们举个手，表个决，看你愿意当个什么人？"

统计的结果是只有花岚一个人愿意别人把自己当病人看，安疆弃权。

又回到迟到议题上。为了让成慕梅释疑，大家把刚才的讨论又表演了一遍，有了某种小品的意味。有谁哪儿忘了，大家就提醒她说："你刚才是那样说的……"成慕梅看得津津有味，叫道："也没什么好保密的嘛！"

程远青说："很多时候，人们是把简单的事物复杂化了。"

经过这番演练，一是对迟到的强调，到了刻骨铭心的地步。二是彼此间的关系密切了很多，化干戈为玉帛。

大家催程远青："组长，还不正式开始啊！您不发表个演说什么的？"

程远青说："还不能正式开始。大家先来个自我介绍。之后，要签一张合同。"

应春草哆嗦着嘴唇说："妈呀！这么复杂！我就怕签合

同。原来那家工厂，就是让我们签了合同，每人发了几万块钱，说是——买断，就把我们打发了。现如今，我一听签合同，手就抖得像摸了电门。”她把自己骨瘦如柴的手举起来，大家不忍多看，把目光移往别处。

花岚说：“合同签了又能怎样？我要是硬不来，还能到家押我？”

有人问：“先签合同还是先自我介绍？”

程远青说：“我先来介绍自己。我今年四十五岁了……”

她刚说到这里，就被卜珍琪打断了，说：“每个人都得介绍自己的年纪吗？这可和国际惯例不符。”

鹿路说：“我和你做伴，我也不介绍。”

岳评不满了，说：“怎么也不按个次序？组长还没说完呢！”

程远青说：“组内人人平等，不分长幼尊卑。谁想讲就开口，不必请示。可以打断别人的话，当然也包括打断我的话。我从小长在中国城市，上大学，学的是医科。结婚生孩子，随先生到了美国。先是打工供他读书，挺苦的。后来，他爱上了别人。我们分了手。我开始自己读书，获得心理学博士学位。孩子在美国读书。有什么问题吗？”

花岚问：“男孩还是女孩？”

程远青道：“嗨，忘了交代。女孩。”

花岚又问：“你恨他吗？”

程远青说："谁？"

花岚说："你前夫。"

大家本以为程远青会宽宏大量或是高屋建瓴地说"不恨"，才与她的学者身份相符，不想，程远青很清晰地说："恨。"

卜珍琪说："组长，你的介绍让我挺感动的。我还想多知道一些你的事。"

大家响应："是啊是啊。"对于组长，大家不摸底。有一个她自投罗网的机会，干吗不充分利用？

程远青说："你们还想知道些什么？"

"心情。你此时此刻的心情。"卜珍琪边说边向大家眨眼睛。

"对！"大家半是恶作剧地说。

褚强觉得不恭，刚想出援手，程远青早就掐算好了他的脉搏，一个眼神，封了褚强的上下唇。

"我现在挺自卑的。"程远青真诚地看着大家。

无异于在别墅内扔了一颗原子弹。自卑？谁？组长？她说谁呢？她在说她自己！有没有搞错？！

震惊。有头脑灵活思维敏捷的，马上判断程远青在玩花活，一个噱头，故意耸人听闻。

程远青说："第一点自卑的是，我离婚了。在婚姻美满的女人面前，总生出哀伤和低人一头的感觉。第二点自卑的是我已经不年轻了，常常力不从心。除了这两处旧伤以外，今天，坐在你们之中，我又感到了第三点，让我胆怯不安。”程远青轻轻地叹了一口气，好像吐出一个松软但体积庞大的棉花球，不但堵住了程远青的胸口，把大家也壅塞得喘不过气来。

在场的人，若说对程远青的前两点还能体谅理解的话，这第三点，就有点丈二和尚摸不着头脑。大家说：“我们哪点让你自卑了？”

程远青道：“我没得过乳腺癌。”

此语一出，全室皆惊。大家都不知程远青葫芦里卖的什么药，连褚强也觉得程老师怎么啦？玩笑不是这个开法，调侃也不能往伤口上撒盐哪！

大家目光炯炯。某种意义上可说虎视眈眈。程远青走一招险棋，把自己摆在全组对立面，就算褚强保持脆弱的中立，她现在也是名副其实的孤家寡人了。她的话像一道界桩，把别墅划分成两大阵营——得乳腺癌的，没得乳腺癌的。

一边是所有组员，一边是组长程远青孤身一人。

程远青面色平静。程远青口吻诚恳，并不是她愿意挑起这种对立，而是这种对立一定会来。早来比晚来好。这是一个事实，铁的事实。由一个健康的人，来给一群罹患恶疾的濒死之人做组长，这深不见底的鸿沟，你绝对躲不开。尊重和陌生，会使对立隐蔽而悄然，但雪埋死人，变化会让这个死人蠢蠢欲动，在一个意想不到的时刻，猛然坐起来，吐出红舌。程远青蓄意要把这个死人激活，现身光天化日之下，瘴气就提前散了。

卜珍琪说："组长，您说的是真话吗？"

程远青道："千真万确。我希望小组养成好习惯。你可以不说，但你说，就是真话。"

鹿路插言道："打岔吧？你是全乎人，我们呢？不男不女的怪物，残人。只有残人在好人面前自卑，哪有反过来的？！"

程远青瞥见成慕梅脸色非常难看。大家的面容也都冷漠中透着愤懑。

程远青道："自卑并不是和条件成正比。这个小组里，我是少数，你们是多数，你们知道很多事情，我不知道。你们彼此容易沟通，我却是局外人。如果你们联合起来把我当异己，排斥我，我就融不到群体里。"

花岚说："我愿要你的自卑，把病过给你。"

安疆宽厚地说："组长，您别自卑。我们也不自卑。病，也不是罪。"

鹿路更有邪门的，说："组长，您的自卑有治。"

程远青道："怎么治法？"

鹿路说："别着急。你就等着吧。得病这事，谁也说不准。也许哪天你就得了这病，不就不自卑了吗？"

大家就说："乌鸦嘴！自己得了病，已是天大的苦事，哪能还巴望着别人也受这份折磨！"

鹿路不服气地说："少来这一套假仁假义！我就不信，你在苦海中就没想过：为什么天下的人不都得上这种病！你就没咒过让你的仇家或是你的朋友都得一回这病！不是不盼别人好，起码这世上多几个同甘共苦的人！”

大家不说是，也不说不是。只有安疆喃喃地说：“我可从来没想过。”

这一程话里，可供讨论的题目太多了。程远青好像面对一个处处滚着岩浆的火山脚脖子，从哪里钻下去，都会诱发猛烈的爆发。

岳评指挥道：“组长说完了，该副组长的了。然后按顺序，顺时针转。”她自觉坐上了老三的位置。

褚强刚要张口，程远青双手交叉着向下一按。这是一个有着强烈拒绝意味的手势，空气一下凝结了起来。程远青说：“咱们这个小组，不搞排排坐，分果果。谁想好了谁就说。没有什么顺时针逆时针的，顺序在大伙儿心里。”

程远青口气安然，但那个非同小可的动作，令人没齿不忘。岳评不服，心想不按我说的轮值，看谁愿发言？

她错了。组员在孤独苦闷中自愿而来，骨鲠在喉不得不吐。

“我叫鹿路。九色鹿的鹿，小路的路。我是东北人，到北京来打工。现在一家房地产物业工作。没办法，养活自己呗。完了。行不？”鹿路说完，看程远青。程远青掉转头，不看鹿路。鹿路的目光就掉在地上，摔碎了。

鹿路又去看褚强。褚强闭上了眼睛。褚强总觉得鹿路嘴后还有一张嘴。

鹿路自我解嘲道：“既然说多说少，全由自己，我就说这么多。”

安疆发言：“我叫安疆。平安的安，新疆的疆。我这个名字是后改的。是我老伴改的。我们是在新疆结的婚。我在干休所。一个人。”安疆声音很弱，但不含糊。

“那你以前的名字叫什么？”应春草问。她不喜欢自己的名字，觉得一听就像个下岗女工。因此对别人的名字，特别是后改的名字感兴趣。

“这个……不说吧。”安疆拒绝了。

“很小资味！”周云若说。

“小资是什么味？”老人家在干休所孤陋寡闻，对流行词汇一无所知。

“比如叫潇潇或是丽娜什么的。”周云若说。

“云若也算吧。”褚强插话。

周云若很快反击道：“不算。云若有武侠风。”

安疆老太太说：“不是。”

“那以前究竟叫什么呢？”周云若追问。

“这个……只有政委知道……”安疆为难了。那是她和政委的秘密。

程远青解围道：“名字只是一个符号，不必太在意。”

接下来是花岚自我介绍："花岚。不是盛满鲜花的花篮，是山底下的风。我在银行工作，成天和钱打交道。过路财神。不过，单位有钱还是好，药费不成问题。"

大家就都投出羡慕的颜色。癌症是个无底洞，很多效益还算不错的单位，刚开始还说，安心养病，尽管治，药费的事不用挂在心上。面对着汹涌澎湃的药费单子，很快就变了脸，最后不是规定了最高限额，就是拖着不报，闹得大家心中惶惶。

"我这一辈子啊，除了住院交押金，没摸过一万块以上的钱。头一回摸那么多的钱，比摸不着的时候还惨，打小窗口喂进去，那个心疼啊。真想不出天上地下袖筒子鞋坷垃里都是钱，啥滋味？"应春草啧啧说。

花岚有机会谈谈自己的工作，也有成就感。她说："钱味，难闻得很。一堆钱放在一起，就像破鞋臭袜子脱下又捂了三天。每天数钱，就像清洁工人扫树叶子。没感觉。硬说有什么感觉，那就是，这世上钱再多，不是自己的，干着急也没用。不如不看。"

应春草听得发呆，由衷地说："过手成千上万钱的人，才说得出这话。"

岳评受了程远青的打击，积极性有所收敛。等到这会儿，说："我在一所重点中学当校长。我们学校有六十七年的历史了，是一所有光荣传统的学校。现有教职员工 ××× 名，班级 ×××，在校学生 ××××……在历次的评比中，我校一共获得了……"

大家昏昏欲睡。鹿路捅捅岳评说："校长，这儿不是教育局。"

岳评喜出望外地说："你怎么知道我是校长？还没介绍到呢。"

鹿路故作诧异："我好像听您已经说了好几遍了。"

岳评浑然不觉，说："我这个人，最不愿意把职务挂在口头上了。"

鹿路说："您这么谦虚，难得。我看您就再谦虚一下，给别人也留点空。"

可惜岳校长忍痛割让出的时间，大家不领情，固执地沉默着。褚强说："我讲两句。"

鹿路就带头鼓掌。鼓掌这事，如果没有鼓，一直静着，也就不见怪。一旦有人带头拍出声来，别人不响应，好像不敬似的。散落在沙发上的组员们，稀稀拉拉地拍掌，闹得褚强一个大红脸。

周云若不鼓掌，抢白鹿路说："别人发言你不鼓，为什么单是这人发言，你就鼓？"

鹿路说："谁叫他是副组长来着？我拍他马屁！"

周云若说："不对吧？要说拍马屁，组长的官比副组长大吧？你没鼓掌啊！"

鹿路说："我没鼓掌，组长记恨我也就罢了，可关你什么事？我这人，想给谁鼓就给谁鼓，你管不着！”

气氛有些僵了。褚强一见大事不好，纠纷是因己而起，息事宁人的法子就是赶快介绍自己：“我叫褚强。男性……”

大家就很夸张地笑起来，褚强得了一个碰头彩。

“好像谁不知道你是男的似的。照你这样介绍，我们每个人都得在自己的话里加上：性别——女。”花岚说。

褚强着急地说：“我也自卑。”

花岚说：“怪啦！都说女人比男人自卑，你大小伙子一个，自卑什么？”

褚强说：“在社会上，女人比男人自卑。可咱这小组，就颠了个个儿。你们都是女性，我是少数派。刚才组长还说她因为不是病人自卑，那我既不是病人，又不是女人，就更自卑了。”

岳校长道：“自卑也不是什么值得夸耀的事，甭争甭抢了。副组长，你接着说。”

褚强说：“我插一句。叫我名字，叫小褚，怎么样？”

周云若立刻响应：“小褚，你接着说。”

褚强说：“别人都叫得，就你叫不得。”

周云若说：“为什么？”

褚强说：“你比我小。你得叫我老褚。”

大家说：“管你叫老褚，我们怎么办呢？”

褚强只得说：“小褚就小褚。我是心理学系毕业，在隽永生物公司综合部任职。程老师的助手。”末了又添了一句，“未婚。”

大家就笑：“补充得好。”

周云若说：“我的也简单。本科和研究生读的都是中文，由于生病，学业还没完。算留级生。”

现在，没有作自我介绍的只有卜珍琪和成慕梅两个人了。互相看了一眼，成慕梅说：“你先。”

卜珍琪说：“我叫卜珍琪。干部。寡居。”

简单，干脆，有一种拒人千里的决绝。成慕梅干咳了一声，好像对自我介绍很为难。已然是最后了，也无法推托，迟疑着说：“成慕梅。在机关工作。未婚。”

程远青看看表，这个动作具有传染性，大家都不由自主地看了看表，第一次小组活动只剩不多的时间了。程远青说：“中国有句古话，百年修得同船渡。小组就是一艘小小的船，驶向各自心灵的港湾。大家走到一起，是缘分更是福气。现在，大家签署一份契约。”说罢程远青拿出一沓纸，给了身边的成慕梅，示意传给大家。每人分得了一张，忙不迭地看起来。

小组契约

1. 我自愿加入小组，为了自己和同伴的成长。

2. 我力求坦率真诚，与他人分享自己生命的体验。

3. 我将保守小组的秘密。

4. 我遵守小组的纪律和制度。不迟到不早退。如遇疾病和其他特殊情况，事先向组长请假。如果两次无法参加小组的活动，视为退出小组。

5. 在小组的活动过程中，可能会扰动身心，我对此有必要的了解和准备。

签约人：×××

……

以上节选自毕淑敏长篇小说《拯救乳房》。

后记

“劝人学医，天打雷劈”。这句话，恶毒的紧。乍一听，牙关轻扣，遍体生寒。

是谁，发出这般恶毒的咒语？

恕我大胆乱猜，它大约来自一名尚在就读的医学生之口。

第一件可以断定的事儿——他或她，是不喜医学的。被他人劝着，被动地选了学医。上了贼船之后，万般懊悔。又找不到逃生之门，便对这件事儿的始作俑者，发出愤怒诅咒。天打雷劈所针对的对象，便是那劝了他或她学医的人。

这个人，会是谁呢？运筹帷幄，一言九鼎。是父母？是师长？是亲朋好友？还是其他德高望重之人？不得而知。但这一劝，结下深仇大恨，却是千真万确，历久弥新。

说到天打雷劈这个词，煞是世俗古老。完整全句应该是——“天打雷劈不得好死”！

如若某人罪恶滔天，为非作歹，不尊不孝……当罪恶累积超出人伦极限时，雷公电母就驾着闪电雷鸣，伸出威风凛凛的手指，在他头上引发爆炸，施以天谴。

百般纳闷。何以劝人学医，就衍生出如此十恶不赦的孽缘？思索一番。我琢磨，关键，坏在了这个“劝”字上。

“劝”，是见诸《庄子》《尚书》等先秦著作的古字。本义是指勉励他人或因勉励而生出努力。多么美好的寓意！不想当它和现代医学联系在一起时，竟然在破除了迷信的当代，碰撞出了阴森恐怖的杀戮之意。

我以为，症结可能在于——学医，本不应该被“劝”。真正的好医生，必定是心甘情愿倾注全力地治病救人。

想起为了给乾隆皇帝看病，死在了京城的清代名医徐大椿（字灵胎），在《医学源流论》中曾提出“医非人人可学”。

将不适合学医的人，用种种金钱物质和名誉地位为饵，搅缠他或她，磕磕绊绊进了医学的大门，是冠冕堂皇的蠢行。待被劝之人明白了内里的奥秘，滋生出极端的仇视，便生出了上述的怨怼和控诉。

医生是救死扶伤的崇高职业，医学原理微妙入神。这个行业，既需要仁慈，亦需要聪敏。二者如鼓风之翼，若想鹏程万里，不可或缺。

关于“慈悲”，有多种解释。我喜欢这个说法——它，来自希伯来语，可以翻译成多种意思，比如“怜悯”“慈悲”“慈善”“恩宠”“仁爱”等。诸意叠加，让其内涵如此丰饶。一层层汇聚而起的深意，让人静夜唏嘘。一个没有慈悲之心的人，断然无法成为一个好医生。

在职业选择上，要将曾出过主意的人天打雷劈……单就这一个说法，证实此人真不宜学医。无论逃逸多么艰难，还是赶紧改行吧。对自己好，从此不再义愤填膺，免得年纪轻轻就得心脏病。对那个劝过你的人好，他多嘴多舌，殊不知已和你结下深仇，从此每个积聚乌云的日子，都性命堪忧。对医学这个行业亦好，你腾出了一个位子，让有慈悲心的后继者填补。最重要的，是对病人的饶恕。

一个太笨的人，无法成为一个好医生。

你必得是聪明机敏，勤于思考之人。你必得博览群书，点面结合，既学识渊博又术业专攻。你在悲天悯人、菩萨心肠同时，又杀伐决断、清醒果决。

你要在无数琐事的缠绕中，始终牢记初心。剜剔缠身的世俗袭扰，专心致志研修你所衷情的事业。

记得朋友问过我，你知道人类将最精妙的科学技术，集中在哪两个领域？

我愣怔后，尝试着回答。农业吧？它如此古老，人类在土地耕耘上，盘桓过万年。另一行当是否为畜牧业？它一直伴随人类迁徙和文明的脚印……

朋友莞尔一笑道，在某个行业浸润的年头足够久，并不一定代表着水平高。

我点头，顺便想起了“有志不在年高”“有理不在声高”等民间俚语。

请告诉我，人类最高的科学技术，集中在哪里？我求教。

朋友不吝赐教，说，这两个领域，一个是杀人，那就是各种武器的不断精进。一个是救人，那就是医学的持续发展。

我反驳道，按照你这个说法，人类向宇宙空间的探索，属于哪个范畴？杀人？抑或救人？都不大像啊。

朋友说，宇宙探索，是以上二者兼而有之。外太空的争斗与杀伐，是目前武器的极致。再者，人类若是一意孤行，将来总有一天把地球祸祸得不能居住了，就得可怜兮兮地迁徙至别的星球。因此，宇宙探索的精髓，也是广义的救人。

回到医学的本质，便是将救人的领域无尽延伸。

你若喜欢，敬请投入。你将穷尽一生之力，在深邃的学问之海中徜徉。

你若不喜，请及早却步抽身。予你予医学，都是幸事。

所以，学医，不能也不应是劝出来的。劝出来的学医，必是一场人生悲剧。

学医的路，道阻且长。在和平年代，你将是亲历生死最多的人。手上沾染的热血，内心的万般锦绣，终将把你锻造成一个白衣英雄。

这本小说集，是我在不做医生之后，将对医生的致敬，凝结在文字中。将我的挚爱和尊崇，感叹和寄托，轻轻掩埋其中。

愿与热爱医学的读者，共勉。

毕淑敏

2022 年 8 月 5 日